닫힌 방·악마와 선한 신

Huis Clos · Le Diable et le Bon Dieu

HUIS CLOS,
LE DIABLE ET LE BON DIEU
by Jean-Paul Sartre

세계문학전집 315

닫힌 방·악마와 선한 신

Huis Clos · Le Diable et le Bon Dieu

장폴 사르트르

지영래 옮김

민음사

차례

닫힌 방
단막극

이 부인[1]에게

---

1) '이 부인(cette Dame)'은 사르트르가 고등사범학교 시절 개인 교습을 해 주었던 학생 알베르 모렐의 모친 루이 모렐(Louis Morel) 부인에게 사르트르와 보부아르가 붙여 준 별칭이다. 사르트르와 보부아르는 자기들과 각별하게 지내던 모렐 부인의 루아르 강 근교 별장을 자주 방문했으며, 그곳에서 「닫힌 방」의 집필을 시작했다.

등장인물

이네스
에스텔
가르생
급사

1장

가르생, 객실 급사.

(제2제정풍의 거실. 벽난로 위에 청동상 하나.)

가르생 (들어오며 주위를 둘러본다.) 아, 여기란 말이죠.
급사 여깁니다.
가르생 이렇게 생겼군요…….
급사 이렇습니다.
가르생 뭐…… 나중엔 결국 가구들에 익숙해지겠지요.
급사 사람마다 다릅니다.
가르생 방들이 모두 이렇게 생겼습니까?

급사　　그럴 리가요. 우리에겐 중국인들도 오고 인도 사람들도 옵니다. 그들이 제2제정풍 안락의자로 뭘 어쩌겠습니까?

가르생　그럼 나는요? 난 이것들 가지고 뭘 하라는 겁니까? 당신은 내가 어떤 사람이었는지 알아요? 관둡시다, 아무래도 상관없으니까. 어쨌든 난 허구한 날 내가 좋아하지 않는 가구들 속에서 살았고, 부적절한 상황 속에서 살았지요. 그걸 진짜 즐겼어요. 루이 필리프풍 식당에서의 어떤 부적절한 상황, 뭔가 있을 것 같지 않아요?

급사　　두고 보면 아시겠지만, 제2제정풍 거실도 그리 나쁘진 않습니다.

가르생　아? 그래요. 좋습니다. 좋아요, 좋아. (주위를 둘러본다.) 아무튼, 내가 예상했던 바와는 좀…… 당신도 저 위에서 사람들이 하는 얘기를 모르진 않지요?

급사　　무엇에 대한 얘기요?

가르생　뭐…… (어정쩡하게 큰 몸짓을 하며) 이거 전부 다요.

급사　　아니 그런 헛소리들을 어떻게 믿습니까? 여기엔 발 한 번 들여놓은 적 없는 사람들이 하는 얘긴데. 왜냐하면 결국, 그들이 여기에 왔다면…….

가르생　그러네요.

(둘 다 웃는다.)

가르생 (갑자기 진지해지며) 쇠꼬챙이들은 어디 있어요?

급사 뭐요?

가르생 쇠꼬챙이, 석쇠, 가죽 깔때기.

급사 웃자고 하는 말입니까?

가르생 (그를 쳐다보며) 아? 아, 그렇군요. 아니오, 웃길 마음
은 없었습니다. (잠시 침묵. 그는 서성댄다.) 거울도 없
고, 창문도 없고, 당연히. 깨질 것은 하나도 없군. (갑
자기 난폭하게) 그런데 내 칫솔은 왜 빼앗은 거요?

급사 그럴 줄 알았어요. 인간의 존엄성이 되살아난 게지요.
참 대단하시군요.

가르생 (화가 치민 듯 안락의자의 팔걸이를 내리치며) 너무 함부
로 말하지 마셨으면 좋겠습니다. 내 처지를 모르는 바
아니지만 참기 힘들군요. 당신이…….

급사 알았어요, 알았어, 죄송합니다. 그래도 어떻게 합니
까, 모든 손님들이 똑같은 질문을 해 대는데. 그들은
도착하면 "쇠꼬챙이들은 어디 있어요?"라고 합니다.
그 순간엔, 단언하지만, 그들은 세수 같은 건 생각도
못 하는 거죠. 그러나 일단 안심을 하고 나면 바로 칫
솔 얘기를 꺼내더군요. 아니, 제발 생각 좀 할 수 없습
니까? 한번 물어봅시다, 도대체 **왜** 이를 닦겠다는 겁
니까?

가르생 (진정하고서) 하긴 그렇군요. 왜일까요? (주위를 둘러
본다.) 그리고 왜 거울은 들여다보는 걸까요? 청동상
만 해도 일찌감치…… 언젠가는 내가 저것을 두 눈으

로 뚫어지게 쳐다볼 때가 있을 거요. 내 이 두 눈으로 말이오, 알겠소? 좋아요, 좋아, 아무것도 숨길 것 없어요. 말씀드리지만 나는 내 처지를 모르지 않습니다. 그 일이 어떻게 일어나게 되는지 얘기해 드릴까요? 그자가 숨이 막혀 꼬꾸라지더니, 물에 빠져 죽고, 그의 시선만 물 밖으로 나와 있는 거죠. 그런데 그의 눈에 뭐가 보이는지 아십니까? 바르브디엔[2]의 청동상이 보이는 거죠. 얼마나 끔찍한 악몽입니까! 좋아요, 아마도 나한테 대답해 주지 말라고들 했을 테니 강요하진 않겠습니다. 그래도 내가 아무 준비도 없는 상태에서 잡힌 것은 아니라는 점을 잊지 마시오, 나를 놀라게 했다고 우쭐대지 말란 말이죠. 난 내 처지를 직시하고 있습니다. (다시 걸음을 옮긴다.) 그러니까, 칫솔은 없군요. 침대도 물론 없고. 왜냐하면 자는 일도 없을 테니까, 당연히?

급사   그럼요.

가르생   그럴 줄 알았다니까. 왜 자겠어요? 잠이 귀 뒤쪽에서

---

2) 페르디낭 바르브디엔(Ferdinand Barbedienne, 1810~1892)은 프랑스의 제2제정 시대에 예술품을 복제한 청동 주물 제작으로 유명했던 사업가로서, 사르트르에게 그의 청동상은 부르주아들의 저속한 취향을 상징했던 것으로 보인다. 그러나 「닫힌 방」이 발표된 직후에 있었던 한 토론에서 사르트르는 바르브디엔의 이름이 언급된 것은 사실이지만 실제로 무대 장식에 사용되는 것은 바르브디엔의 청동상이 아니라, "벌거벗은 남성 위에 말 타듯이 올라앉아 있는 벌거벗은 여인"을 나타내는 아무 쓸모없는 육중한 덩어리로서의 청동상이라고 말했다.

밀려오기야 하겠지요. 당신은 두 눈이 감기는 것을 느끼겠지만, 그렇다고 왜 자요? 소파에 드러누우면 바로 획…… 잠이 달아나는데. 두 눈을 비비고 다시 일어나야 하고 모든 것이 다시 시작되는 거지요.

급사 소설 잘 쓰시네요.

가르생 조용히 해 봐요. 나는 소리 지르지도 않을 거고, 신음하지도 않을 겁니다. 하지만 내 상황을 똑바로 보고싶소. 내가 미처 알아채기도 전에 상황이 뒤에서 덮치는 걸 원치 않아요. 소설을 잘 쓴다? 그렇다면 잠을 잘필요조차 없기 때문이겠군요. 잠이 안 오는데 왜 자겠어요? 완벽하군. 잠깐만. 잠깐만, 그런데 그게 왜 고통스럽지? 왜 그게 꼭 고통스럽다는 거지? 알겠다, 그러니까 단절 없는 생활이라는 거군요.

급사 무슨 단절이오?

가르생 (그를 흉내 내며) 무슨 단절이오? (수상쩍어하며) 나를좀 쳐다봐요. 내 그럴 줄 알았지! 당신 눈초리가 견딜 수 없이 거칠고 무례하더니만 이제야 알겠군. 이거봐, 쪼그라들어서 없잖아.

급사 무슨 소립니까?

가르생 당신 눈꺼풀 말이오. 우린, 우리는 원래 눈꺼풀을 깜빡거렸지요. 눈 깜빡한다는 말도 있잖아요. 순간적인검은 번개, 장막이 한 번 내려왔다가 올라가면 단절이일어나지요. 눈은 촉촉해지고, 세상은 없어집니다. 그게 얼마나 생기를 돋웠는지 당신은 알 리 없지요. 한 시간에 사천 번의 휴식. 사천 번의 짧은 탈출. 내가 사천 번이라고 하는 건…… 그렇다면? 내가 눈꺼풀 없이 살 거란 말이오? 바보처럼 굴지 좀 마시오. 눈꺼풀이 없는 거나 잠이 없는 거나 똑같은 소리지. 더 이상 잠을 안 잔다……. 그러면 내가 그걸 어떻게 견디죠? 이해하려고 해 보시오, 노력을 좀 해 보라고요. 보시다시피 나는 피곤한 성격이오. 또 나는…… 난 평소에도 스스로를 성가시게 하는 편입니다. 그렇다고 해도 내가…… 쉬지도 않고 늘 그럴 수는 없는 노릇이지요, 저 위에선 밤이 있었거든요. 나는 잤지요. 포근한 잠을 잤어요. 보상으로 말이죠. 난 단순한 꿈들을 꿨어요. 어떤 초원이 하나 있었고…… 초원 하나, 그게 다예요. 나는 거기서 산책하는 꿈을 꾸곤 했지요. 지금 낮인가요?

급사 보시다시피, 불이 켜져 있습니다.

가르생 어련하시겠습니까. 이런 게 당신의 낮이군요. 바깥은요?

급사 (어리둥절하며) 바깥이오?

가르생 바깥이오! 이 벽들 반대쪽은요?

급사 복도가 있습니다.

가르생 그러면 그 복도 끝에는요?

급사 다른 방들이 있고 또 다른 복도들과 계단들이 있지요.

가르생 그러고는요?

급사 그게 답니다.

가르생 당신도 분명 외출하는 날이 있겠지요. 그럴 땐 어디로 가십니까?

급사　　삼촌 댁에요, 그분은 급사장이고, 4층에 계시죠.

가르생　그렇게는 생각을 못 해 봤군요. 차단기는 어디에 있습
　　　　니까?

급사　　그런 건 없습니다.

가르생　그러면? 불을 못 끈단 말이오?

급사　　본부에서 전기를 끊을 수는 있습니다. 하지만 우리 층
　　　　에서 그랬던 적이 있는지는 기억이 나지 않는군요. 우
　　　　리는 전기를 마음껏 씁니다.[3]

가르생　잘됐군요. 그러니까 뜬눈으로 살아가라…….

급사　　(빈정거리며) 살아간다…….

가르생　단어 가지고 시비 걸지 맙시다. 뜬눈으로. 영원히. 내
　　　　눈 속은 항상 대낮이겠군. 내 머릿속도. (사이) 그런데
　　　　내가 저 청동상을 전등에다 내던지면 불이 꺼지지 않
　　　　을까요?

급사　　너무 무섭습니다.

가르생　(청동상을 두 손으로 잡고 들어 올리려 한다.) 당신 말이
　　　　맞군. 너무 무거워.

(잠시 침묵.)

<hr />

3) 보부아르는 이 대사가 물자 부족에 시달리던 독일 점령기의 상황에서 "사르
트르가 기대하지 않았던 폭소를 자아냈다."라고 회고한다.

급사 그럼, 더 이상 제가 필요하지 않으시면 저는 가 보겠
      습니다.

가르생 (화들짝 놀라며) 가신다고요? 또 뵙지요. (급사가 문에
      다다른다.) 잠깐만. (급사가 돌아선다.) 저게 초인종입니
      까? (급사가 그렇다는 표시를 한다.) 내가 원할 때 당신
      을 부를 수 있고 그러면 당신이 오게 되어 있나요?

급사 원칙적으로는 그렇죠. 하지만 그게 변덕스럽습니다.
      기계 장치 속 뭔가가 잘 작동을 안 해요.

(가르생이 초인종으로 가서 단추를 누른다. 초인종 소리.)

가르생 되잖아요!

급사 (놀라며) 되네요. (이번에는 그가 눌러 본다.) 하지만 그
      렇게 좋아하실 건 없습니다, 오래 못 갈 겁니다. 자, 그
      럼 필요할 때 부르세요.

가르생 (그를 붙잡으려는 몸짓을 한다.) 나는…….

급사 예?

가르생 아니오, 아무것도. (그는 벽난로로 가서 종이 자르는 칼을
      집는다.) 이건 또 뭡니까?

급사 보시다시피 종이칼입니다.

가르생 책이 있습니까, 여기에?

급사 아니오.[4]

---

4) 지옥에는 책이 없다. 책이란 타자로부터 도피할 수 있는 피난처가 될 수 있

가르생   그럼 이걸 어디에 씁니까? (급사는 어깨를 으쓱한다.) 됐습니다. 가 보세요.

(급사가 나간다.)

2장

가르생.(혼자서.)

(가르생 혼자 있다. 청동상으로 가서 그것을 손으로 어루만진다. 그가 앉는다. 다시 일어난다. 초인종 쪽으로 가서 단추를 누른다. 초인종이 울리지 않는다. 두세 번 눌러 본다. 그러나 소용없다. 그러자 문으로 가서 문을 열려고 시도한다. 문이 열리지 않는다. 그가 부른다.)

가르생   급사! 급사!

(대답이 없다. 그는 급사를 부르며 문을 주먹으로 마구 두드려 댄다. 그러고는 갑자기 침착해져서 다시 가서 앉는다. 그때 문이 열리고 이네스가 들어오고 급사가 뒤따라온다.)

기 때문이다. 그런 의미에서 사르트르에게 있어 문학은 지옥의 반대말이다.

3장

가르생, 이네스, 급사.

급사　(가르생에게) 저를 불렀습니까?

(가르생은 다가서며 대답을 하려다가 이네스를 힐끗 쳐다본다.)

가르생　아니오.

급사　(이네스 쪽으로 돌아서며) 편하게 지내시면 됩니다, 부
　　　인. (침묵하는 이네스) 혹시 저에게 물어보실 것이 있으
　　　신지…….

(이네스는 말이 없다.)

급사　(실망한 듯) 보통 손님들은 물어보길 좋아하시는
　　　데…… 강요하는 건 아닙니다. 하기야, 칫솔과 초인
　　　종, 바르브디엔 청동상에 대해서는 남자분께서 알고
　　　계시니 저 못지않게 잘 대답해 주실 겁니다.

(그가 퇴장한다. 잠시 침묵. 가르생은 이네스를 쳐다보지 않는다. 이
네스가 주위를 둘러보다가 불쑥 가르생 쪽으로 다가간다.)

이네스　플로랑스는 어디 있어요? (가르생의 침묵) 플로랑스가

어디 있느냐고 묻잖아요?

가르생　나는 모릅니다.

이네스　당신이 찾아낸 것이 이게 다예요? 부재를 통한 고문? 그렇다면 실패네요. 플로랑스는 멍청한 계집애였고, 난 그 애가 없어도 아쉽지 않아요.

가르생　무슨 말씀인지요, 날 누구라고 생각하는 겁니까?

이네스　당신요? 당신은 사형집행인이잖아요.

가르생　(깜짝 놀라고 나서 웃음을 터뜨린다.) 이거 아주 재미있는 오해군요. 사형집행인이라, 거참! 당신은 들어와서, 나를 쳐다보고는, 생각한 거죠, 사형집행인이구나. 정말 어처구니없는 일 아닙니까! 급사도 참 웃긴 사람이네, 서로 소개는 해 줬어야지. 사형집행인이라니! 나는 조제프 가르생이라고 하고, 신문기자이자 문인입니다. 사실은, 우리는 같은 곤경에 빠진 처지지요. 부인 성함은……

이네스　(퉁명스럽게) 이네스 세라노예요. 미혼이고요.

가르생　그렇군요. 좋습니다. 자, 서먹함은 사라졌네요. 그러니까 내가 사형집행인같이 생겼다는 겁니까? 어떻게 알아보는 건데요, 사형집행인들은, 어떻게 생겼지요?

이네스　그들은 겁먹은 표정을 하고 있죠.

가르생　겁먹었다고요? 말도 안 돼. 누구한테요? 자기네 희생자들한테요?

이네스　됐어요. 나도 내가 무슨 말 하는지 알아요. 거울 속에서 내 얼굴을 봤단 말이에요.

가르생 거울 속에서? (그는 주위를 둘러본다.) 황당하군. 그들
        은 거울 비슷한 것들은 다 치워 버렸는데. (사이) 어쨌
        든 내가 겁먹지 않았다는 것만은 단언할 수 있소. 나
        는 이 상황을 가볍게 보지도 않고, 그 심각성을 절감
        하고 있어요. 하지만 겁먹진 않았소.

이네스 (어깨를 으쓱이며) 그야 당신 얘기죠. (사이) 가끔가다
        바깥을 한 바퀴 돌아볼 때도 있나요?

가르생 문이 잠겨 있어요.

이네스 할 수 없죠.

가르생 알아요, 당신은 내가 여기 있는 게 거슬리겠죠. 그리
        고 개인적으로 나도 혼자 있었으면 했고요. 내 인생을
        좀 정리도 해야 하고 나를 추스를 필요가 있어서요.
        하지만 우리는 서로서로 좋게 맞출 수 있다고 확신합
        니다. 나는 말이 없고 별로 움직이지도 않고 소리도
        거의 안 내니까요. 다만, 충고를 하나 드리자면 우리
        사이에서는 예의를 아주 깍듯하게 지켜야 할 겁니다.
        그것이 우리에게 최선의 방어책일 테니까요.

이네스 나는 예의 바른 사람 아니에요.

가르생 그렇다면 내가 두 사람분의 예의를 지켜 드리죠.

(침묵. 가르생은 장의자에 앉아 있다. 이네스는 이리저리 서성댄다.)

이네스 (그를 쳐다보며) 당신 입.

가르생 (몽상에서 끌려 나오며) 뭐라고요?

이네스 당신 입 좀 가만히 둘 수 없어요? 당신 코 밑에서 팽이처럼 계속 돌고 있네요.

가르생 죄송하게 됐습니다. 내가 그러고 있는 줄 몰랐군요.

이네스 내가 당신한테 지적하고 싶은 게 그거예요. (가르생 입의 경련) 또 그러시네! 당신은 말로만 예의를 찾고 얼굴은 방치해 두는군요. 당신 혼자 있는 게 아니니 그 겁에 질린 꼴로 나까지 전염시킬 권리는 없는 거예요.

(가르생이 일어나서 그녀에게로 간다.)

가르생 당신은 겁나지 않나요, 당신은?

이네스 그래 봐야 어쩌겠어요? 겁이라는 것, **예전엔** 유익했죠, 우리가 희망을 품고 있었을 때는.

가르생 (부드럽게) 이제 더 희망은 없지만, 그래도 우리는 아직 **예전에** 있는 겁니다. 아직은 고통이 시작되지 않았으니까요, 아가씨.

이네스 알아요. (사이) 그러면요? 무슨 일이 일어날 거죠?

가르생 몰라요. 나도 기다리는 중입니다.

(잠시 침묵. 가르생이 다시 가서 앉는다. 이네스는 다시 서성댄다. 가르생은 입에 다시 경련이 일어나자, 이네스를 한 번 쳐다보고는 자신의 얼굴을 두 손에 파묻는다. 에스텔과 급사가 들어온다.)

4장

이네스, 가르생, 에스텔, 급사.

(에스텔이 얼굴을 들지 않는 가르생을 쳐다본다.)

에스텔　(가르생에게) 안 돼! 안 돼, 안 돼, 고개를 들지 마. 난 네가 두 손으로 숨긴 게 뭔지 알아, 너한테 얼굴이 없다는 걸 안단 말이야. (가르생이 두 손을 뗀다.) 하! (사이. 놀라며) 내가 모르는 분이네요.

가르생　난 사형집행인이 아닙니다, 부인.

에스텔　나도 당신을 사형집행인으로 본 것은 아니었어요. 나는…… 난 누군가 내게 짓궂은 장난을 치려고 하는 줄 알았어요. (급사에게) 누굴 또 기다리세요?

급사　이제 더 올 사람 없습니다.

에스텔　(안심하며) 아! 그러니까 우리끼리만 있게 될 거란 말이군요, 이 남자분, 여자분, 그리고 나 이렇게?

(그녀가 웃음을 터뜨린다.)

가르생　(냉담하게) 웃을 일이 아닙니다.

에스텔　(계속 웃으며) 하지만 이 장의자들 정말 못 봐주겠네요. 놓여 있는 꼴을 좀 보세요, 마치 새해 첫날 마리 고모님 댁을 방문한 것 같아요. 각자 자기 의자가 있는 모양이군요. 이게 내 건가요? (급사에게) 도저히 이 위에 앉을 수가 없군요, 끔찍해요, 내 옷은 밝은 푸른색인데 이 장의자는 짙은 녹색이라니.

이네스 내 것을 쓰시겠어요?

에스텔 진홍색 의자요? 친절은 정말 고맙습니다만 더 나을 것도 없는 것 같네요. 아니오, 뭐 어쩌겠어요? 각자 자기 몫이 있는 거니까, 내 의자는 녹색이고 그걸 그대로 쓰겠어요. (사이) 굳이 찾자면 유일하게 어울리는 건, 저 남자분 의자네요.

(잠시 침묵.)

이네스 듣고 있어요, 가르생?

가르생 (깜짝 놀라며) 어……의자. 아! 죄송합니다. (그가 일어선다.) 이걸 쓰십시오, 부인.

에스텔 고맙습니다. (그녀는 외투를 벗어서 장의자 위에 던진다. 사이) 함께 살아야 하니까 서로 알고 지내요. 저는 에스텔 리고입니다.

(가르생이 인사를 하고 이름을 대려고 한다. 그러나 이네스가 그의 앞에 나선다.)

이네스 이네스 세라노예요. 정말 반갑습니다.

(가르생이 다시 인사한다.)

가르생 조제프 가르생이오.
급사   아직 내가 필요하신가요?
에스텔 아니오, 가 보세요. 필요하면 초인종을 누르지요.

(급사가 인사하고 퇴장한다.)

5장

이네스, 가르생, 에스텔.

이네스 참 아름다우시네요. 환영의 꽃이라도 드리고 싶은데.
에스텔 꽃이요? 예. 저는 꽃을 정말 좋아했죠. 여기서는 금방
        시들겠네요, 너무 더워서요. 어쨌든! 중요한 것은 말
        이죠, 기분 좋게 지내는 것 아니겠어요. 당신은…….
이네스 네, 지난주에요. 당신은요?
에스텔 저요? 어제였죠. 아직 장례식도 안 끝났어요. (그녀는
        아주 자연스럽게 말하고 있지만, 마치 말로 묘사하는 내용
        을 눈앞에서 보고 있는 듯하다.)[5] 바람이 내 동생의 베

---

5) 등장인물들이 모두 공동으로 보고 있는 무대 위의 공간과 단 한 명의 인물
에 의해서만 환기되고 보이는 담화 속 공간을 나눈 이러한 이중적인 공간의 놀
이는 「닫힌 방」의 뛰어난 독창성 중 하나로 평가된다. 경험과 의식 사이의 돌이

일을 흩날려요. 울어 보려고 안간힘을 쓰네요. 자! 자! 조금만 더 해 봐. 잘했어! 두 방울, 작은 눈물 두 방울이 베일 안에서 반짝이네요. 올가 자르데는 오늘 아침엔 너무 밉군요. 그녀가 내 동생을 부축하고 있어요. 눈 화장 때문에 안 울고 있는데, 내가 그녀 입장이었다면 그럴 수…… 내 가장 친한 친구였거든요.

이네스   많이 고생했습니까?

에스텔   아니오. 오히려 정신이 멍멍했어요.

이네스   무슨 일을……?

에스텔   폐렴이었어요. (조금 전과 똑같은 태도로) 자, 이제 다 됐어, 그들이 가는군. 안녕히 가세요! 안녕히 가세요! 무슨 악수를 이렇게 많이 한담? 내 남편은 슬픔으로 병이 나서 집에 남아 있어요. (이네스에게) 당신은요?

이네스   가스 사고였죠.

에스텔   남자분께선요?

가르생   총살당했소, 총알 열두 발. (에스텔의 놀란 몸짓) 미안합니다, 내가 품위 있는 사망자는 아니죠.

에스텔   오! 선생님, 제발 그런 직설적인 말은 안 쓰셨으면 좋겠어요. 그건…… 정말 충격이네요. 그런데 결국 그게

킬 수 없는 분리로 해석되는 이러한 방식은 다음과 같은 여러 가지 효과를 불러온다. 각각의 등장인물이 차례로 지상에서 벌어지는 일의 관객이 되고(연극적 관계의 중첩), 닫힌 방이 외부로 열리지만 그것은 지상과의 이 관계가 끊어질 때 더욱 극적으로 닫히기 위해서이며(유폐의 극적 진전), 이 모든 장치가 극의 환상적 분위기를 조성하는 데 일조한다.

무슨 말이겠어요? 아마도 우리가 그렇게 생생하게 살았던 적이 없다는 것 아니겠어요. 꼭 이런…… 상태에다가 이름을 붙여야만 한다면, 우리를 부재자로 불러 주면 좋겠어요, 그게 더 정확할 거예요. 당신은 부재하신 지 오래됐나요?

가르생 한 달쯤 됐어요.

에스텔 어디서 오셨어요?

가르생 리오[6]에서요.

에스텔 나는 파리에서 왔어요. 아직도 누가 계신가요, 그쪽엔?

가르생 내 아내가 있죠. (앞에서 에스텔이 말하던 태도로) 지금 매일 하던 대로 병영에 와 있는데 들여보내 주질 않는군요. 아내는 철책 사이로 들여다보고 있어요. 아직은 내가 거기 없다는 걸 모르지만 의심은 하고 있죠. 이제 가는군요. 온통 검은색 옷을 입고 있어요. 잘됐어요, 갈아입을 필요가 없을 테니까. 아내는 울지 않아요, 한 번도 운 적이 없지요. 햇살이 좋은 날이고 아내는 인적 없는 길에서 검은 옷을 입고 있네요, 희생자의 커다란 눈을 하고서. 아! 정말 신경 쓰이는군.

(침묵. 가르생이 가운데 놓인 장의자로 가서 앉아 두 손으로 머리를 감싼다.)

---

6) 브라질의 리우데자네이루.

이네스 에스텔!

에스텔 이보세요, 가르생 씨!

가르생 네?

에스텔 내 의자에 앉으셨어요.

가르생 죄송합니다.

(그가 일어선다.)

에스텔 뭔가에 몰두해 계신 것 같았어요.

가르생 내 인생을 정리해 보고 있습니다. (이네스가 웃음을 터뜨린다.) 웃고 있는 분들도 나를 따라 하는 것이 좋을 겁니다.

이네스 내 인생은 잘 정돈되어 있답니다. 완전히 질서정연하죠. 내 인생은 저절로 알아서 정리가 되더라고요, 저 위에서. 내가 신경 쓸 필요는 없죠.

가르생 정말요? 게다가 당신은 그게 그렇게 간단하다고 믿는군요! (그가 이마를 손으로 닦는다.) 어휴, 더워! 좀 벗어도 되겠지요? (그가 웃옷을 벗으려 한다.)

에스텔 아뇨, 안 돼요! (좀 더 부드럽게) 안 됩니다. 나는 셔츠 차림의 남자들은 딱 질색이에요.

가르생 (웃옷을 다시 입으며) 좋습니다. (사이) 나는 밤마다 편집실에서 보내곤 했어요. 거기는 언제나 찜통 속처럼 더웠죠. (사이. 앞에서와 똑같은 태도) **지금** 거기는 무더워요. 밤이지요.

에스텔　이런, 그러네요, 벌써 밤이군요. 올가가 옷을 벗고 있
　　　　네요. 시간이 참 빨리도 지나가는군요, 땅 위에선.

이네스　밤이네요. 그들이 내 방문을 봉인해 버렸군요. 그래서
　　　　방은 어둠 속에 비어 있어요.

가르생　그들은 웃옷을 자기 의자 등받이에 걸쳐 놓고 셔츠 소
　　　　매를 팔꿈치까지 걷어 올렸어요. 사내 냄새와 시가 냄
　　　　새가 나는군요. (침묵) 난 셔츠 차림 남자들 사이에 사
　　　　는 게 좋았지요.

에스텔　(냉담하게) 그럼 우리는 취향이 다르네요. 이런 게 그
　　　　걸 증명하는 거죠. (이네스에게) 당신은 이런 걸 좋아
　　　　하세요, 셔츠 차림 남자들?

이네스　셔츠 차림이건 아니건 난 남자들을 별로 안 좋아해요.

에스텔　(두 사람을 놀란 듯이 쳐다본다.) 아니 왜, **왜** 우리들을
　　　　같이 모아 놨을까요?

이네스　(터져 나오는 웃음을 억누르며) 그건 또 무슨 말이에요?

에스텔　당신들 둘을 보니 우리가 함께 살게 될 거란 생각이
　　　　드는데…… 나는 친구들, 가족들을 다시 만날 줄 알았
　　　　어요.

이네스　얼굴 한가운데 구멍이 뻥 뚫린 기막힌 친구 말이죠.

에스텔　그이도요. 그는 마치 직업 춤꾼처럼 탱고를 잘 쳤지
　　　　요. 하지만 우리, **우리를**, 우리를 왜 한데 모아 놓은 걸
　　　　까요?

가르생　뭐, 우연이지요. 그들은 사람들이 도착하는 순서에 따
　　　　라 되는 대로 집어넣거든요. (이네스에게) 왜 웃어요?

이네스 당신이 우연이니 뭐니 하는 게 우습잖아요. 꼭 그렇게 스스로를 안심시켜야 되나요? 그들은 아무것도 우연에 맡기지 않아요.

에스텔 (자신 없이) 하지만 우리 옛날에 언제 만났겠죠?

이네스 한 번도 없어요. 내가 당신을 기억 못 할 리 없어요.

에스텔 아니면, 우리가 공통된 인맥을 갖고 있지 않을까요? 당신은 뒤부아-세이무르 집안사람들을 모르세요?

이네스 전혀요.

에스텔 그들은 온 세상 사람들을 다 초대하는데.

이네스 뭐 하는 사람들인데요?

에스텔 (놀라며) 아무 일 안 하죠. 그 사람들은 코레즈 지방에 성을 한 채 소유하고 있고 또…….

이네스 나는 우체국 직원이었어요.

에스텔 (움찔하며) 아? 그럼 정말……? (사이) 그럼 당신은요, 가르생 씨?

가르생 난 리오를 떠나 본 적이 없습니다.

에스텔 그렇다면 당신 말이 딱 맞군요, 우리가 여기 같이 있는 건 우연이네요.

이네스 우연이라. 그렇다면 이 가구들도 우연히 여기 있는 거네요. 오른쪽에 있는 장의자가 짙은 녹색이고 왼쪽 의자가 진홍색인 것도 우연에 의한 것이고. 한낱 우연, 그거라 말이죠? 그럼 이제 그것들 자리를 바꿔 보고 나서 나한테 또 소식을 알려 줘 보세요. 저기 저 청동상은, 그것도 우연인가요? 그리고 이 더위는? 이 더위는요? (침묵) 그들은 모든 것들을 다 계산해 놓은 거예요. 아주 세세한 부분까지, 애정을 담아서 말이에요. 이 방은 우리들을 기다리고 있었어요.

에스텔 하지만 어떻게 그럴 수 있죠? 모든 게 이렇게 추한데, 여기는, 이렇게 딱딱하고 각지고. 나는 모서리 있는 것들은 딱 질색이었어요.

이네스 (어깨를 으쓱하며) 나는 뭐 제2제정풍 거실에서 살았을 것 같아요?

(사이)

에스텔 그럼 모든 게 예정되어 있었다고요?

이네스 모두 다. 그리고 우리가 구색을 맞춰 준 거고.

에스텔 **당신**, 바로 당신이 내 앞에 있는 것이 우연이 아니라는 거예요? (사이) 그들은 뭘 기다리는 거지요?

이네스 나도 모르죠. 하지만 그들은 기다립니다.

에스텔 나는 누가 나한테서 무엇인가를 기다리는 걸 못 견디죠. 금방 그 반대로 해 주고 싶어지거든요.

이네스 그럼 그렇게 하세요! 그렇게 해 보라고요! 그들이 원하는 게 뭔지도 모르잖아요.

에스텔 (발을 구르며) 참을 수가 없군. 당신들 두 사람에 의해 나한테 무슨 일이 일어난단 말인가요? (그녀가 그들을 쳐다본다.) 당신들 두 사람에 의해. 딱 보면 무슨 생각을 하는지 금방 알 수 있는 얼굴들이 있죠. 그런데 당신들 얼굴은 아무리 봐도 모르겠어요.

가르생 (갑작스레 이네스에게) 그래서, 왜 우리가 함께 있다는
겁니까? 말을 많이 하셨으니 어디 끝까지 가 보죠.

이네스 (놀라며) 아니, 난 전혀 아는 바가 없는걸요.

가르생 아셔야만 합니다.

(그는 잠시 생각한다.)

이네스 만일 우리 각자에게 말할 용기만 있다면…….

가르생 뭘요?

이네스 에스텔!

에스텔 네?

이네스 당신은 뭘 했어요? 그들이 왜 당신을 여기로 보낸 거죠?

에스텔 (활기를 띠며) 글쎄 나도 모르겠어요, 전혀 모르겠어
요! 혹시 실수가 있는 게 아닌가 하는 의문까지 들어
요. (이네스에게) 웃지 마세요. 그 많은…… 날마다 세
상을 뜨는 사람들의 수를 생각해 보세요. 수천 명씩
여기 오잖아요, 그리고 그들은 밑에 사람들하고만, 무
식한 직원들하고만 상대를 하니. 어떻게 실수가 없겠
어요. 아니 웃지 말라니까요. (가르생에게) 이봐요, 뭐
라 말 좀 해 보세요. 그들이 내 경우에 오류를 범했다
면, 당신 경우에도 오류를 범했을 수 있어요. (이네스
에게) 당신 경우에도 마찬가지고요. 우리가 실수로 여
기 있다고 믿는 게 더 낫지 않나요?

이네스   할 이야기 다 하셨나요?

에스텔   뭘 더 알고 싶은데요? 난 아무것도 숨길 게 없어요. 나
         는 고아에다 가난했고 남동생을 키웠죠. 아버지의 오
         랜 친구 한 분이 나한테 구혼을 했어요. 그는 부자였
         고, 게다가 사람도 좋아서, 내가 승낙했죠. 당신이 내
         입장이었다면 어떻게 했을 것 같아요? 동생은 병들어
         있었고, 그래서 최상의 치료가 필요한 상태였죠. 나는
         육 년간 남편하고 불화 한 번 없이 살았어요. 그러다
         가 이 년 전, 나는 사랑할 수밖에 없는 그이를 만났어
         요. 우리는 한눈에 서로를 알아보았고, 그는 내가 자
         기와 함께 떠나길 바랐는데, 내가 거절했죠. 그 일이
         있고 나서 나는 폐렴을 얻었어요. 그게 다예요. 뭐 어
         떤 입장에서 보면 내가 늙은이 하나한테 내 젊음을 희
         생했다고 비난할 수도 있겠죠. (가르생에게) 그게 잘못
         이라고 생각하세요?

가르생   아니오, 전혀 그렇게 생각 안 해요. (사이) 그런데 당신
         은요, 당신은 자기 원칙에 따라 살아가는 게 잘못이라
         고 생각하나요?

에스텔   누가 그걸로 당신을 비난할 수 있겠어요?

가르생   나는 한 반전운동 신문을 주간하고 있었지요. 전쟁이
         터졌어요. 어쩌겠어요? 모두가 나를 주시했죠. "저놈
         이 감행할까?" 그런데 감행했죠. 난 팔짱을 낀 채 버
         텼고 그들은 날 총살했어요. 어디에 잘못이 있습니
         까? 어디에 잘못이 있느냐고요?

에스텔　(그의 팔에 손을 얹으며) 잘못한 것 없어요. 당신은…….

이네스　(빈정거리며 말을 맺는다.) **영웅**이시네. 그래서 당신 부인은요, 가르생?

가르생　뭐가요? 난 내 아내를 시궁창에서 꺼냈습니다.

에스텔　(이네스에게) 그것 보세요! 그것 보세요!

이네스　보고 있어요. (사이) 당신은 도대체 누구 보라고 연극을 하는 거예요? 우리끼린데.

에스텔　(오만하게) 우리끼리라뇨?

이네스　살인자들끼리. 우린 지옥에 있는 거라고, 이 꼬마 아가씨야, 여긴 절대 실수라는 게 없고 괜히 사람들을 벌하지 않지.

에스텔　입 다물어요.

이네스　지옥이라고! 천벌을 받은 거야! 천벌을!

에스텔　입 다물어요. 입 좀 못 닫아요? 거친 말 좀 쓰지 말라고요.

이네스　천벌 받은 꼬마 성녀. 천벌 받은 나무랄 데 없는 영웅. 우리가 재미는 많이 봤잖아요, 안 그래요? 우리 때문에 죽기까지 할 정도로 고통 받았던 사람들이 있고 그걸 우리는 썩 재미있어했잖아요. 이제는, 값을 치러야죠.

가르생　(손을 치켜들며) 입 좀 못 닥치겠소?

이네스　(겁먹지 않고 그를 쳐다본다. 그러더니 매우 놀란 기색으로) 아하! (사이) 잠깐! 알았어, 그들이 왜 우리를 함께 처넣었는지 알겠다고요!

가르생　말 조심하시지.

이네스 얼마나 단순한지 보세요. 간단해요! 육체적인 고문은
       없어요, 맞죠? 그런데도 우리는 지옥에 있는 거고. 그
       리고 더 올 사람은 아무도 없어요. 아무도. 우리는 끝
       까지 우리끼리만 있을 거예요. 그렇죠? 결국 여기에
       한 사람이 비게 되죠. 바로 사형집행인 말예요.

가르생 (낮은 목소리로) 나도 잘 알고 있소.

이네스 그렇다면 그들은 인력을 아낀 겁니다. 딴 거 없어요.
       협동조합 식당에서처럼 손님이 셀프 서비스를 하는
       거죠.

에스텔 그게 무슨 말이죠?

이네스 바로 우리들 각자가 다른 두 사람에 대한 사형집행인
       인 거죠.

(사이. 그들은 새로 알게 된 사실을 곱씹어 본다.)

가르생 (다정한 어조로) 난 당신들의 사형집행인이 되지는 않
       을 겁니다. 당신들한테 어떤 해도 끼치고 싶지 않고
       당신들한테 아무 볼일도 없어요. 아무것도. 아주 간단
       한 일입니다. 자, 이렇게 합시다. 각자 자기 자리에 가
       만히 있자고요, 열병식을 하는 거죠. 당신은 여기, 당
       신은 여기, 나는 저기에. 그러고는 침묵하는 겁니다.
       한 마디도 안 하기, 어렵지 않잖아요? 우리들 모두는
       혼자서도 할 일이 많은 사람들이니까요. 난 일만 년이
       라도 말 안 하고 지낼 수 있을 것 같습니다.

에스텔 내가 입을 다물고 있어야 한다고요?

가르생 네. 그러면 우린…… 우린 구원받게 될 겁니다. 입 다
물기. 자기 속만 들여다보고 절대로 고개를 들지 않
기. 동의하는 거죠?

이네스 좋아요.

에스텔 (주저하다가) 좋아요.

가르생 그럼, 안녕히.

(그는 자기 의자로 가서 두 손으로 머리를 감싸고 앉는다. 침묵. 이네
스가 혼자 노래를 부르기 시작한다.)

　　　블랑망토 거리에
　　　그들은 간이 단을 세웠다네
　　　통에는 톱밥을 넣고요
　　　그것은 처형대라네
　　　블랑망토 거리에서

　　　블랑망토 거리에
　　　망나니가 일찍 깼네
　　　그는 할 일이 있었다네
　　　장군들의 목을 잘라야 해
　　　주교들도, 장성들도
　　　블랑망토 거리에서

블랑망토 거리에

점잖은 부인들이 왔다네

싸구려 장신구를 하고서

하지만 머리가 없었다네

그건 높은 데서 굴러 내렸네

모자 쓴 머리가

블랑망토 개천으로[7]

(그동안 에스텔은 얼굴에 다시 분칠을 하고 립스틱을 바른다. 에스텔은 분을 바르고 초조한 기색으로 주변에서 거울을 찾는다. 그녀는 자기 가방을 뒤지더니 가르생 쪽으로 돌아선다.)

에스텔　저기요, 거울 있으세요? (가르생은 대답하지 않는다.) 아무 거울이나요, 손거울이든, 뭐든요? (가르생은 대답을 안 한다.) 날 혼자 내버려 두려면 적어도 거울 하나는 마련해 줘요.

(가르생은 두 손에 머리를 파묻고 있을 뿐, 대답하지 않는다.)

이네스　(재빠르게) 내 가방에 거울이 하나 있어요. (가방을 뒤

---

7) 실제로 사르트르가 1934년경 작사했던 이 노래는 2차 세계 대전이 끝난 후 조제프 코스마(Joseph Kosma, 1905~1969)가 곡을 붙여 쥘리에트 그레코 (Juliette Gréco, 1927~)가 노래했다. 블랑망토 거리는 파리 4구 마레 지구에 있는 거리로, 그 근처에 있던 블랑망토 수도원 때문에 붙은 이름이다.

진다. 분해하며) 없어졌네요. 서무과에서 빼 간 거야.

에스텔   아, 참 답답하네.

(사이. 그녀가 눈을 감고 비틀거린다. 이네스가 급히 다가가서 그녀를 부축한다.)

이네스   왜 그래요?

에스텔   (눈을 다시 뜨고 미소 지으며) 기분이 이상해요. (그녀는 자기 몸을 만져 본다.) 당신에겐 이런 증상이 없지요. 나는 내 모습을 못 보면 나를 만져 봐도 소용이 없어요, 내가 진짜로 존재하고 있는지 의문이 들죠.

이네스   당신은 운이 좋은 거예요. 난 언제나 속에서 나를 느끼죠.

에스텔   아! 그래요, 속에서…… 머릿속에서 일어나는 모든 것들은 너무 막연해서 졸음이 와요. (사이) 내 침실엔 큰 거울이 여섯 개 있어요. 내 눈에 그 거울들이 보여요. 그것들이 보여. 하지만 거울들은 나를 못 보고 있어요. 긴 의자와 양탄자, 창문은 비치는데…… 정말 허전하네요, 내가 없는 거울이란. 내가 말을 할 때는, 거울을 하나 둬서 내가 나를 쳐다볼 수 있도록 했었지요. 말을 했고, 말하는 나를 봤지요. 마치 사람들이 나를 보듯이 나를 바라봤어요, 그게 나를 깨어 있게 했죠. (절망하며) 내 립스틱! 분명 삐뚤게 칠해졌을 거예요. 영원히 거울 없이 지낼 수는 없단 말이에요.

이네스 　내가 거울이 되어 줄까요? 이리 와요, 우리 집에 초대
　　　　합니다. 내 의자 위에 앉아요.

에스텔 　(가르생을 가리키며) 하지만…….

이네스 　그 사람은 신경 쓰지 맙시다.

에스텔 　우린 서로를 다치게 할 거예요. 당신이 그렇게 말했잖
　　　　아요.

이네스 　내가 당신을 해칠 것처럼 보여요?

에스텔 　알 수 없죠…….

이네스 　넌 나를 아프게 할 거야. 하지만 그래 봐야 어쩌겠어.
　　　　어차피 고통을 겪어야 하는 이상 너한테 받는 게 낫
　　　　지. 앉아. 가까이 와. 더. 내 눈을 쳐다봐, 거기 네 모습
　　　　이 보이니?

에스텔 　내가 아주 작아요. 잘 안 보여요.

이네스 　난 네가 보여. 전부 다. 나한테 물어봐. 어떤 거울도 이
　　　　보다 충실할 순 없을 거야.

(에스텔, 거북해하며 도움을 청하려는 듯이 가르생 쪽으로 몸을 돌
린다.)

에스텔 　선생님! 선생님! 우리가 수다를 떨어서 귀찮지 않으
　　　　세요?

(가르생은 대답을 안 한다.)

이네스 그 사람은 놔두라니까, 그는 이제 중요치 않아, 우리 만 있는 거야. 나한테 물어봐.

에스텔 내 입술에 립스틱이 잘 발렸어요?

이네스 어디 좀 봐. 썩 잘되진 않았어.

에스텔 그럴 줄 알았어요. 다행히 (그녀는 가르생을 흘깃 본다.) 아무도 날 안 봐서. 다시 칠하죠, 뭐.

이네스 훨씬 낫네. 아니. 입술 윤곽을 따라가. 내가 안내해 줄 게. 자, 여기. 그렇지.

에스텔 잘됐나요, 좀 전처럼, 내가 들어왔을 때만큼?

이네스 더 나아. 더 묵직하고 더 냉혹한 게. 지옥같이 매혹적 인 입이군.

에스텔 흠! 정말 괜찮은가요? 직접 판단할 수가 없으니 정말 짜증 나네. 진짜 잘됐다고 장담할 수 있어요?

이네스 말 좀 편하게 놓을 수 없어?

에스텔 정말 잘됐다고 장담해?

이네스 예뻐.

에스텔 하지만 당신이 뭘 볼 줄 알아요? 당신이 내 취향을 알 아요? 짜증 나네, 정말. 짜증 나.

이네스 네 취향이 내 취향이지, 난 네가 맘에 들거든. 나를 똑 바로 봐. 웃어 봐. 나도 못생기진 않았어. 내가 거울보 다 못한가?

에스텔 모르겠어요. 당신이 겁나요. 거울들 속의 내 모습 은 길들어 있었거든요. 내가 그 모습을 너무 잘 알아 서…… 내가 웃어 볼게요. 그러면 내 미소가 당신 눈

동자 속 깊숙이 가 닿을 테고 그게 무엇이 될지는 신이 아니고서야 알 도리가 없죠.

이네스 아니 네가 날 길들이면 되잖아? (두 여자는 서로 쳐다본다. 에스텔이 살짝 매혹당한 듯이 웃는다.) 넌 정말 편하게 말 놓기가 싫은 거야?

에스텔 난 여자들하고 말 트기가 좀 어려워요.

이네스 특히 우체국 여직원들하고는 더 그렇겠지, 아마? 아니 뺨 밑에 그게 뭐지? 붉은 반점인데?

에스텔 (깜짝 놀라며) 붉은 반점이오? 어쩌지? 어디요?

이네스 거기! 거기! 난 종달새를 유인하는 거울이야. 요 아기 종달새, 넌 내가 잡았어! 붉은 반점은 없어. 하나도. 어때? 거울이 거짓말하기 시작한다면? 아니면 내가 눈을 감아 버리고, 널 쳐다봐 주지 않는다면, 이 예쁜 얼굴로 대체 뭘 할 거지? 겁먹을 건 없어, 널 쳐다보지 않고는 내가 못 배기고, 내 두 눈은 늘 활짝 열려 있을 테니까. 그리고 내가 친절하게 대해 줄게, 아주 친절하게. 대신 나한테 말을 편하게 놔.

(사이)

에스텔 내가 맘에 들어?

이네스 엄청!

(사이)

에스텔 (머릿짓으로 가르생을 가리키며) 저 사람도 날 쳐다보면
       좋겠어.

이네스 아하! 저쪽은 남자니까. (가르생에게) 당신이 이겼군.
       (가르생은 대답하지 않는다.) 아니 이 여자 좀 쳐다봐 줘
       요! (가르생은 대답하지 않는다.) 연극 좀 그만하시지.
       우리가 하는 말 한 마디도 놓치지 않았으면서.

가르생 (갑작스레 고개를 들며) 그렇게 말할 수 있죠, 한 마디도
       안 놓쳤다고. 아무리 손가락으로 귓구멍을 막아도 당
       신들 떠드는 소리가 내 머릿속에서 울리는 걸 어쩌라
       고. 이젠 날 좀 가만히 내버려 두시겠소? 난 당신한테
       볼일 없어요.

이네스 그럼 어린 아가씨한테는, 볼일 있어요? 난 당신 속셈
       을 알아요. 이 여자한테 관심 끌려고 고고한 척하고
       있잖아.

가르생 날 좀 내버려 두라고요. 누가 신문에서 내 이야길 하
       고 있고 난 좀 듣고 싶으니까. 어린 아가씬 흥미 없소,
       이 말을 꼭 들어야 시원하시겠다면.

에스텔 고맙군요.

가르생 상스럽고 싶지 않았는데…….

에스텔 뻔뻔스럽긴!

(사이. 그들은 일어서서 서로를 마주 보고 있다.)

가르생 이렇다니까. (사이) 제발 잠자코 있어 달라고 간청했

잖아요.

에스텔   저 여자가 시작했어요. 저 여자가 나한테 자기 거울을 준다고 왔어요, 난 아무것도 안 했는데.

이네스   아무것도 안 했지. 저 사람한테 몸을 비벼 대고 널 쳐다봐 달라고 아양 떤 것 말고는.

에스텔   그래서요?

가르생   당신들 미쳤소? 정말 우리가 어떻게 되어 가고 있는지 안 보여요? 제발 입 좀 다물어요! (사이) 다 같이 조용히 다시 가서 앉아 눈을 감고 각자 다른 사람들의 존재를 잊어버리는 거예요.

(사이. 그는 다시 앉는다. 두 여자는 주저하며 자기 자리로 간다. 이네스가 갑자기 돌아선다.)

이네스   아! 잊어버린다. 참 유치하네요. 난 당신을 내 뼛속에서까지 느끼는데. 당신의 침묵은 내 귓속에서 울려 대고. 당신은 입에 단단히 못질을 하고 당신 혀를 잘라 낼 수는 있겠지만, 당신이 존재하고 있는 걸 막을 수 있겠어요? 당신 생각을 멈추기라도 하겠어요? 난 그 생각이 들려요, 마치 자명종 시계처럼 똑딱거리죠. 그리고 당신한테도 내 생각이 들린다는 걸 알아요. 그렇게 의자 위에 웅크리고 있어 봐야 소용없어요, 당신은 도처에 있고, 주변 소리들도 나한테 도달하는 도중에다 오염돼 버려요, 당신이 들었기 때문에. 당신은 내 얼굴까지도 훔쳐 갔어요. 당신은 내 얼굴을 알지만 난 내 얼굴을 모르니까. 그리고 저 여자는? 저 여자는요? 당신이 그녀를 나한테서 훔쳐 간 거야. 우리끼리만 있었다면 그녀가 지금 날 대하듯 감히 대할 수 있을 것 같아요? 아니, 안 돼요. 얼굴에서 손을 떼세요, 당신을 가만히 내버려 두지 않겠어요, 그건 너무 편한 방법이에요. 당신은 그렇게 무심하게, 마치 부처처럼 자기 자신 속에 파묻혀 거기 머물러 있을 거고, 난 두 눈을 감은 채, 그녀가 당신에게 자기 삶의 모든 소리들, 하다못해 옷 바스락대는 소리까지 전부 당신에게 바치고 당신이 보지도 않는 미소를 보내는 것을 느끼고 있겠지요……. 그건 안 되겠어요! 난 내 지옥을 선택하고 싶어요. 난 두 눈 똑바로 뜨고 당신을 쳐다보면서 맨 얼굴로 싸우겠어요.

가르생 　좋아. 이렇게 될 수밖에 없었을 거라고 봐. 그들이 우리를 애들 데리고 놀듯 조종한 거네. 만일 나를 남자들 사이에 집어넣었더라면……. 남자들은 입 다물 줄 아니까. 하지만 너무 많은 걸 요구해선 안 되겠지. (그는 에스텔 쪽으로 가서 그녀의 턱밑에 손을 갖다 댄다.) 그래, 얘야, 내가 맘에 드냐? 네가 나한테 추파를 던졌던 모양인데?

에스텔 　만지지 마세요.

가르생 　허 참! 서로 편하게 지내자고. 내가 여자 좋아했던 것 몰라? 여자들도 날 많이 좋아했었고. 그러니 편하게 트자고, 우린 더 잃을 것도 없는데, 뭘. 예의, 뭐하게?
격식, 뭐하려고? 우리 사이에. 우린 금방 벌레들처럼
홀딱 벗고 있을 텐데 뭐.

에스텔 이거 봐요!

가르생 벌레들처럼! 아! 내가 당신들한테 예고했잖아. 난 당
신들한테 아무것도 안 바랐어, 평화롭게 그냥 침묵만
좀 지켜 달라고 했잖아. 난 손가락으로 귀를 틀어막았
었다고. 고메즈가 책상들 사이에 서서 말하고 있었지,
모든 신문사 동료들이 듣고 있었고. 셔츠 차림으로.
난 그들이 말하는 걸 알아듣고 싶었지만 어렵더군, 지
상에서의 사건들은 너무 빨리 지나가니까. 당신들은
좀 조용히 해 줄 수 없었던 거야? 이젠 다 끝났어, 그
가 더 말을 안 해. 나에 대한 그의 생각은 머릿속으로
다시 들어가 버렸어. 자, 이제 끝까지 가는 수밖에 없
겠군. 벌레들처럼 홀딱 벗고서. 난 내가 누구한테 볼
일이 있는지 알고 싶으니까.

이네스 당신은 알고 있어요. 이젠 알고 있어요.

가르생 저들이 왜 우리를 여기에 처넣었는지 각자 고백하지
않는다면 우린 아무것도 알 수 없을 거요. 자, 그쪽 금
발 아가씨, 시작해 보자고. 왜지? 이유를 말해 봐, 솔
직해야 재앙을 피할 수 있을 거야. 우리가 우리 속에
있는 괴물을 알아보게 되면…… 자, 왜 여기 왔지?

에스텔 나도 모른다고 말했잖아요. 그들이 나한테 알려 주려
하지 않았어요.

가르생 알아. 나한테도 대답해 주려고 안 했지. 하지만 난 나를 알아. 첫 주자로 말하기가 겁나는 건가? 좋아. 내가 먼저 시작하지. (침묵) 난 그리 멋지지 않아.

이네스 상관없어요. 당신이 탈영했다는 건 알아요.

가르생 그 얘긴 놔두쇼. 그 얘긴 절대 더 하지 말라고. 내가 여기 있는 건 내 아내를 고문했기 때문이오. 그게 다죠. 오 년 동안. 물론 그녀는 아직도 고통스러워하죠. 그녀예요, 내가 말을 꺼내기만 하면 그녀가 보여요. 내가 관심 있는 것은 고메즈인데 눈에 보이는 건 아내죠. 고메즈는 어디 있지? 오 년 동안이나. 이런, 내 옷가지들을 그녀한테 돌려줬군. 그녀가 창가에 앉아서 무릎 위에 내 웃옷을 올려놓고 있어. 구멍이 열두 개 뚫린 웃옷. 피, 꼭 녹이 묻은 것 같군. 구멍들 가장자리가 녹슬어 보여. 허 참! 박물관에 보낼 물건이군, 역사적인 웃옷이야. 게다가 그걸 내가 입고 있었지! 당신 울 참인가? 결국 울어 버릴 거야? 난 돼지처럼 취해서 집에 들어가곤 했지, 술 냄새 여자 냄새를 풍기면서. 그녀는 매일 밤 나를 기다렸어요, 그녀는 울지 않았죠. 물론 한 마디 핀잔도 없었고. 눈만 보였지. 커다랗게 뜬 그녀의 눈만. 난 아무것도 후회하진 않소. 죗값은 치르겠지만 후회하진 않소. 밖엔 눈이 오는군. 아니 당신 울 텐가? 그녀는 순교자의 소명을 타고난 여자요.

이네스 (거의 부드러워진 어조로) 왜 아내를 괴롭혔죠?

가르생 그야 뭐 쉬웠기 때문이죠. 말 한마디면 아내의 안색을
        바꿀 수 있었으니까요. 아주 예민했죠. 하 참! 군말 한
        번 없었다니까! 난 아주 짓궂어요. 내가 기다렸죠, 계
        속 기다렸어요. 그래도 어림없었어, 눈물 한 방울, 군
        말 한마디 없었다니까. 내가 아내를 시궁창에서 건진
        거요, 아시겠소? 아내가 웃옷을 손으로 만지고 있어
        요, 보지는 않고서. 손가락으로 더듬더듬 구멍들을 찾
        고 있죠. 당신 뭘 찾고 있는 거야? 뭘 기대하지? 내가
        말했을 텐데, 난 아무것도 후회하지 않는다고. 자, 보
        다시피 아내는 날 너무나 존경했던 겁니다. 무슨 말인
        지 알아듣겠어요?

이네스 아뇨. 난 존경받아 본 적이 없어서요.

가르생 잘됐군요. 당신한텐 잘된 거요. 이 모든 게 당신한테
        는 다 추상적으로 보일 테니까. 자, 그럼 일화를 하나
        들려드리죠. 난 집 안에 혼혈 여자를 한 명 데리고 있
        었어요. 밤마다 굉장했지요! 아내는 2층에서 잤고, 우
        리 소리를 다 들었을 거요. 아내가 제일 먼저 일어났
        고, 또 우리가 늦잠을 잤기 때문에 우리 침대로 아침
        식사를 가져다주었죠.

이네스 망할 자식!

가르생 그럼요, 그럼요, 사랑 듬뿍 받는 망할 자식이었죠. (그
        가 한눈을 파는 듯 보인다.) 아뇨, 아무것도 아니에요. 고
        메즈예요, 하지만 내 이야길 하고 있지는 않네요. 망
        할 자식이라고 하셨던가? 그렇고말고요, 아니면 내가

여기서 뭘 하겠어요? 그런데 당신은?

이네스 뭐, 나는 이승에서 소위 저주받은 여인이라고들 하는 그런 거였죠. 이미 저주받았다는 것 아니겠어요. 그러니 크게 놀랄 거야 없었지요.

가르생 그게 다군요.

이네스 아니오, 플로랑스하고의 사건도 있죠. 하지만 그건 사람이 죽은 이야기예요. 세 명이 죽었죠. 그가 먼저, 그러고 나서 그녀와 나. 이승엔 이제 아무도 안 남았고, 난 평온해요. 방만 남아 있죠. 가끔 방이 보여요. 텅 빈 채로 덧창은 닫혀 있죠. 아! 아! 드디어 그들이 봉인들을 떼 버렸네요. 세놓음……. 방을 세놓는다는군요. 문에 알림판이 걸려 있어요. 참…… 가소롭군.

가르생 셋. 분명히 셋이라고 했소?

이네스 셋.

가르생 남자 하나와 여자 둘?

이네스 그래요.

가르생 그것 참. (침묵) 남자는 자살했나요?

이네스 그 사람이오? 그럴 위인도 못 돼요. 그렇지만 고통을 안 겪은 건 아니죠. 아니었어요, 전차에 깔렸으니까. 웃긴 얘기죠! 내가 그들 집에서 살았어요, 남자가 내 사촌이었거든요.

가르생 플로랑스가 금발이었어요?

이네스 금발이오? (에스텔에게 시선을 던지며) 보다시피, 나는 아무것도 후회하지 않아요, 하지만 이 이야길 당신한테 하는 건 썩 유쾌하지 않네요.

가르생 자, 뭘 그래요! 당신은 그녀가 그 남자한테 싫증 내도록 만든 거요?

이네스 야금야금. 말 한마디씩 툭툭 던지면서요. 예를 들자면 그는 소리를 내면서 마셔 댄다느니, 컵 속에서 콧바람을 불어 댄다느니 하는 말들을 하는 거지요. 아무것도 아닌 것들. 오! 불쌍한 인간이었어요, 상처 잘 받는. 왜 웃죠?

가르생 왜냐하면 난, 상처를 잘 안 받는 사람이거든.

이네스 두고 볼 일이죠. 내가 그녀 속으로 스르르 들어가서 그녀가 내 눈을 통해서 그를 봤어요……. 결국 그녀는 내 품에 남게 되었죠. 우리는 시내 반대쪽에 방을 하나 얻었어요.

가르생 그러고는?

이네스 그러고 나서 그 전차 얘기죠. 난 그녀에게 늘 이렇게 말했어요, 그러니까 꼬마 아가씨, 우리가 그를 죽인 거야. (침묵) 내가 참 못됐죠.

가르생 예. 나도 마찬가지요.

이네스 아니오, 당신은, 당신은 못된 사람은 아녜요. 그건 달라요.

가르생 뭐가요?

이네스 나중에 말해 줄게요. 하지만 나는 못됐어요. 내가 살아가기 위해서 남들의 고통이 필요하다는 얘기죠. 불씨. 사람들 마음속의 불씨. 나 혼자일 때, 난 꺼져 있어

요. 여섯 달 동안 나는 그녀의 가슴속에서 활활 타올
랐죠. 내가 전부 태워 버렸어요. 어느 날 밤 그녀가 일
어났어요. 내가 눈치 못 채게 가스 밸브를 열려는 거
였죠. 그러고 나서는 내 옆에 다시 누웠어요. 그렇게
된 거예요.

가르생   흠!

이네스   뭐요?

가르생   아니오. 깔끔하진 못하군요.

이네스   뭐 그렇죠, 깔끔하진 못해요. 그래서요?

가르생   오! 당신이 옳소. (에스텔에게) 아가씨 차례야. 아가씬
무슨 짓을 했지?

에스텔   말했잖아요, 아무것도 모르겠다고. 아무리 생각해 봐
도…….

가르생   좋아. 그럼, 내가 좀 도와주지. 얼굴 망가진 그 친구,
누구지?

에스텔   누구 얘기죠?

이네스   잘 알잖아. 네가 무서워했던 그 사람, 처음 들어왔을
때 말이야.

에스텔   그냥 친구예요.

가르생   왜 그 사람을 무서워했던 거지?

에스텔   당신이 나한테 그런 걸 물어볼 권리는 없잖아요.

이네스   그 사람 너 때문에 자살했어?

에스텔   천만에요, 미쳤군요.

가르생   그러면 왜 그를 무서워하는 거야? 그가 자기 얼굴에

다 대고 총 한 방 쏜 거구나, 응? 그게 그의 머리를 날려 버린 거야?

에스텔 닥쳐요! 닥쳐요!

가르생 너 때문에! 너 때문에!

이네스 너 때문에 총을 한 방 쏜 거구나.

에스텔 날 좀 내버려 둬요. 당신들이 무서워요. 난 갈 거예요! 난 갈 거라고요! (그녀가 문 쪽으로 달려가서 문을 흔든다.)

가르생 가 버려. 나야 그 이상 좋을 수 없지. 하지만 문이 밖에서 잠겨 있어.

(에스텔이 초인종을 누른다. 벨이 울리지 않는다. 이네스와 가르생이 웃음을 터뜨린다. 에스텔이 문에 등을 기대고 그들 쪽으로 돌아선다.)

에스텔 (느리고 쉰 목소리로) 당신들 비열해요.

이네스 맞아, 비열하지. 그래서? 그러니까 그 친구가 너 때문에 자살을 했군. 네 애인이었어?

가르생 물론 애인이었겠지. 그리고 그가 이 아가씨를 혼자 독차지하고 싶어 했고. 내가 틀렸어?

이네스 그는 직업 춤꾼처럼 탱고를 잘 췄는데, 하지만 가난했던 거야, 내 생각엔.

(침묵)

가르생 묻잖아, 그가 가난했느냐고?

에스텔 네, 가난했어요.

가르생 한데 너는 너 나름대로 지켜야 할 체면이 있었던 거
        고. 어느 날 그가 와서, 너한테 애원하자 네가 조롱했
        던 거지.

이네스 응? 응? 네가 조롱했어? 그 때문에 그가 자살한 거야?

에스텔 그런 눈으로 당신은 플로랑스를 쳐다봤던 거야?

이네스 그래.

(사이. 에스텔이 웃음을 터뜨린다.)

에스텔 둘 다 완전히 헛다리 짚었어요. (그녀는 다시 몸을 세우
        고 여전히 문에 등을 기댄 채 그들을 바라본다. 까칠하고 도
        발적인 어조로) 그는 내가 아기를 낳길 바랐죠. 자, 이
        젠 만족해요?

가르생 근데 너는, 넌 원하지 않았고.

에스텔 맞아요. 그런데도 애가 들어섰어요. 난 다섯 달 동안
        스위스에 가서 지냈어요. 아무도 전혀 몰랐죠. 딸이었
        어요. 그 애가 태어날 때 로제가 내 옆에 있었어요. 그
        는 딸이 생겨서 기뻐했죠. 난 아니었어요.

가르생 그다음엔?

에스텔 발코니가 하나 있었어요, 호수 위로. 난 큰 돌을 하나
        안고 들어왔죠. 그가 소리치더군요, "에스텔 제발, 이
        렇게 빌잖아." 난 그가 끔찍이도 미웠죠. 그는 모든 것
        을 다 봤어요. 그이는 발코니에서 몸을 내밀고 호수

위에 둥근 파문이 번지는 걸 봤죠.

가르생 그다음엔?

에스텔 그게 다예요. 난 파리로 돌아왔어요. 그이는, 그는 자기가 하고 싶은 걸 했고요.

가르생 스스로 자기 머리를 날려 버린 건가?

에스텔 바로 그래요. 부질없는 짓이었죠. 내 남편은 아무것도 의심하지 못했거든요. (사이) 난 당신들을 증오해요.

(그녀는 눈물 없이 오열한다.)

가르생 헛수고야. 여기선 눈물이 안 흐르거든.

에스텔 난 비겁해요! 난 비겁해! (사이) 내가 당신들을 얼마나 증오하는지 모를 거야!

이네스 (그녀를 두 팔로 안으며) 가엾은 것! (가르생에게) 심문은 끝났어요. 그 사형집행인 같은 주둥아리 하고 있을 필요 없어요.

가르생 사형집행인 같다고…… (그는 주변을 둘러본다.) 거울에 내 얼굴을 비춰 볼 수만 있으면 뭐든 다 하겠어. (사이) 왜 이렇게 덥지! (그는 기계적으로 웃옷을 벗는다.) 아! 이거 실례. (그는 다시 입으려 한다.)

에스텔 셔츠 바람으로 계셔도 괜찮아요. 이젠…….

가르생 그럼. (그는 웃옷을 의자 위에 던진다.) 날 원망해서는 안 돼, 에스텔.

에스텔 당신을 원망하지 않아요.

이네스　그럼 나야? 넌 내가 원망스러운 거야?

에스텔　그래요.

(침묵)

이네스　어때요, 가르생? 이제 우리 모두 벌레처럼 알몸이네
요. 그래서 더 분명해진 게 있나요?

가르생　모르겠소. 아마도 조금은 더 분명해졌겠죠. (조심스레)
우리가 서로를 좀 도울 수는 없을까요?

이네스　난 도움 필요 없어요.

가르생　이네스, 그들은 모든 줄들을 엉키게 해 놨소. 당신이
살짝만 몸을 움직여도, 당신이 부채질하려고 손만 들
어도, 에스텔과 나는 진동을 느껴요. 우리 중 누구도
혼자서는 구원받을 수 없어요. 같이 망하든지 아니면
함께 난관을 벗어나든지 할 수밖에 없는 거요. 선택해
요. (사이) 무슨 일이오?

이네스　그들이 그걸 세워 버렸어요. 창문들이 다 활짝 열리
고, 한 남자가 내 침대 위에 앉아 있네요. 세워 버렸
군! 세워 버렸어! 들어오세요, 들어오세요, 불편해 마
세요. 어떤 여자예요. 그녀가 남자 쪽으로 가서 양어
깨에 손을 얹었어요……. 불 안 켜고 뭐 하지, 아무것도
안 보이는데? 키스를 하려고 그러나? 여긴 내 방이야!
내 방이라고! 그런데 왜 불을 안 켜지? 더 이상 그들
이 안 보여요. 뭐라고 속닥이는 거야? 저 사람 내 침대

위에서 그녀를 애무할 셈인가? 저 여자 말로는 지금 정오라서 해가 중천에 떠 있다는데. 그럼 내 눈이 멀어 버린 거로군. (사이) 끝났어. 이젠 아무것도, 보이지도 않고 들리지도 않네. 드디어 나하고 이승하고는 끝인가 봐요. 더 이상 알리바이가 없어. (그녀가 몸서리친다.) 뭔가 텅 비어 버린 느낌이에요. 이제 난 완전히 죽은 거네. 여기에만 오롯이. (사이) 아까 뭐랬죠? 나를 도와준다고 했던 것 같은데?

가르생   그랬소.

이네스   뭐를요?

가르생   저들의 계략을 피할 수 있게.

이네스   그럼 나는, 그 대가로?

가르생   당신은 나를 돕는 거지. 힘들 일은 거의 없을 거요, 이네스. 그냥 돕겠다는 선의만 있으면 될 테니까.

이네스   선의라……. 그걸 어디서 찾죠? 난 썩었어요.

가르생   난 안 그래요? (사이) 어쨌든 한번 해 보지 않겠소?

이네스   난 메마른 사람이에요. 받을 수도 줄 수도 없는데, 어떻게 내가 당신을 도울 수 있겠어요? 죽은 나뭇가지에는 금방 불이 붙는 법이죠. (사이. 그녀는 두 손에 얼굴을 묻고 있는 에스텔을 바라본다.) 플로랑스는 금발이었어요.

가르생   이 애가 당신의 사형집행인이 될 거란 건 알고 있소?

이네스   아마도 그렇겠죠.

가르생   저들은 그녀를 통해서 당신을 꼼짝 못 하게 할 거요. 나로 말하자면, 난…… 나는…… 나는 그녀한테 아무

관심 없어요. 만일 당신 쪽에서…….

이네스 뭐라고요?

가르생 함정이에요. 그들은 당신이 거기에 걸리는지 몰래 지켜보고 있어요.

이네스 알아요. 그리고 **당신**, 당신도 함정이에요. 그들이 당신 말을 예상 못 했을 것 같아요? 그리고 우리 눈에는 안 보이는 덫들을 거기 숨겨 놓지 않았겠어요? 모든 게 다 함정이죠. 하지만 그래 봐야 나한테 어쩌겠어요? 나 역시도 함정[8]인걸. 저 애를 잡기 위한 함정. 저 애를 사로잡는 건 아마도 내가 될 거예요.

가르생 당신은 아무것도 못 잡을 거요. 우리는 놀이공원의 목마들처럼 서로의 뒤를 쫓을 뿐 결코 못 만납니다. 그들이 빈틈없이 짜 놨다고 믿어도 좋아요. 포기해요, 이네스. 손을 풀고 다 놔요. 그렇지 않으면 당신이 우리 셋 모두에게 불행을 초래할 거요.

이네스 내가 손을 놓을 사람처럼 보여요? 난 뭐가 기다리는지 알아요. 난 활활 불붙을 거예요, 나는 불타고 그것이 끝나지 않으리란 것도 알죠. 난 다 알아요, 내가 손을 놓을 거라 생각하세요? 내가 저 애를 사로잡을 거고, 그녀는 내 눈을 통해서 당신을 보게 될 거예요, 플로랑스가 다른 사람을 보던 것처럼. 당신 불행에 대해서 무얼 말하러 온 거예요? 난 다 안다고 말하잖아요,

---

8) 사르트르와 보부아르 사이에서 이 단어는 종종 여성 동성애자를 지칭했다.

그리고 난 나 자신을 동정할 수조차 없어요. 함정, 허참! 함정이라. 물론 난 함정에 빠졌죠. 그래서 어떻다는 건데요? 잘됐죠, 그들이 만족한다면.

가르생 (그녀의 어깨를 잡으며) 하지만 난 당신을 동정할 수 있소. 날 봐요, 우린 벌거벗었어요. 뼛속까지 벌거벗었고 난 당신 마음속까지 알아요. 이건 인연이오, 내가 당신에게 해를 끼칠 거라고 생각해요? 난 아무것도 후회하지 않고, 아무것도 불평하지 않아요. 나 역시 메마른 사람입니다. 하지만 당신에 대해서는 연민을 느껴요.

이네스 (그가 말하는 동안은 가만히 있다가 이내 몸을 흔든다.) 내게 손대지 마요. 난 누가 만지는 건 질색이에요. 그리고 당신의 연민은 아껴두시죠. 이봐요! 가르생, 이 방 안엔 당신을 위한 함정들도 많아요. 당신을 위한. 당신을 위해서 준비된 거죠. 당신 일이나 열심히 하는 게 좋을 겁니다. (사이) 만약 당신이 우리, 저 애와 나를 진짜 조용히 내버려 둔다면 나도 당신을 해치지 않도록 하지요.

가르생 (잠시 그녀를 쳐다보다가 어깨를 으쓱한다.) 좋소.

에스텔 (고개를 다시 들며) 도와줘요, 가르생.

가르생 나한테 뭘 바라는 거요?

에스텔 (일어서서 그에게로 다가오며) 나를, 당신은 날 도울 수 있어요.

가르생 저 사람한테 말해요.

(이네스가 에스텔의 뒤로 몸이 닿지는 않게 바짝 다가 선다. 대화가
진행되는 동안 이네스는 거의 그녀의 귀에 대고 말하게 될 것이다.
그러나 에스텔은 말없이 자기를 쳐다보고 있는 가르생 쪽으로 몸을
돌린 채 마치 질문을 하는 것이 가르생인 양 그에게만 대답한다.)

에스텔   부탁이에요, 약속했잖아요, 가르생, 약속했잖아요! 빨
　　　　리요, 빨리, 난 혼자 있고 싶지 않아요. 올가가 그를 댄
　　　　스홀에 데리고 갔어요.

이네스　그녀가 누구를 데리고 갔다고?

에스텔　피에르. 그들 둘이서 춤을 추네요.

이네스　피에르가 누구야?

에스텔　바보 같은 애죠. 그는 나를 자기의 샘물이라고 불렀어
　　　　요. 나를 사랑했죠. 그녀가 그를 댄스홀에 데리고 간
　　　　거예요.

이네스　너 그 친구 사랑해?

에스텔　그들이 다시 앉네요. 올가가 숨이 차서 헉헉대요. 그
　　　　녀가 춤을 왜 추지? 살을 빼려는 게 아니라면. 물론 아
　　　　니죠. 물론 난 그를 사랑하지 않았죠. 그는 열여덟 살
　　　　이고 난 애들 잡아먹는 괴물이 아니거든요, 난.

이네스　그럼 내버려 둬. 너하고 무슨 상관이야?

에스텔　그는 내 것이었어요.

이네스　지상에 이제 네 것은 없어.

에스텔　내 것이었어요.

이네스　그래, **그랬었지**……. 어디 그를 잡으려고 해 봐, 그를

만지려고 해 보라고. 올가는 그를 만질 수 있어, 그녀
는. 안 그래? 안 그래? 그녀는 그 친구의 두 손을 잡을
수도 있고 무릎을 비빌 수도 있어.

에스텔　그녀가 저 커다란 젖가슴을 그에게 들이밀고 있어요,
얼굴에 입김까지 뿜고. 엄지 동자, 불쌍한 엄지 동자,
그냥 코앞에 대고 비웃어 버리지 뭘 기다리니? 아! 내
가 한번 쳐다보기만 해도 저것이 감히 저러지는 못할
텐데……. 정말 난 이제 아무것도 아닌 건가?

이네스　더 이상 아니지. 그리고 땅 위엔 이제 네 것이 아무것
도 없어, 너에게 속하는 건 모두 여기 있으니까. 종이
칼을 줄까? 바르브디엔 청동상? 파란색 장의자는 네
거야. 그리고 내가 있잖아, 얘야, 난 영원히 네 거야.

에스텔　엉? 내 거라고요? 아니 두 사람 중 누가 나를 자기 샘
물이라고 부르겠어요? 당신들은 속지 않아요, 당신
들, 당신들은 내가 쓰레기라는 걸 알잖아요. 나를 생
각해 줘, 피에르, 나만 생각해, 나 좀 지켜 줘. 네가 '나
의 샘물, 나의 소중한 샘물'이라고 생각하는 한, 나
는 여기에 반만 와 있는 거야, 난 반만 죄가 있는 거고
난 네 곁에 거기 샘물로 있는 거야. 그녀가 토마토처
럼 벌겋네. 참 어처구니없군, 우린 백번도 더 저 애를
같이 비웃었잖아. 이 음악은 뭐지, 내가 정말로 좋아
했던 건데? 아! **세인트루이스 블루스**구나……. 그래 춤
춰, 춤춰. 가르생, 당신이 그녀를 볼 수 있다면 참 재
미있어할 텐데. 그러니까 그녀는 내가 자기를 **보고 있**

다는 걸 전혀 모르겠죠. 네가 보여, 네가 보인다고, 머리는 헝클어지고 얼굴은 뒤집힌 채 그의 발을 밟아 대는 네가 보인다고. 웃겨 죽겠네. 자! 더 빨리! 더 빨리! 그가 그녀를 당겼다가 밀었다가. 못 봐주겠군. 더 빨리! 그는 나한테 이렇게 말하곤 했죠, 당신 정말 가볍군요. 힘내, 힘내! (그녀는 말하면서 춤춘다.) 내가 말했잖아, 네가 보인다고. 저것이 날 우습게 보나 봐, 내가 쳐다보는데도 춤을 추잖아. 우리 소중한 에스텔! 뭐라고, 우리 소중한 에스텔이라고? 아! 그 입 좀 다물지! 넌 장례식에서도 눈물 한 방울 안 흘렸으면서. 저 여자가 그에게 "우리 소중한 에스텔."이라고 말했어요. 뻔뻔스럽게도 그에게 내 이야기를 꺼내다니. 자, 박자 맞춰. 말하면서 동시에 춤까지 춘다면 그녀가 아니죠. 아니 이건 뭐…… 안 돼! 안 돼! 그에게 말하지 마! 그 애 내가 너한테 포기하니까 모시고 가서 데리고 살건 네 맘대로 해, 하지만 그 애한테 말을 하지는 마……. (그녀가 춤추기를 멈춘다.) 좋아. 그럼 이제 네가 그를 가져도 돼. 저 여자가 그 애한테 끝내 다 말해 버렸어요, 가르생. 로제 이야기며 스위스 여행, 아기, 전부 다 얘기해 버렸어요. "우리 소중한 에스텔은, 아니었던 거지……." 아니지, 아니지, 물론, 난 아니었지……. 그가 슬픈 표정으로 머리를 젓고 있어요, 하지만 새로 알게 된 사실에 충격을 받은 것 같진 않네요. 이젠 그를 가져. 그의 긴 속눈썹이나 그 소녀 같은 태도를 가지고 너하고 다투진 않을 거야. 하! 그는 날 자기 소중한 샘물이라고, 수정이라고 불렀지. 근데 이제 수정이 산산조각 났군. "우리 소중한 에스텔." 춤춰! 춤추라니까! 박자 맞춰서. 하나, 둘. (그녀가 춤춘다.) 잠깐이라도, 정말 아주 잠깐이라도 땅 위 세상으로 돌아갈 수 있다면, 가서 춤출 수 있다면, 세상 그 무엇이라도 다 내놓을 텐데. (그녀가 춤춘다. 사이) 이젠 잘 안 들리네요. 그들이 탱고를 추려는지 불을 껐어요, 왜 들리지도 않게 연주를 하지요? 좀 더 크게! 너무나 멀리 들리는군! 이젠……이젠 아무것도 안 들려요. (그녀가 춤을 멈춘다.) 정말 더 안 들려요. 이승이 나를 떠났어요. 가르생, 날 좀 봐요, 두 팔로 날 좀 안아 줘.

(이네스가 에스텔의 등 뒤에서 가르생에게 물러서라고 신호한다.)

이네스 (명령조로) 가르생!

가르생 (한 발짝 물러서며 에스텔에게 이네스를 가리킨다.) 저 여자에게 말하세요.

에스텔 (가르생을 꽉 잡으며) 가지 마세요! 당신도 남자예요? 날 좀 쳐다보라고요, 눈 돌리지 말고, 그게 그렇게 힘들어요? 그래도 내 머리칼은 금발이고 어쨌든 어떤 사람은 나 때문에 자살까지 했다고요. 제발 부탁해요, 당신도 뭐든 봐야 할 거 아니에요. 그게 내가 아니라면, 청동상이나 탁자나 의자들이라도. 그래도 내가 더

보기 괜찮잖아요? 이봐요, 난 새끼 새가 둥지에서 떨어지듯 그들의 마음에서 떨어져 버렸어요. 날 거둬 줘요, 날 품어 줘요, 당신 마음속에. 그럼 내가 얼마나 상냥한지 보게 될 거예요.

가르생 (그녀를 억지로 밀어내며) 저 여자한테 말해 보라고 하잖아요.

에스텔 저 여자한테요? 하지만 그녀는 상관없어요, 여자잖아요.

이네스 내가 상관없다고? 그렇지만, 이 작은 새, 내 작은 종달새야, 네가 내 마음속에서 안식처를 구한 지가 벌써 한참 됐는걸. 무서워하지 마, 내가 눈 한 번 깜박이지 않고 쉼 없이 널 봐줄 테니까. 너는 한 줄기 햇살 속에서 반짝이는 빛 조각처럼 내 시선 안에서 살게 될 거야.

에스텔 한 줄기 햇살? 하! 됐으니 귀찮게 좀 굴지 마세요. 당신은 좀 전에도 나에게 수작을 걸었지만 보다시피 안 통했잖아요.

이네스 에스텔! 나의 소중한 샘물, 나의 수정.

에스텔 **당신의 수정?** 우습군요. 누굴 속이겠다는 거예요? 봐요, 세상 사람이 다 내가 창문 밖으로 아이를 내던졌다는 걸 알아요. 수정은 땅 위에서 산산조각 났고 난 개의치 않아요. 나는 한낱 가죽일 뿐이죠. 그리고 내 가죽은 당신을 위한 게 아니고요.

이네스 이리 와 봐! 넌 네가 원하는 것이 될 테니까, 그게 샘물이든 구정물이든, 넌 내 눈 깊은 곳에서 네가 원하는 모습 그대로의 널 되찾게 될 거야.

에스텔 이것 봐요! 당신한테는 눈이 없어! 당신이 날 가만히
눠두게 하려면 도대체 어떻게 해 줘야 하지? 자! (그녀
는 이네스의 얼굴에 침을 뱉는다.)

(이네스가 그녀를 갑작스럽게 놓는다.)

이네스 가르생! 당신 이 값을 치르게 될 거야!

(사이. 가르생이 어깨를 으쓱하고는 에스텔에게로 간다.)

가르생 그래? 남자를 원하는 거야?
에스텔 그냥 남자 말고. 당신.
가르생 허튼소리 마. 어느 남자든 상관없었을 거야. 그냥 여
기 있었던 게 나니까, 나인 거지. 좋아. (그가 그녀의 어
깨를 잡는다.) 너도 알지만, 나에겐 네가 좋아할 만한
점이 전혀 없어. 멍청한 꼬마도 아닌 데다 탱고도 못
추거든.
에스텔 당신을 있는 그대로 그냥 받아들일 거야. 어쩌면 내가
당신을 변하게 할지도 모르지.
가르생 글쎄. 난 좀…… 산만할 거야. 머릿속에 다른 일들이
있거든.
에스텔 어떤 일들?
가르생 너한테는 별로 재미없을걸.

에스텔 당신 의자에 앉아 있겠어. 당신이 나한테 신경 써 주기를 기다릴 테야.

이네스 (웃음을 터뜨리며) 하! 암캐 같은 계집애! 벌벌 기는구나! 벌벌 기어! 저 사람이 잘생기기나 했다면 몰라!

에스텔 (가르생에게) 그 여자 말은 듣지 마요. 그녀는 눈도 없고 귀도 없어요. 그녀는 문제가 안 돼요.

가르생 내가 할 수 있는 거라면 너한테 줄게. 많지는 않지. 널 사랑하진 않을 거야, 너를 너무 잘 알거든.

에스텔 당신 날 원해요?

가르생 응.

에스텔 그거면 됐어요.

가르생 그렇다면……. (그가 그녀에게로 몸을 기울인다.)

이네스 에스텔! 가르생! 둘 다 미쳤어! 내가 여기 있잖아, 내가!

가르생 알고 있어, 그래서 어쩌라고?

이네스 내 앞에서? 당신들은…… 당신들은 그럴 수 없어!

에스텔 왜? 난 내 시중들어 주던 여자 앞에서도 옷을 잘 벗었더랬어.

이네스 (가르생을 붙잡고 늘어지며) 그 애를 놔줘요! 놔주라고요! 그 더러운 사내 손으로 그녀를 만지지 마요!

가르생 (그녀를 세차게 밀치며) 작작 좀 해, 난 신사가 아니라 여자 하나 패는 정도는 아무렇지도 않아.

이네스 당신 나한테 약속했잖아요, 가르생, 약속했잖아! 제발 부탁이에요, 당신 약속했잖아요!

가르생 협약을 깬 건 당신이야.

(이네스는 떨어져 나와서 방 한구석으로 물러난다.)

이네스 당신들 하고 싶은 대로 해 봐, 당신들이 이겼으니까.
하지만 잊지 마요, 내가 여기서 당신들을 보고 있다는
걸. 당신들한테서 눈을 떼지 않을 거예요, 가르생. 당
신은 내가 보는 앞에서 그녀를 안아야 할 거야. 둘 다
얼마나 증오스러운지 모르겠어! 어디 사랑해 봐, 사랑
해 보라고! 우린 지옥에 떨어져 있으니 내 차례도 오
게 될걸.

(이어지는 장면 동안 이네스는 한 마디 말도 없이 그들을 지켜본다.)

가르생 (에스텔 쪽으로 돌아와 그녀의 어깨를 잡으며) 입 맞춰 줘.

(사이. 가르생이 에스텔에게 몸을 숙이다가 갑작스레 몸을 다시 세
운다.)

에스텔 (분한 몸짓으로) 허 참⋯⋯! (사이) 저 여자한테 신경
쓰지 말라고 했잖아요.
가르생 사실 저 여자가 문제야. (사이) 고메즈가 신문사에 있
어. 그들은 창문을 죄다 닫았어, 겨울인 거지. 여섯 달.
반년 전에 그들이 나를⋯⋯ 내가 종종 딴 데 정신이

팔릴 거라고 미리 말했지? 그들은 덜덜 떨고 있어, 윗도리를 입고 있어……. 저기서 저렇게들 추워하다니 우습군, 난 이렇게 더운데. 이번에는 그가 내 얘기를 하는군.

에스텔　오래 걸리겠어요? (사이) 최소한 그가 무슨 말을 하는지는 내게 말해 줘요.

가르생　아니야, 아무것도. 그는 아무 말도 안 해. 개 같은 자식, 그뿐이야. (그가 귀를 기울인다.) 진짜 개 같은 자식. 쳇! (그가 에스텔에게 다가간다.) 우리 얘기 다시 할까? 네가 날 사랑하게 될까?

에스텔　(미소 지으며) 그야 아무도 모르죠.

가르생　네가 날 믿어 줄까?

에스텔　그런 웃긴 질문이 어디 있어요, 당신은 언제나 내 눈앞에 있을 거고, 당신이 이네스하고 바람피울 것도 아닌데.

가르생　물론. (사이. 그가 에스텔의 어깨를 놓는다.) 내가 말한 건 다른 신뢰 얘기야. (그가 귀를 기울인다.) 그래! 그래! 네 맘대로 얘기해, 내가 거기 가서 변명할 것도 아니니까. (에스텔에게) 에스텔, 너는 나를 꼭 믿어 줘야만 해.

에스텔　황당하네요! 아니 당신은 내 입술도 가졌고, 내 팔, 내 온몸을 가져서 모든 게 너무나 간단할 텐데…… 믿어 달라고? 난 내줄 믿음이 없어요, 나는. 당신 정말 사람을 불편하게 하네. 아하! 당신이 나에게 믿어 달라고 호소할 만큼 나쁜 짓을 한 게로군요.

가르생   그들은 날 총살했어.

에스텔   알아요. 당신이 떠나기를 거부했다면서요. 그래서요?

가르생   내가…… 내가 완전히 거부했던 것은 아니야. (보이지
않는 사람들을 향해) 저 친구 말 한번 잘하는군. 비난도
적절하게 하고, 하지만 꼭 해야 했던 말은 하지 않는
군. 아니 내가 장군 집에 가서 그에게 "장군님 저는 떠
나지 않겠습니다."라고 말했어야 되나? 말도 안 되지!
그들이 날 가뒀을 거야. 난 증언하고 싶었단 말이야,
나는, 증언을! 그들이 내 목소리를 덮어 버리는 걸 원
치 않았다고. (에스텔에게) 난…… 난 기차를 탔어. 국
경에서 그들한테 잡혔지.

에스텔   어딜 가려고 했는데요?

가르생   멕시코로. 거기서 반전 신문을 펴낼 생각이었지. (침
묵) 자, 뭐라고 말 좀 해 봐.

에스텔   내가 무슨 말을 해 주면 좋겠어요? 당신이 싸우기 싫
어서 그런 거야 아주 잘한 일이죠. (가르생의 신경질적
인 몸짓) 아! 내 사랑, 당신한테 무슨 대답을 해 줘야
할지 감을 못 잡겠네요.

이네스   내 사랑, 그 사람한테는 그가 한 마리 사자처럼 도망
쳤다고 말해 줘야 돼. 왜냐하면 그는 도망쳤거든, 너
의 그 대단한 애인이 말이야. 그게 아직도 자기 마음
에 걸리는 거야.

가르생   도망쳤든, 떠났든, 당신 마음대로 골라 말해 봐.

에스텔   당신은 도망쳐야만 했어요. 당신이 거기 남았다면 그

들이 손에 수갑을 채웠을 테니.

가르생 물론이지. (사이) 에스텔, 내가 비겁한 놈인가?

에스텔 글쎄 내가 어떻게 알겠어요, 내 사랑, 당신 속에 들어
　　　　가 본 것도 아닌데. 당신이 결정하는 거죠.

가르생 (맥 빠진 몸짓으로) 나는 결정 못 해.

에스텔 어찌 됐든 당신이 잘 되짚어 봐야 해요, 당신이 그렇
　　　　게 행동한 데는 이유가 있을 거잖아요.

가르생 그랬지.

에스텔 그런데?

가르생 그게 진짜 이유일까?

에스텔 (언짢은 듯이) 참 복잡한 사람이네.

가르생 나는 증언하고 싶었어, 난⋯⋯ 나는 오래 생각해 봤
　　　　지⋯⋯. 그게 진짜 이유일까?

이네스 아! 그게 문제군. 그게 진짜 이유인가? 당신은 따져
　　　　보고, 경솔하게 발을 들이고 싶지 않았던 거지. 하지
　　　　만 두려움, 증오 그리고 사람들이 숨기는 모든 추잡한
　　　　것들, 그것들도 역시 이유가 돼. 자, 찾아봐, 당신한테
　　　　물어봐.

가르생 입 닥쳐! 내가 언제 당신한테 조언해 달라고 했어? 난
　　　　감방에서 밤낮으로 걸었어. 창가에서 문으로, 문에서
　　　　창가로. 난 감시당했어. 발자국마다 추적당했지. 난
　　　　인생 전체를 나한테 질문하면서 보낸 것 같아, 그러고
　　　　는 뭐 행위라는 게 거기 있었던 거지. 나는⋯⋯ 난 기
　　　　차를 탔어, 그건 확실해. 하지만 왜? 왜? 결국 난 이렇

게 생각했지, 내가 죽으면 결정될 거라고. 내가 깨끗이 죽어 버리면, 내가 비겁한 놈이 아니었다는 게 증명될 거라고……

이네스 그런데 어떻게 죽었죠, 가르생?

가르생 고약하게. (이네스가 웃음을 터뜨린다.) 오! 그냥 단순한 육체적 장애였소. 부끄럽진 않아. 다만 모든 게 영원히 미결인 채로 남았지. (에스텔에게) 이리로 와. 날 쳐다봐. 그들이 땅 위에서 나에 대해 이야기를 하는 동안에는 누군가 날 쳐다봐 주는 게 필요해. 난 초록색 눈이 좋아.

이네스 초록색 눈을? 그것 보라고! 그럼 너는, 에스텔? 넌 비겁한 인간들을 좋아해?

에스텔 나는 아무래도 상관없어요. 비겁하건 아니건 안아 주기만 한다면야.

가르생 그들이 시가를 피우면서 머리를 끄덕거리고 있군, 지겨운 거지. 그들은 가르생이 비겁한 놈이라고 생각하고 있어. 말랑하게, 어렴풋이. 그래도 어쨌든 뭔가를 생각하려는 거야. 가르생은 비겁한 놈이다! 이게 바로 그들이 내린 결정이야, 그들, 내 친구들이 말이야. 반년이 지난 후엔 이런 말도 하겠지, "가르생같이 비겁한"이라고. 당신 둘은 운이 좋아, 땅 위에서는 아무도 당신들 생각을 더 안 하잖아. 난, 내 삶은 그보다 훨씬 질기지.

이네스 그런데 당신 아내는, 가르생?

가르생 아, 뭐, 내 아내. 그녀는 죽었소.

이네스 죽어요?

가르생 당신들한테 그 말 해 주는 걸 깜박했나 보군. 그녀는
바로 얼마 전에 죽었어. 두 달쯤 됐지.

이네스 상심이 커서?

가르생 물론 상심이 커서지. 아니면 무엇 때문에 죽었겠소?
자, 모든 게 잘됐네. 전쟁은 끝났고, 내 아내는 죽었고
나는 역사 속으로 들어와 버렸으니까.

(그는 눈물 없이 흐느끼며 얼굴에 손을 가져간다. 에스텔이 그에게
매달린다.)

에스텔 내 사랑, 내 사랑! 나 좀 봐요, 내 사랑! 나를 만져요,
나를 만져. (그녀가 그의 손을 붙잡아서 자기 가슴에 갖다
댄다.) 당신 손을 내 가슴에 얹어요. (가르생이 손을 빼
려 한다.) 손 좀 놔줘요, 가만 놔줘요, 움직이지 마. 그
들도 하나씩 죽을 거예요, 그러니 그들이 무슨 생각을
하든 상관없잖아요. 그들을 잊어버려요. 이젠 나밖에
없는 거야.

가르생 (손을 빼며) 그들은 나를 잊어버리지 않아, 그들은. 그
들은 죽겠지, 하지만 다른 이들이 또 와서, 지령을 받
게 될 거야. 난 그들 손에 내 인생 전체를 남겨 놓은 꼴
이지.

에스텔 아! 당신은 생각이 너무 많아!

가르생 　그것 말고 또 뭐가 있어? 전에 난 행동했었지…….
아! 단 하루만이라도 그들 사이로 돌아간다면…… 멋
지게 반박할 수 있을 텐데! 하지만 게임은 끝났어. 그
들은 나를 빼놓고 결산을 해 버렸지. 그들이 옳아, 난
죽었으니까. 덫에 걸린 쥐새끼 꼴이지. (그가 웃는다.)
나는 일종의 공공재산이 되어 버린 거야.

(사이)

에스텔 　(상냥하게) 가르생!
가르생 　너 거기 있어? 그럼 잘 들어, 네가 날 위해 뭘 좀 해 줘
야겠어. 아니, 도망가지 마. 나도 알아, 너한테 누가 도
움을 청한다는 게 웃겨 보일 테지, 익숙하지 않으니
까. 하지만 네가 원하기만 한다면, 조금만 노력한다
면, 우리 진짜로 서로를 사랑할 수 있지 않을까? 생각
해 봐, 내가 비겁한 놈이라고 떠드는 자들이 수천이
야. 하지만 수천이 대수야? 하나의 영혼이, 단 하나의
영혼이라도, 내가 도망친 것이 아니라고, 나는 도망칠
수도 없었다고, 나는 용감하고 결백하다고 온 힘을 다
해서 자신 있게 말해 줄 수 있다면, 나는…… 나는 구
원받을 수 있다고 확신해! 나 좀 믿어 주겠어? 그럼
넌 내게 나 자신보다 더 소중한 사람이 될 거야.
에스텔 　(웃으면서) 바보! 이 귀여운 바보! 내가 비겁한 사람을
사랑할 수 있을 것 같아요?

가르생   하지만 네가 좀 전에…….

에스텔   당신을 놀렸던 거예요. 난 사내들을 좋아해요, 가르생,
         진짜 남자들 말이에요, 피부가 거칠고 손이 억센. 당신
         턱이 비겁자 같은 것도 아니고, 입도 비겁하게 안 생겼
         고, 목소리도 비겁자 톤이 아니고 머리칼도 비겁자 같
         지 않아요. 바로 당신 그 입 때문에, 당신 목소리, 당신
         그 머리칼 때문에 내가 당신을 사랑하는 거예요.

가르생   정말로? 그게 정말이야?

에스텔   맹세라도 해야겠어요?

가르생   그렇다면 난 저 위에 있는 자들이나 여기 있는 자들
         모두를 무시할 수 있어. 에스텔, 우리는 **지옥**에서 나갈
         거야. (이네스가 웃음을 터뜨린다. 그가 말을 하다 말고 그
         녀를 쳐다본다.) 뭐가 문제지?

이네스   (웃으면서) 아니 저 애는 자기가 하는 말을 한 마디
         도 안 믿는데, 당신은 어떻게 그렇게 순진할 수 있지?
         "에스텔, 내가 비겁한 놈이야?" 저 애가 속으로 얼마
         나 비웃겠어!

에스텔   이네스! (가르생에게) 저 여자 말 듣지 마세요. 내가 당
         신을 믿어 주기 바란다면 나부터 먼저 믿어 줘야죠.

이네스   아, 그럼, 그럼! 그 애 말 좀 믿어 줘. 저 애는 남자가
         필요해, 딱 보면 알잖아, 자기 허리를 감싸 주는 남자
         의 팔, 남자의 체취, 남자의 눈 속에 들어 있는 남자의
         욕망이 필요한 거지. 그 나머지 것들이야 뭐……. 하!
         저 애는 널 하나님 아버지라고도 부를걸, 네 비위를

맞출 수만 있다면.

가르생 에스텔! 그게 정말이야? 대답해, 그게 정말이야?

에스텔 내가 뭐라고 해 주면 좋겠어요? 난 지금 무슨 소리들을 하는 건지 하나도 못 알아듣겠어요. (그녀는 발을 구른다.) 대체 뭐가 이렇게 성가신지 모르겠네! 당신이 비겁자라 해도, 난 당신을 사랑할 거예요, 자! 이걸로 부족해요?

(사이)

가르생 (두 여자에게) 당신들 역겨워!

(그가 문 쪽으로 간다.)

에스텔 뭐 해요?

가르생 난 갈 거야.

이네스 (재빨리) 멀리 못 갈 거예요, 문이 잠겨 있거든.

가르생 그들이 문을 열어 줘야 할 거요.

(그가 초인종의 버튼을 누른다. 초인종이 작동하지 않는다.)

에스텔 가르생!

이네스 (에스텔에게) 걱정하지 마, 초인종은 고장 났어.

가르생 그들은 안 열 수 없을 거야. (그가 문을 마구 두드린다.)

당신들을 견딜 수가 없어, 더 이상 못 해. (에스텔이 그에게 달려간다. 그는 그녀를 밀친다.) 꺼져 버려! 저 여자보다 네가 더 역겨워. 난 네 눈 속에 빨려들고 싶지 않아. 넌 너무 축축해! 너무 물렁해! 넌 문어야, 늪이라고. (그가 문을 세차게 친다.) 문 안 열어?

에스텔 가르생, 제발, 떠나지 마요, 더 이상 말 걸지 않을게, 안 건드리고 내버려 둘 테니, 제발 떠나진 마요. 이네스가 발톱을 드러냈잖아, 난 저 여자하고 단둘이 남고 싶지 않아요.

가르생 네가 알아서 해. 내가 너한테 오라고 한 거 아니잖아.

에스텔 비겁자! 비겁자! 오, 진짜 당신은 비겁해요.

이네스 (에스텔에게 다가서며) 이런, 내 종달새, 뭐가 만족스럽지 못한가? 넌 저 남자 마음에 들려고 내 얼굴에 침을 뱉었고 우리는 저 남자 때문에 서로 싸웠잖아. 한데 그 골칫거리가 떠나 버리고 우리 여자들끼리만 남겨 놓을 거래.

에스텔 그래 봐야 당신은 아무것도 못 얻을걸? 이 문만 열리면, 나도 도망칠 거예요.

이네스 어디로?

에스텔 어디로든지. 당신한테서 최대한 먼 곳으로.

(가르생은 문을 계속 두드리고 있다.)

가르생 열어! 열라고! 다 받아들이겠소, 족쇄며, 집게며, 납

물이나 족집게, 주리를 틀어도 좋고, 태워도 좋고 찢
어도 좋고, 난 아예 진짜 고통을 원한다고. 차라리 백
번 뜯기고 채찍질에 황산 세례가 더 낫겠어, 이 머릿
속 고통, 스쳐 지나고 쓰다듬으면서 결코 속 시원히
아프지도 않은 이 유령 같은 고통보다는 말이야. (그
가 문고리를 붙들고 흔들어 댄다.) 좀 열어 봐! (문이 갑자
기 열린다. 그가 넘어질 뻔한다.) 헉!

(긴 침묵)

이네스 자, 가르생? 나가야지요.
가르생 (천천히) 이 문이 왜 열렸는지 생각하고 있소.
이네스 뭘 기다려요? 가요, 빨리 가라니까!
가르생 안 갈 거요.
이네스 너는, 에스텔? (에스텔은 움직이지 않는다. 이네스가 웃음
을 터뜨린다.) 그러면? 누구죠? 셋 중에 누구예요? 길
은 뚫렸는데, 우리를 붙들고 있는 게 누구지? 허 참!
웃겨 죽겠군! 우린 헤어질 수 없는 처지군.

(에스텔이 그녀를 뒤에서 덮친다.)

에스텔 헤어질 수 없다고? 가르생! 날 좀 도와줘요, 빨리요.
이 여자를 밖으로 끌어내고 문을 닫아 버리는 거예요.
맛 좀 보여 주게.

이네스 (발버둥 치며) 에스텔! 에스텔! 제발, 날 데리고 있어
줘. 복도는 안 돼, 날 복도에 내던지지 마.

가르생 그녀를 놔줘.

에스텔 미쳤어, 이 여자는 당신을 증오해요.

가르생 그녀 때문에 내가 남는 거야.

(에스텔은 이네스를 놔주고 기가 막혀서 가르생을 쳐다본다.)

이네스 나 때문에? (사이) 좋아, 그럼, 문을 닫자고. 문이 열리
니까 열 배는 더 더워. (가르생이 가서 문을 닫는다.) 나
때문이라고?

가르생 그렇소. 비겁자가 뭔지를 알지, 당신은.

이네스 그래요, 알아요.

가르생 당신은 악이 뭔지, 수치와 공포가 뭔지를 알아. 당신
도 자신을 가슴속까지 들여다보는 날이 종종 있었지,
그것도 그 생각에 사지가 꺾일 정도로. 그런데 다음
날이면 당신은 더 이상 어떻게 생각해야 할지 몰랐고,
전날 알아낸 사실들을 해독할 수가 없었지. 그래, 당
신은 악의 대가가 뭔지를 알아. 그리고 만일 당신 입
으로 내가 비겁한 놈이라고 말한다면 그것은 원인을
알고 있는 상태겠지, 그치?

이네스 그래요.

가르생 내가 설득해야 할 사람은 당신이야. 당신은 나하고 종
자가 같거든. 내가 떠날 거라고 생각했소? 난 당신을

여기에, 의기양양하게, 머릿속에 그 모든 생각들을 지닌 채 내버려 둘 수 없었지. 나와 관련된 그 모든 생각들을 말이오.

이네스   정말 날 설득하겠다는 거예요?

가르생   그것 말고는 아무것도 안 바라오. 나에겐 그들의 말이 더 이상 안 들려요, 보다시피. 아마도 그들이 나하고 끝났기 때문일 거요. 끝났소. 사건은 종결됐고 지상에서 이제 나는 아무것도 아니오, 하다못해 비겁자도 아닌 거요. 이네스, 이제는 우리뿐이오, 나에 대해 생각할 사람은 당신 둘뿐이지. 저 애는 안 쳐요. 하지만 당신, 나를 증오하는 당신은, 당신이 날 믿어 준다면 날 구원하는 거지.

이네스   쉽지 않을걸요. 날 봐요, 난 보통 고집이 아니거든.

가르생   필요한 만큼 시간을 들일 거요.

이네스   오! 시간이야 얼마든지 있죠. **얼마든지.**

가르생   (그녀의 어깨를 잡으며) 이봐요, 각자 자기 목표가 있죠, 안 그래요? 난 돈이나 사랑 따위는 관심 없어. 난 사내가 되고 싶소. 억센 놈이. 나는 한 마리 경주마에 판돈을 모두 걸었소. 가장 위험한 길들을 선택했는데도 비겁한 놈일 수 있겠소? 단 하나의 행위로 한 인생을 판단할 수 있어요?

이네스   왜 안 되죠? 당신은 삼십 년이나 스스로 용기 있는 사람이라고 믿어 왔어요, 그리고 영웅들에겐 모든 게 허용된다며 수천 가지 자잘한 약점들을 스스로에게 묵

인했죠. 참 편리하기도 하시지! 그러다가 위험한 순간에 사람들이 당신을 궁지에 몰아넣으니까…… 멕시코행 열차를 탄 거죠.

가르생 난 그런 영웅주의를 꿈꾼 적 없소. 내가 그걸 선택한 거지. 우리는 우리가 원하는 대로 되는 법이오.

이네스 어디 증명해 봐요. 그게 꿈이 아니었다는 것을 증명해 보라고요. 오직 행위들만이 그가 바랐던 것을 결정하는 거예요.

가르생 난 너무 일찍 죽었소. 사람들이 내 행위를 할 수 있는 시간을 안 줬단 말이오.

이네스 우리는 언제나 너무 일찍 죽죠, 혹은 너무 늦게 죽거나. 하지만 인생은 거기서 끝나는 거예요. 줄은 그어졌고, 이제 결산을 해야 해요. 당신은 당신 인생 말고는 아무것도 아니에요.

가르생 독사 같은 것! 못하는 대답이 없네.

이네스 어서! 어서! 용기를 잃지 말고. 날 설득하는 일쯤은 당신한테 쉬울 거 아네요. 반박을 해 봐요, 노력을 해 봐. (가르생은 어깨를 으쓱한다.) 자, 그래서, 그래서? 내가 벌써 당신이 상처 받기 쉬운 사람이라고 했죠. 아! 이젠 당신이 값을 치러야지! 당신은 비겁한 사람이야, 가르생, 비겁자라고, 왜냐하면 내가 그걸 원하니까. 내가 그걸 원한다고, 듣고 있어, 내가 그걸 원해! 그런데 봐, 내가 얼마나 약한지, 하나의 숨결일 뿐이지. 당신을 쳐다보는 시선일 뿐 그 외엔 아무것도 아니야,

당신을 생각하는 이 무색의 사유일 뿐이지. (그는 손을 벌린 채 그녀를 향해 걸어간다.) 하! 그 큼직한 사내 손이 벌어졌군. 하지만 뭘 바라지? 손으로는 생각들을 잡지 못해. 자, 당신에겐 선택의 여지가 없어, 날 설득해야 돼. 내가 당신을 잡고 있는 거지.

에스텔 가르생!

가르생 뭐?

에스텔 복수해요.

가르생 어떻게?

에스텔 날 안아 줘요, 그러면 저 여자가 지껄이는 걸 듣게 될 거예요.

가르생 하긴 그 말은 사실이야, 이네스. 당신이 날 잡고 있지, 그렇지만 나 역시 당신을 잡고 있어.

(그는 에스텔에게 몸을 기울인다. 이네스가 소리친다.)

이네스 하! 비겁한 놈! 비겁한 놈! 그래! 여자들한테나 찾아가서 위안받으셔!

에스텔 지껄여, 이네스, 지껄이라고!

이네스 천생배필이군! 네 등판에서 살과 옷을 구기적거리며 납작 놓인 그의 살찐 앞발이 네 눈에 보인다면. 그의 손은 축축해, 그는 땀을 흘리지. 그는 네 옷에 퍼런 자국을 남길 거야.

에스텔 지껄여! 지껄여! 날 더 세게 안아 줘요, 가르생. 저 여자가 죽으려고 할 거야.

이네스 아, 그래그래, 아주 꼭 안아 줘, 안아 주라고! 당신들 열기를 섞어 봐. 사랑이 좋지, 가르생, 응? 단잠같이 푸근하고 깊숙하지, 하지만 내가 당신 자는 꼴은 못 봐.

(가르생의 몸짓)

에스텔 저 여자 말 듣지 마요. 입 맞춰 줘요, 난 완전히 당신 거예요.

이네스 자, 뭘 기다리셔? 해 달라는 대로 해. 비겁자 가르생이 유아 살해자 에스텔을 품에 안고 있다. 귀추가 주목되는군. 과연 비겁자 가르생이 그녀에게 입 맞출 것인가? 내가 당신들을 보고 있어, 내가 당신들을 본다고. 혼자서도 나는 군중이야, 군중, 가르생, 군중이라고, 알아들어? (중얼거리며) 비겁한 놈! 비겁한 놈! 비겁한 놈! 비겁한 놈! 도망가야 소용없어, 내가 널 봐주지 않을 테니까. 그 애 입술에서 뭘 찾겠다는 거야? 망각? 하지만 내가 널 안 잊어버릴 거야, 내가. 날 설득해야 돼. 날. 이리 와, 이리! 널 기다리고 있어. 거봐, 에스텔, 그가 포옹을 풀잖아, 개처럼 말을 잘 듣는다고……. 넌 그를 가지지 못해.

가르생 그러니까 밤이 절대 오지 않는다는 건가?

이네스 절대로.

가르생 당신이 언제나 날 보는 거야?

이네스   언제나.

(가르생이 에스텔을 두고 방 안을 몇 걸음 걷는다. 그는 청동상으로
다가간다.)

가르생   청동상…… (그가 그것을 쓰다듬는다.) 그래, 이제 때가
          됐군. 청동상이 여기 있고, 내가 그걸 바라보고 있고
          난 내가 지옥에 와 있다는 것을 알겠어. 당신들에게 말
          하지만 모든 것이 예견되어 있었어. 그들은 내가 이
          벽난로 앞에서 손으로 이 청동상을 쥐고서 모든 시선
          을 받고 서 있을 걸 예견했던 거야. 나를 잡아먹는 이
          모든 시선들을……. (그가 갑자기 뒤돌아선다.) 이런!
          당신들 둘밖에 안 돼? 난 당신들이 훨씬 많은 줄 알았
          지 뭐야. (그가 웃는다.) 그러니까 이런 게 지옥인 거군.
          정말 이럴 줄은 몰랐는데……. 당신들도 생각나지, 유
          황불, 장작불, 석쇠…… 아! 정말 웃기는군. 석쇠도 필
          요 없어, 지옥은 바로 타인들이야.
에스텔   내 사랑!
가르생   (그녀를 밀치며) 이거 봐. 저 여자가 우리 사이에 있어.
          저 여자가 나를 볼 땐 난 너를 사랑할 수 없어.
에스텔   하! 그렇다면, 저 여자는 이제 우릴 더 못 볼 거예요.

(에스텔이 탁자 위에서 종이칼을 집는다. 이네스에게 달려들어 그녀
를 몇 차례 찌른다.)

이네스   (몸부림치면서 웃음을 터뜨리며) 뭐 하니, 뭐 해, 너 미쳤
        어? 나 이미 죽은 거 잘 알잖아.
에스텔   죽었다고?

(에스텔이 칼을 떨어뜨린다. 사이. 이네스가 칼을 집어서 자신을 마
구 찌른다.)

이네스   죽었다고! 죽었어! 죽었어! 칼도, 독약도, 밧줄도 안
        돼. 이미 끝난 일이야, 알아들어? 그리고 우린 언제까
        지나 함께 있는 거야.

(그녀가 웃는다.)

에스텔   (웃음을 터뜨리며) 언제까지나, 이런, 진짜 웃기는군!
        언제까지나라니!
가르생   (두 여자를 쳐다보며 웃는다.) 언제까지나!

(그들은 각자 의자 위에 쓰러지듯 앉는다. 긴 침묵. 그들은 웃기를 멈
추고 서로를 쳐다본다. 가르생이 일어난다.)

가르생   좋아, 계속하지.

                                        (막)

악마와 선한 신

3막 11경

등장인물

괴츠

하인리히

나스티

테첼

카를

힐다

카트린

1막

1경

(왼쪽으로, 공중에 뜬 채, 대주교 궁의 방이 하나 있고, 오른쪽에 주
교관과 성곽들이 있다.
지금은 대주교 궁의 방에만 조명이 비친다.
무대의 나머지 부분은 어둠에 잠겨 있다.)

단일 장

대주교　(창가에서) 그가 올까요? 주님, 제 백성들의 엄지손가
　　　락이 금화에 새긴 저의 초상을 닮게 했고 당신의 가
　　　혹한 엄지손가락은 제 얼굴을 닮게 했습니다. 이제 저
　　　는 그림자뿐인 대주교입니다. 오늘 저녁 저의 패배 소

식이 들려온다면, 이 몸을 통해서 제가 얼마나 심하게 마모되었는지 보시게 될 것입니다. 그러면 주님, 다 닳아 버린 사제를 어디에 쓰시렵니까? (시종이 들어온다.) 린네하르트 장군인가?

시종 아닙니다. 은행가 푸크르입니다. 그가 뵙고자…….

대주교 조금 있다가. (사이) 린네하르트는 뭘 하는 거야? 속 시원한 소식들을 가지고 여기 와 있었어야지. (사이) 조리실에서도 전투에 대해서들 얘기하는가?

시종 그 얘기만 합니다, 전하.

대주교 뭐라고들 하는가?

시종 너무나 적절하게 사태에 개입했고, 콘라드가 강과 산 사이에 몰려 꼼짝 못 하고 있고, 또…….

대주교 알아, 알아. 하지만 전투가 벌어지면 질 수도 있는 거야.

시종 전하…….

대주교 나가 봐. (시종이 나간다.) 어찌하여 허락하셨습니까, 주님? 적이 제 땅에 쳐들어왔고, 제 소중한 보름스[1] 마을이 저에게 반란을 일으켰습니다. 제가 콘라드와 싸우는 동안, 그 마을이 제 등에 칼을 꽂았습니다. 주여, 당신께서 제게 그토록 큰 계획을 갖고 계신 줄은 몰랐습니다. 제가 눈이 먼 채로 아이 손에 이끌려 이 집 저 집 구걸이라도 다녀야 하는 것입니까? 물론 주님께서

---

1) 보름스는 라인 강 옆에 위치한 독일 라인란트팔츠 주의 도시로서, 유럽 역사에서는 종교개혁 당시인 1521년 이곳에서 소집된 신성로마제국의 의회에 마틴 루터가 자신의 신념을 주장하기 위해 출두한 것으로 유명하다.

정말로 당신의 의지가 이루어지기를 고집하신다면 저는 언제라도 준비가 되어 있습니다. 하지만 제발 굽어 살펴 주십시오, 제게는 이제 이십 년도 안 남았고 제가 순교자의 소명을 받은 적도 없습니다.

(멀리서 "이겼다! 이겼다!"라고 외치는 소리가 들린다. 외침 소리가 가까워진다. 대주교는 귀를 기울이고 손을 가슴 위에 댄다.)

시종   (들어오면서) 이겼다! 이겼다! 우리가 이겼습니다, 전하. 린네하르트 장군이 오셨습니다.

장군   (들어오면서) 이겼습니다, 전하. 규정에 맞는 완전한 승리입니다. 전투의 모범이 될 역사적인 날입니다. 적군은 육천의 병사가 참수되거나 익사했고, 나머지는 패주했습니다.

대주교   고맙소. 오, 주여. 그런데 콘라드는?

장군   그도 죽은 자들에 속합니다.

대주교   고맙습니다, 주님. (사이) 그가 죽었다면, 그를 용서하노라. (린네하르트에게) 그대, 내가 그대를 축복하노라. 가서 이 소식을 퍼뜨리게나.

장군   (자세를 곧추세우며) 날이 밝자마자 저희는 구름 먼지를 발견했습니다…….

대주교   (그의 말을 막으며) 아니, 아니! 자세한 설명은 하지 말게! 절대 자세한 설명은 삼가야 해. 승리를 자세히 이야기해 버리면, 그것이 패배와 뭐가 다른지 알 수 없게 되는 법이니까. 최소한 승리는 한 것 아닌가?

장군 　경이로운 승리입니다. 우아하기조차 합니다.

대주교 　가 보게. 기도를 해야겠네. (장군이 나간다. 대주교는 춤
　　　추기 시작한다.) 내가 이겼다! 이겼어! (심장에 손을 대
　　　며) 아이고! (기도대 위에 무릎을 꿇는다.) 기도합시다.

(오른쪽 무대의 한 부분이 밝아진다. 성벽과 순찰로가 보인다. 하인
츠와 슈미트가 성벽 총안 위에서 몸을 내밀고 있다.)

하인츠 　말도 안 돼……. 말도 안 돼, 신께서 허락하지 않으시
　　　다니.

슈미트 　가만 있어 봐, 그들이 또 시작할 거야. 저것 봐! 하나
　　　아, 두울, 세엣…… 셋…… 또 하나아, 두울, 세엣, 네
　　　엣, 다섯…….

나스티 　(성벽 위에 모습을 드러내며) 이봐! 무슨 일이야?

슈미트 　나스티! 아주 나쁜 소식이 있어.

나스티 　신께 선택받은 자에게는 나쁜 소식이 있을 수 없다네.

하인츠 　한 시간도 넘게 우리가 봉화 신호를 보고 있었어. 매
　　　번 그 신호들이 언제나 똑같은 거야. 저것 봐! 하나아,
　　　두울, 셋 하고 다섯! (그가 나스티에게 산을 가리킨다.)
　　　대주교가 전투에 이긴 거야.

나스티 　알고 있네.

슈미트 　상황이 절망적이야. 우린 원군도 식량도 없이 보름스
　　　에 갇힌 거니까. 당신이 우리한테 말했잖아, 괴츠가

지쳐서 결국 포위 공격을 풀게 될 것이고, 콘라드가 대주교를 짓밟아 버릴 거라고. 그런데 이게 뭐야, 죽은 것은 콘라드고 대주교의 군대가 우리 성벽 아래 있는 괴츠 군대에 합류하러 올 텐데, 그러면 우리는 죽는 수밖에 없잖아.

게를라흐 (뛰어 들어오며) 콘라드가 졌어. 시장과 행정관들이 시청에 모여서 지금 협의하고 있고.

슈미트 어련들 하시겠어! 항복할 방법을 찾고 있는 거야.

나스티 자네들에겐 믿음이 있는가, 형제들이여?

다 함께 있지, 나스티, 있고말고!

나스티 그럼, 아무 걱정들 하지 말게. 콘라드의 패배는 하나의 징조니까.

슈미트 징조?

나스티 신께서 내게 보이신 징조지. 가 보게, 게를라흐, 시청까지 달려가서 위원회가 어떤 결정을 내렸는지 알아보게.

(성벽이 어둠 속으로 사라진다.)

대주교 (다시 일어나며) 어이! (시종이 들어온다.) 은행가 들어오라고 해. (은행가가 들어온다.) 앉게나, 은행가. 온통 진흙투성이군, 어디서 오는 겐가?

은행가 전하께서 정신 나간 일을 하시지 못하게 하려고 서른여섯 시간을 돌아다녔습니다.

대주교 정신 나간 일?

은행가 전하께서는 매년 황금 계란을 낳아 바치는 암탉의 목을 비틀려고 하십니다.

대주교 무슨 말을 하는 겐가?

은행가 보름스 마을 말입니다. 전하께서 그 마을을 포위 공격하고 있다고 들었습니다. 만일 전하의 군대가 그 마을을 약탈이라도 한다면 전하께서는 파산하실 겁니다, 저도 마찬가지고요. 전하의 연세에 전쟁 지휘관 놀이를 하셔야겠습니까?

대주교 내가 먼저 콘라드를 건드린 건 아닐세.

은행가 먼저 건드리진 않으셨겠지요. 하지만 전하를 건드리도록 그를 집적거리셨던 게 아닐까요?

대주교 그는 내 신하였고 그러니 내게 복종해야 했네. 하지만 악마가 그의 귀에다가, 기사들에게 반항하라고 부추기고 그 우두머리 자리를 차지해 앉으라고 속삭였던 거지.

은행가 그가 화내기 전에는 어떤 것을 원했기에 주지 않았던 겁니까?

대주교 그는 전부 다 원했지.

은행가 좋아요, 콘라드라고 칩시다. 그가 패배한 이상 분명 시비를 건 쪽이 맞습니다. 하지만 전하의 마을 보름스는…….

대주교 콘라드가 국경을 넘은 바로 그날, 내 보물 보름스가, 내 사랑 보름스, 배은망덕한 보름스가 나에게 맞서 반역을 일으켰다네.

은행가 그것은 큰 잘못입니다. 하지만 전하께서 거두시는 수
입의 사분의 삼이 그 마을에서 나옵니다. 전하께서 늙
은 티베리우스[2]처럼 전하의 부르주아들을 죽여 버린
다면 누가 전하께 세금을 낼 것이며, 누가 저에게 자
기 빚을 갚겠습니까?

대주교 그들은 사제들을 폭행하고 수도원에 감금해 버렸고,
나의 주교를 모욕하고 주교관 밖으로 나오는 것을 금
지했네.

은행가 유치한 일입니다! 전하께서 그들을 억지로 몰지만 않
으셨어도 결코 싸우지 않았을 겁니다. 폭력이란 아무
것도 잃을 것 없는 자들에게나 좋은 겁니다.

대주교 어쩌란 말인가?

은행가 그들을 사면해 주십시오. 그들에게 적잖은 벌금을 물
리고 그 일에 대해서는 더 이상 얘기하지 않는 겁니다.

대주교 이런!

은행가 이런, 이라니요?

대주교 나는 보름스를 사랑한다네, 은행가. 벌금이 아니어도
기꺼이 그 마을을 용서했을 거야.

은행가 아, 그런데요?

---

2) Tiberius(B.C. 42~A.D. 37). 로마제국의 제2대 황제. 재위 초기에는 제국의
재정을 확충하면서 절제되고 모범적인 통치로 권력을 안정시켰지만, 말년에는
카프리 섬에 은둔하면서 폭군적인 공포정치를 펼쳐 많은 인심을 잃게 된다. 양
자 칼리굴라가 그의 뒤를 잇는다.

대주교 거길 공격하는 건 내가 아니야.

은행가 아니 그럼 누가?

대주교 괴츠.

은행가 괴츠가 누굽니까? 콘라드의 동생 말입니까?

대주교 그렇다네. 독일 땅 최고의 장수지.

은행가 그자가 전하 마을의 성벽 밑에서 뭘 하고 있는 거죠?
전하의 적이 아닙니까?

대주교 사실 나도 그가 누군지 잘 모르겠네. 처음엔 콘라드와
동맹군이고 나의 적이었다가, 나중엔 나의 동맹군이
고 콘라드의 적이었다가. 그리고 지금은…… 그는 변
덕스러워, 적어도 그렇게는 말할 수 있겠네.

은행가 그렇게 수상한 자들과 왜 동맹을 맺으셨습니까?

대주교 내가 선택할 수나 있었나? 콘라드가 그자와 함께 내
땅을 침범해 왔잖은가. 다행히 나는 그들 사이에 불화
가 있다는 것을 알았고 괴츠한테 만일 우리에게 합류
한다면 그 형의 땅들을 주겠다고 비밀리에 약속했지.
내가 콘라드에게서 그를 떼어 놓지 못했다면 난 일찌
감치 전쟁에 졌을 걸세.

은행가 그러니까 그가 자기 군대를 이끌고 전하 편으로 넘어
왔다는 거네요. 그래서요?

대주교 내가 그에게 후방 지역 경비를 맡겼지. 따분했을 거
야. 그는 주둔 생활을 좋아하지 않는 것 같더군, 내 생
각엔. 그러더니 어느 날 자기 군대를 보름스 성벽 밑으
로 이끌고 가서는 내가 부탁하지도 않았는데 포위 공

격을 시작해 버린 거지.

은행가   그에게 명령을 내리세요……. (대주교는 처량하게 미소를 짓고 어깨를 으쓱한다.) 그가 전하께 복종하지 않습니까?

대주교   전장에 있는 장수가 어디 주군의 말을 듣던가?

은행가   요컨대 전하께서 그의 손아귀에 있다는 말씀이군요.

대주교   그렇다네.

(성벽에 조명이 비친다.)

게를라흐   (들어오며) 위원회가 괴츠에게 사절을 보내기로 결정했어.

하인츠   그것 봐! (사이) 비겁한 것들!

게를라흐   우리에게 하나 남은 기회라곤, 이제 괴츠가 그들에게 터무니없는 조건들을 제시하는 것뿐이군. 들리는 소문이 맞다면, 그는 우리 항복을 받아 주고 싶어 하지도 않을 거야.

은행가   그는 재화를 싹쓸이할 겁니다.

대주교   사람들 목숨도 남아나지 않을 걸세. 그게 두려워.

슈미트   (게를라흐에게) 아니, 왜? 왜?

대주교   최악질 사생아거든, 그 어미 쪽으로. 그는 악을 저질러야만 만족을 하지.

게를라흐   돼지같이 추잡한 놈이야, 사생아거든. 악을 저지르길 좋아하지. 그자가 보름스를 약탈하고 싶어 한다면,

부르주아들은 배수진을 치고 싸워야 할 거야.

슈미트   그가 마을을 쓸어버릴 생각이라면, 그걸 순진하게 곧이곧대로 말하진 않을 거야. 들여보내 주기만 하면 자기는 아무것도 안 건드리겠다고 약속할 테지.

은행가   (분개하며) 보름스는 저에게 금화 3만 두카트[3]를 빚지고 있다고요. 즉각 그걸 중단시켜야 합니다. 전하의 군대들을 진군시켜 괴츠를 막으라고 하십시오.

대주교   (주눅이 든 채) 그자한테 다 깨질까 봐 두렵다네.

(대주교 궁의 방이 어둠 속으로 사라진다.)

하인츠   (나스티에게) 그렇다면? 우리가 정말 진 건가?

나스티   신께서 우리와 함께하고 있어, 형제들. 그러니 우리는 질 수가 없지. 오늘 밤, 난 보름스를 빠져나가 적진을 가로질러서 발도르프에 갈 참이네. 일주일이면 무장한 일만 명의 농민들이 합류할 걸세.

슈미트   우리가 어떻게 일주일을 버티겠나? 그들은 당장 오늘 저녁에라도 성문들을 열게 할 텐데.

나스티   그들이 성문을 열 수 없도록 해야지.

하인츠   권력을 탈취하겠다는 건가?

나스티   아니. 상황이 너무 불확실하네.

---

3) 두카트 금화는 13세기에 베니스에서 주조되어 20세기 초까지 유럽 전역에서 통용되던 화폐다.

하인츠 그럼?

나스티 부르주아들이 자기들 머리를 걱정하도록 만들어서 끌어들일 셈이네.

다 함께 어떻게?

나스티 한 차례 살육을 벌이는 거지.

(성벽 아래쪽 무대가 밝아진다. 순찰로 쪽으로 나 있는 계단에 기대어, 한 여인이 멍한 눈으로 앉아 있다. 서른다섯 살 정도로 보이는 그녀는 누더기 차림이다. 사제 한 명이 기도서를 읽으며 지나간다.)

나스티 ……저 사제는 뭐지? 왜 다른 자들하고 같이 갇혀 있지 않은 거야?

하인츠 저자를 모르나?

나스티 아! 하인리히구먼. 많이 변했군. 그렇더라도 그를 감금했어야지.

하인츠 가난한 자들이 그를 좋아해, 그가 자기들처럼 살고 있다고. 그들 심기를 건드릴까 봐 겁나는 거지.

나스티 저자가 제일 위험한 놈이야.

여인 (하인리히를 발견하고) 신부님! 신부님! (하인리히가 도망친다. 그녀가 소리친다.) 어딜 그렇게 급하게 달려가세요?

하인리히 (멈추며) 내겐 이제 아무것도 없어요! 아무것도 없어! 아무것도 없어! 다 줘 버렸다고.

여인 그렇다고 사람이 부르는데 도망갈 건 없죠.

하인리히 (피곤한 모습으로 그녀 쪽으로 돌아오며) 배고프시오?

여인　아니오.

하인리히　그럼, 뭘 원하오?

여인　설명을 좀 해 주셨으면 좋겠어요.

하인리히　(격하게) 난 아무것도 설명할 수 없소.

여인　내가 무슨 얘길 할지도 모르잖아요.

하인리히　그래, 해 봐요. 빨리 해 봐요. 뭘 설명해야 됩니까?

여인　왜 아이가 죽었는지.

하인리히　어떤 아이요?

여인　(조금 웃으며) 내 아이요. 이보세요, 신부님, 당신이 어
　　　제 그 애를 묻어 줬잖아요, 이제 겨우 세 살이었는데
　　　굶어 죽었어요.

하인리히　내가 좀 피곤해서요, 자매님, 그래서 사람을 잘 못 알
　　　아보겠어요. 당신들 모두 똑같은 눈에 똑같은 얼굴로
　　　보여서요.

여인　그 애가 왜 죽었죠?

하인리히　모르겠소.

여인　당신은 신부님이잖아요, 그래도.

하인리히　그래요, 신부요.

여인　그럼 누가 설명해 주죠, 신부님이 못해 주면? (사이)
　　　지금 내가 죽어 버린다면, 그건 나쁜 건가요?

하인리히　(힘주어) 그래요. 아주 나쁜 거죠.

여인　나도 그렇게 생각했어요. 하지만 난 정말 그러고 싶어
　　　요. 왜 신부님이 나한테 설명을 해 줘야만 하는지 잘

아시겠지요.

(침묵. 하인리히는 손을 이마에 대고 무진 애를 쓴다.)

하인리히   신의 허락 없이는 어떤 일도 일어나지 않고 신은 선 그 자체입니다. 따라서 일어나는 일이 최선인 겁니다.

여인   이해 못하겠어요.

하인리히   신은 당신이 아는 것보다 더 많은 것을 알고 계십니다. 당신에겐 악으로 보이는 것도 그의 눈으로 보면 선이지요, 그는 모든 결과들을 다 저울질하니까요.

여인   당신은 그걸 이해할 수 있나요, 당신은?

하인리히   아니오! 아니오! 이해 못 해요! 아무것도 이해 못 합니다! 나는 이해할 수도 없고 하고 싶지도 않아요! 믿어야 하는 겁니다! 믿어야 해요! 믿어야 해!

여인   (약간 웃으며) 믿어야 한다고 말하면서 당신은 당신이 한 말을 전혀 믿는 것 같지 않네요.

하인리히   내가 한 말, 자매님, 난 그 말을 석 달 전부터 하도 되풀이해서 이젠 그게 확신에 차서 하는 말인지 습관적으로 하는 말인지 모르겠소. 하지만 오해하진 마세요, 난 그것을 믿습니다. 내 온 힘을 다해서 내 온 심장으로 그것을 믿어요. 하나님, 당신은 아실 겁니다, 단 한 순간도 저의 심장에 의심이 스친 적이 없다는 것을. (사이) 여인이여, 당신의 아이는 하늘나라에 있으니 거기서 다시 만날 겁니다.

(하인리히는 무릎을 꿇는다.)

여인   예, 신부님, 물론이지요. 하지만 하늘나라, 그건 다른
        문제예요. 게다가 난 너무 지쳐 버려서 더 이상 기뻐
        할 힘도 없을 겁니다. 저 위에서라고 한들.

하인리히 자매님, 나를 용서하십시오.

여인   왜 내가 당신을 용서하나요, 착한 신부님? 당신은 나
        에게 아무 짓도 안 하셨는걸요.

하인리히 용서하십시오. 나를 통해서 모든 사제들을, 가난한
        자들처럼 부유한 자들을 용서하십시오.

여인   (재미있어하며) 진심으로 당신을 용서합니다. 이렇게
        하면 되나요?

하인리히 예. 이제, 자매님, 함께 기도합시다. 우리에게 희망을
        주십사 신에게 기도합시다.

(이 마지막 대화가 진행되는 동안, 나스티가 천천히 성벽 계단을 내
려온다.)

여인   (나스티를 보고 대화를 중단한다. 반갑게) 나스티! 나스티!

나스티   무슨 볼일이오?

여인   빵집 아저씨, 내 아이가 죽었어요. 당신은 왜 그런 일
        이 일어났는지 알 것 같아서요, 당신은 모르는 게 없
        잖아요.

나스티   그래요, 난 알지.

하인리히 나스티, 제발 부탁이네, 입 다물어 줘. 분란을 일으키
　　　　는 자들에게 화가 있을지니.

나스티 그 애가 죽은 건 우리 도시의 부자들이 아주 돈 많은
　　　　자기들 영주인 대주교에 반항해서 들고일어났기 때
　　　　문이오. 부자들이 전쟁을 하게 되면 죽어나는 것은 가
　　　　난뱅이들이거든.

여인 신께서 그들에게 이 전쟁을 허락하셨나요?

나스티 신은 절대로 안 된다고 하셨지.

여인 이분은 신의 허락 없이는 어떤 일도 일어나지 않는다
　　　고 하는데요.

나스티 어떤 일도 일어나지 않지, 다만 인간들의 못된 마음에
　　　　서 태어나는 악만 빼고.

하인리히 빵 장수, 넌 거짓말을 하고 있어, 영혼들을 속이려고
　　　　참과 거짓을 섞고 있다고.

나스티 넌 이 쓸데없는 죽음과 고통들을 신께서 허락했다고
　　　　주장하는 거야? 난 그가 이 모든 것에 대해 결백하다
　　　　고 말하는 거야.

(하인리히가 입을 다문다.)

여인 　그럼 신께서는 내 아이가 죽기를 원치 않으셨어요?

나스티 신께서 그걸 바랐다면 그 애를 태어나게 했겠소?

여인 (안도하며) 그게 더 좋네요. (사제에게) 보셨죠, 이렇게
　　　해 주면, 이해가 돼요. 그러면, 슬퍼하겠네요, 그 선한

신 말예요, 내가 고통 받는 걸 보시면?

나스티 죽도록 슬퍼하시지.

여인 그런데 그는 날 위해서 아무것도 못해 주나요?

나스티 천만에, 분명히 해 주시지. 당신한테 아이를 돌려줄 거야.

여인 (실망하여) 그래요. 알아요! 하늘에서.

나스티 하늘에서 말고. 땅에서.

여인 (놀라며) 땅에서요?

나스티 우선 바늘구멍을 지나고 칠 년의 불행을 견뎌야 돼, 그리고 나면 신의 통치가 땅에서 시작될 거야. 우리의 망자들이 우리에게 되돌아올 것이고, 모두가 모두를 사랑하고 아무도 배고프지 않게 되지!

여인 왜 칠 년을 기다려야 하죠?

나스티 왜냐하면 우리가 나쁜 놈들을 물리치려면 칠 년은 싸워야 하니까.

여인 할 일이 굉장히 많겠네요.

나스티 그래서 주님이 당신의 도움을 필요로 하시는 거야.

여인 전능하신 주님께 제 도움이 필요하다고요?

나스티 그렇다니까, 자매여. 아직 칠 년은 더 악신이 땅 위를 통치하지. 하지만, 우리 각자가 용감하게 싸운다면 우리는 우리 모두를 구원하게 될 거야, 그리고 우리와 함께 신도. 내 말을 믿지?

여인 (일어서며) 그래요, 나스티, 당신을 믿어요.

나스티 당신 아들은 하늘에 있는 게 아니오, 여인, 그 애는 당

신 배 속에 있고 당신은 칠 년 동안 그를 품고 다닐 것
이고, 그 시간이 지나면 그 애가 당신 옆에서 걸으며,
자기 손을 당신 손에 쥐여 줄 거야, 당신이 그를 두 번
낳은 거지.

여인　난 당신을 믿어요, 나스티, 당신을 믿어요.

(그녀가 나간다.)

하인리히　넌 그녀를 타락시켰어.

나스티　정말 그렇게 생각한다면 왜 날 중단시키지 않았지?

하인리히　아! 왜냐하면 그녀가 덜 불행해 보였으니까. (나스티
가 어깨를 으쓱하고는 나간다.) 주여, 저는 그의 입을 막
을 용기가 없었습니다. 제가 죄를 지었습니다. 하지만
저는 믿습니다, 신이시여, 저는 당신의 전능하심을 믿
습니다, 저는 당신의 성스러운 교회, 저의 어머니, 제가
속한 여호와의 성스러운 육신을 믿습니다. 저는 모든
것이, 그것이 한 아이의 죽음이라 할지라도, 당신의
뜻에 따라 일어나고 있음을, 그리고 모든 것이 선한
것임을 믿습니다. 제가 그렇게 믿는 것은 그것이 말이
안 되기 때문입니다! 말이 안 돼요! 말이 안 돼!

(무대 전체가 밝아진다. 부르주아들이 자기 부인들과 함께 주교 관
저 주위에 무리를 지어 기다리고 있다.)

군중   새로운 소식들 있소……?

새로운 얘긴 없어요…….

여기서 뭐 하는 거지?

기다리는 거요…….

뭘 기다리는데요?

아무것도…….

보셨어요……?

오른쪽에.

그러네요.

추잡한 놈들.

물을 저으면 개흙이 올라오는 거지.

길에 나다니기가 이젠 편하지 않아요.

끝내야 돼, 이 전쟁을, 빨리 끝내야 돼. 그렇지 않으면
고약한 꼴을 볼 거야.

주교를 만나 보고 싶소, 난, 주교를 만나 보고 싶어.

그는 안 나타날 겁니다. 너무 화가 나 있거든요…….

누가요……? 누가요……?

주교 말이오…….

그가 여기 갇힌 뒤로는 가끔 창가에 보이는데, 커튼을
올리고 쳐다보는 거예요.

그는 영 좋아 보이지 않아요.

당신한테 뭘 말해 주기 바라는 거요, 그 주교가?

그는 아마 새 소식들을 알 거요.

(웅성거림)

군중 속의 목소리 주교님! 주교님! 나와 주세요······!

　　　우리에게 조언 좀 해 주세요.

　　　어떤 일들이 일어날까요······?

목소리　말세야!

(한 남자가 군중 속에서 나오더니, 주교 관저 바로 앞까지 뛰어가서 등을 기댄다. 하인리히는 그로부터 비켜서서 군중에 합류한다.)

예언자　세상은 글렀소! 글러!

　　　우리의 썩은 육신을 내리칩시다.

　　　내리쳐, 내리쳐, 내리쳐, 신은 거기에 있소.

(고함 소리와 혼란의 시작)

한 부르주아　자! 자! 침착하시오. 그냥 예언자일 뿐이오.

군중　또 예언자야? 이젠 지겨워! 조용히 좀 해. 아주 사방
　　　에서 튀어나오잖아. 우리 사제들을 가둬 뒀어도 소용
　　　이 없구먼.

예언자　땅에선 냄새가 나는도다.

　　　태양이 선한 신에게 불평을 했소!

　　　주여, 저는 이제 제 불을 끄고 싶습니다.

　　　저는 이 썩은 것들이 지긋지긋합니다.

제가 그것을 덥혀 주면 줄수록, 더 악취가 납니다.

그것들이 제 빛줄기의 끝자락을 더럽힙니다.

불행하도다! 태양이 말합니다. 나의 아름다운 금빛 머리칼이 똥물에 적셔지다니.

한 부르주아　(그를 때리며) 아가리 닥쳐!

(예언자가 땅에 주저앉는다. 주교 관저의 창문이 격렬하게 열린다. 주교가 성장을 차려입고 발코니에 모습을 드러낸다.)

군중　주교다!

주교　콘라드의 군대는 어디 있느냐? 기사들은 어디 있느냐? 적을 물리쳐야 할 천사들의 군단은 어디 있느냐? 너희들은 친구도 없이, 희망도 없이 저주받은 채 홀로 남겨졌구나. 보름스의 부르주아들이여, 어서 대답해 보라. 주의 사제들을 가두는 것이 주님께 흡족했다면 왜 주께서 너희들을 저버리셨겠는가? (군중의 신음 소리) 대답해 보라!

하인리히　저들의 용기를 꺾지 마십시오.

주교　말하는 자가 누구냐?

하인리히　저는, 생길로의 사제, 하인리히입니다.

주교　혀를 함부로 놀리지 마라, 변절자 사제 같으니라고. 감히 너의 주교를 빤히 쳐다보는 건가?

하인리히　그들이 당신에게 무례를 범했더라도, 각하, 이런 모욕을 하는 당신을 제가 용서하듯이 그들의 무례를 용서하시지요.

주교   유다여! 이스가리옷의 유다여! 가서 목이나 매라!

하인리히   저는 유다가 아닙니다.

주교   그럼, 너는 그들 한가운데서 무엇을 하는 게냐? 왜 그들
을 지지하는 게냐? 왜 우리와 함께 갇히지 않은 게냐?

하인리히   제가 그들을 사랑한다는 것을 알기 때문에 그들이
저를 자유롭게 놔둔 겁니다. 그리고 제가 스스로 다른
사제들과 함께하지 않은 것은 이 패망한 도시에서 미
사라도 올리고 성례라도 갖출 수 있게끔 하려는 것입
니다. 제가 없다면 교회가 부재할 것이고, 보름스는 이
교도에게 무방비로 내던져질 것이며 사람들은 개처
럼 죽어 나갈 것입니다……. 각하, 그들의 용기를 꺾
지 마십시오.

주교   누가 너를 먹여 살렸느냐? 누가 너를 키웠느냐? 누가
너에게 읽기를 가르쳤더냐? 누가 너에게 학식을 주었
더냐? 누가 너를 사제로 만들었더냐?

하인리히   저의 무한히 성스러운 어머니, 교회입니다.

주교   너는 모든 것을 교회에 빚졌다. 너는 우선 교회에 속한
것이니라.

하인리히   저는 우선 교회에 속합니다, 하지만 저는 그들의 형
제입니다.

주교   (힘주어) 우선 교회라니까.

하인리히   예. 우선 교회에 속하지만, 그래도…….

주교   내가 이 사람들에게 이야기하겠다. 그들이 자기들의

과오를 계속 고집한다면, 그래서 그들의 반란을 길게 끌고 간다면, 너는 교회의 사람들, 너의 진정한 형제들에게로 합류할 것을, 그리고 그들과 함께 미님파[4]의 수도원이나 신학교에 갇혀 있기를 명하노라. 너는 너의 주교에게 복종하겠느냐?

한서민   우리를 버리지 마시오, 하인리히, 당신은 가난한 자들의 사제입니다, 당신은 우리 편이오.

하인리히   (의기소침하지만 단호하게) 저는 우선 교회에 속합니다, 각하, 당신께 복종하겠습니다.

주교   보름스의 주민들이여, 당신들의 도시를 잘 보시오, 순결하고 사람 많은 당신들의 도시를 마지막으로 잘 봐 두시오. 그곳은 곧 굶주림과 역병으로 악취를 내뿜게 될 테니까, 그리고 결국 부자들과 가난뱅이들이 서로를 죽이게 될 것이오. 괴츠의 병사들이 그곳에 들어가서 볼 것은 썩은 시체와 잔해들뿐일 거요. (사이) 나는 당신들을 구해 줄 수 있소, 하지만 내 마음을 누그러뜨릴 수 있어야 할 것이오.

목소리들   우리를 구해 주십시오, 각하. 우리를 구해 주세요!

주교   무릎을 꿇으시오, 오만한 부르주아들이여, 그리고 신께 용서를 구하시오! (부르주아들이 한 명씩 무릎을 꿇는다. 서민들은 서 있다.) 하인리히! 너도 무릎을 꿇어야

---

4) '아주 작은 사람들'이란 의미의 미님파(les Minimes)는 파올라의 프란체스코 성인(Francesco di Paola, 1416~1507)이 설립한 수도회다.

지? (하인리히가 무릎을 꿇는다.) 주 하나님, 저희의 무례함을 용서하시고 대주교의 분노를 진정시켜 주십시오. 따라 하시오.

군중   주 하나님, 저희의 무례함을 용서하시고 대주교의 분노를 진정시켜 주십시오.

주교   아멘. 일어서시오. (사이) 우선 당신들은 사제들과 수도승들을 풀어 주시오, 그리고 나서 도시의 성문들을 여시오. 당신들은 성당의 앞뜰에 무릎 꿇고 앉아서 참회하며 기다릴 일이오. 그동안, 우리는 예배 행렬을 지어 괴츠에게 가서 당신들을 너그러이 봐주기를 청하겠소.

한부르주아   그런데 그가 아무 말도 안 들으려 하면요?

주교   괴츠 위에 대주교가 계시오. 그는 우리 모두의 아버지이시고 그의 정의는 자애로울 것이오.

(조금 전부터 나스티가 순찰로 위에 나와 있다. 그는 조용히 듣고 있다가 마지막 대사가 진행될 때 성벽 계단을 두 단 내려온다.)

나스티   괴츠는 대주교의 수하가 아니오. 괴츠는 악마의 하수인이오. 그는 자기 친형인 콘라드에게 맹세를 했었지만, 그러나 그 형을 배신했소. 그런 그가 오늘 당신들 생명을 보존해 주겠다고 약속했다 해서, 그 말을 곧이곧대로 믿을 만큼 당신들은 그렇게 멍청한 거요?

주교   거기 위에, 너, 네가 누구든지 간에, 내가 너에게 명하노니…….

나스티 당신이 뭔데 나한테 명령하는 거요? 그리고 당신들, 저 사람한테서 무슨 말을 듣고자 하는 거요? 당신들은 당신들이 선택한 대장들 말고는 그 누구의 명령도 받을 게 없소.

주교 그런데 도대체 누가 너를 선택했다는 거냐, 이 풋내기야?

나스티 가난한 사람들. (다른 이들에게) 병사들이 우리와 함께 있소, 난 도시 성문마다 사람들을 배치해 놨소, 그 문을 열라고 말하는 자가 있다면, 죽음이오.

주교 잘해 봐라, 딱한 인간아, 그들을 파멸로 인도해라. 그들에게 구원의 기회는 단 한 번뿐이었는데 지금 막 네가 그들에게서 그것을 뺏은 것이다.

나스티 만일 더 이상 희망이 없다면 내가 제일 먼저 당신들에게 항복을 권고했을 것이오. 그러나 신께서 우리를 포기했다고 누가 주장할 수 있소? 저들은 당신들에게 천사의 존재를 의심케 하려 하지 않았소? 나의 형제들이여, 천사들은 바로 저기에 있소! 아니, 올려다보지 마시오, 하늘은 비어 있으니까. 천사들은 땅 위에서 일하는 중이오, 그들은 적의 진영에서 줄기차게 쫓아다니고 있소.

한부르주아 천사들이라니?

나스티 콜레라의 천사와 페스트의 천사, 굶주림의 천사와 불화의 천사를 말하는 거요. 잘 버티시오, 도시는 난공

불락이고 신께서 우리를 돕고 있소. 그들의 포위는 풀릴 것이오.

주교 보름스의 주민들이여, 이 이단의 수괴 말을 듣는 자들은 지옥에 떨어질 것이다. 내 천국의 몫을 걸고 증언하노니.

나스티 네 천국의 몫, 신께서 개새끼들에게 던져 준 지 이미 오래다.

주교 그럼 네놈의 몫은, 물론, 네놈이 그것을 챙기러 오길 기다리면서 그분이 따끈하게 잘 간수하고 계시지! 이 순간에도 네놈이 자신의 사제를 모독하는 걸 들으면서 즐기고 계시고.

나스티 누가 너더러 사제를 하라고 했지?

주교 성스러운 교회가.

나스티 너의 교회는 창녀야,[5] 자신의 호의를 부자들에게 팔았거든. 네가 나의 고해를 들어주겠다고? 네가 나의 죄를 용서해 주겠다고? 너의 영혼은 탈모증에 걸렸어, 신께서 그걸 보시고 이를 갈고 있지. 나의 형제들이여, 사제들은 필요 없소. 모든 사람이 세례를 줄 수 있고, 모든 사람이 죄를 사하여 줄 수 있으며, 모든 사람들이 복음을 전할 수 있는 거니까. 나는 당신들에게 진리를 말하는 것이오, 모든 사람이 예언자이거나 그

---

5) 사르트르는 1951년 6월 30일자 《피가로》와의 인터뷰에서, 이 표현이 이탈리아 종교개혁자 사보나롤라(Girolamo Savonarola, 1452~1498)의 문장이라고 말했다.

게 아니라면 신은 존재하지 않는 것이오.

주교　우우! 우우! 우우! 파문이다! (자신의 돈주머니를 그의 얼굴에 던진다.)

나스티　(주교 관저의 문을 가리키며) 저 문은 벌레 먹고 삭아서 어깨로 밀면 무너질 것이오. (침묵) 어찌 그리 참을성이 많소, 형제들이여! (사이. 서민들에게) 그들은 모두 한통속이오, 주교, 위원회, 부자들. 그들은 당신들이 무서워서 도시를 넘기고 싶은 거요. 그리고 그들이 도시를 넘기면 누가 그 모든 값을 치르겠소? 당신들이오! 언제나 당신들! 자, 일어나시오, 형제들이여, 하늘을 얻기 위해서는 죽여야 합니다.

(군중들이 으르렁댄다.)

한 부르주아　(자기 아내에게) 가자! 빠지자.

다른 부르주아　(자기 아들에게) 어서! 가게 덧문을 닫고 집 안에서 나오지 말아야겠다.

주교　신이시여, 당신은 이 민중을 구하기 위해 제가 할 수 있는 일을 했음을 알고 계십니다. 저는 당신의 영광 안에서 후회 없이 죽을 것입니다. 이제 당신의 분노가 보름스 위로 내리쳐 이 도시를 가루로 만들 것임을 알기 때문입니다.

나스티　이 늙은이가 당신들을 산 채로 잡아먹고 있소. 어째서 그의 목소리가 이렇게 쩡쩡하겠소? 바로 잘 처먹기 때문이오. 그의 창고를 한번 둘러보시오, 군대 하나를 육 개월간 먹여 살릴 만큼 많은 빵이 있을 것이오.

주교   (강한 목소리로) 거짓말하지 마. 내 창고는 비어 있어, 너도 그걸 알잖아.

나스티 가서 보시오, 형제들. 가서 보시오. 그의 말만 듣고 믿을 거요?

(부르주아들은 급히 물러난다. 서민들만이 나스티와 함께 남는다.)

하인리히 (나스티에게 다가오며) 나스티!

나스티 무슨 일이지, 너는?

하인리히 자네도 알잖아, 그래도, 그의 창고가 비어 있다는 걸. 그가 겨우 입에 풀칠하고, 자기 몫을 가난한 자들에게 준다는 걸 자네도 알잖는가.

나스티 너는 우리 편이야, 아니야?

하인리히 자네들이 고통 받을 땐 자네들 편이고, 자네들이 교회가 피 흘리기를 원할 땐 자네들의 적이지.

나스티 너는 우리가 학살당할 때는 우리 편이고, 우리가 방어해 보려 할 때는 우리의 적이지.

하인리히 나는 교회에 속한 사람이야, 나스티.

나스티 문을 부수시오!

(사람들이 문을 공격한다. 주교는 서서 말없이 기도한다.)

하인리히 (문 앞으로 뛰쳐나가며) 날 죽이지 않고서는…….

한서민 당신을 죽여? 뭐하러?

(그들은 하인리히를 때리고 땅에 내동댕이친다.)

하인리히 당신들이 나를 때리다니! 난 당신들을 내 영혼보다
　　　　더 사랑했는데 당신들이 나를 때리다니! (그는 다시 일
　　　　어나서 나스티에게로 걸어간다.) 주교는 안 돼, 나스티,
　　　　주교는 안 돼! 원한다면 나를, 하지만 주교는 안 돼.

나스티 왜 안 되지? 백성을 굶주리게 하는 자야!

하인리히 아니라는 걸 자네도 알잖아! 자넨 알고 있어. 억압과
　　　　거짓으로부터 형제들을 해방하고 싶다면서, 어쩌자
　　　　고 시작부터 거짓말을 하는 건가?

나스티 난 절대 거짓말하지 않아.

하인리히 거짓말하고 있잖아, 주교의 창고엔 곡식이 한 톨도
　　　　없어.

나스티 상관없어! 그의 교회들엔 금과 보석이 있지. 거기 있
　　　　는 대리석 예수상들과 상아 성모상들의 발치에서 굶
　　　　어 죽은 자들 모두, 그가 죽게 한 거라고 봐.

하인리히 그건 같은 말이 아니잖아. 자네가 거짓을 지어내는
　　　　건 아닐지 몰라도, 진실을 말하고 있진 않아.

나스티 자네의 진실을 말하는 게 아니야, 우리의 진실을 말하
　　　　는 거지. 그리고 만일 신께서 가난한 자들을 사랑하신
　　　　다면, 심판의 날에 바로 우리의 진실을 그의 진실로 삼

으실 거야.

하인리히 그렇다면 신께서 주교를 심판하시게 놔둬. 제발 교회
　　　　의 피를 흘리지는 말고.

나스티 내가 아는 교회는 하나뿐이야, 바로 인간들의 사회지.

하인리히 모든 인간들의 사회, 그렇다면, 사랑으로 연결된 모
　　　　든 기독교인들의 사회 아닌가. 하지만 자네는 그 사회
　　　　를 학살로 시작하고 있어.

나스티 사랑하기엔 너무 일러. 우리는 피를 흘려서 그 권리를
　　　　살 거야.

하인리히 신께선 폭력을 금하셨네, 폭력은 질색하시지.

나스티 그럼 지옥은? 지옥에 떨어진 자들에게 폭력이 안 쓰
　　　　이고 있다고 생각하는 거야?

하인리히 신께서 말씀하셨지, 칼로 흥한 자…….

나스티 칼로 망하리라……. 사실 그래, 우리는 칼로 망할 것
　　　　이네. 모두. 하지만 우리의 아들들은 지상에서 신의 왕
　　　　국을 보게 될 거야. 자, 가 봐. 너도 다른 사람보다 나
　　　　을 게 없어.

하인리히 나스티! 나스티! 왜 당신들은 나를 사랑하지 않는
　　　　겐가? 내가 당신들한테 뭘 어쨌다고?

나스티 네가 우리에게 한 짓은 네가 사제라는 사실과, 네가
　　　　무슨 일을 하든지 간에 사제는 사제일 뿐이라는 거지.

하인리히 나도 당신들 중 한 명이네. 가난한 사람이고 가난한
　　　　자의 자식이라고.

나스티 그렇다면, 그건 네가 배신자라는 증거야, 그뿐이지.

하인리히 　(소리치며) 그들이 문을 뚫었어! (실제로 문이 무너져 사람들이 주교관 안으로 몰려간다. 하인리히는 털썩 무릎을 꿇는다.) 신이여, 당신께서 아직 인간들을 사랑하신다면, 당신께서 그들 모두를 가증스럽게 여기지 않으신다면, 이 살인을 막아 주십시오.

주교 　나는 너의 기도가 필요 없다, 하인리히! 무슨 짓을 하고 있는지 모르는 너희들 모두, 나는 너희들을 용서하노라. 하지만 너, 변절자 신부, 나는 너를 저주한다.

하인리히 　아아!

(그는 낙담하여 주저앉는다.)

주교 　할렐루야! 할렐루야! 할렐루야!

(사람들이 그를 마구 때린다. 그가 발코니에 쓰러진다.)

나스티 　(슈미트에게) 자, 이제 그들이 도시를 넘기려 해 보라지.

한 서민 　(문에 나타나며) 곳간엔 곡식이 없었어.

나스티 　그렇다면 미님파의 수도원에다가 미리 숨겼을 것이네.

서민 　(소리치며) 미님파의 수도원으로! 수도원으로!

(사람들이 달려 나간다.)

서민들 　수도원으로! 수도원으로!

나스티 (슈미트에게) 오늘 밤, 내가 전선을 넘어가겠다.

(그들이 나간다. 하인리히는 다시 일어나서 주변을 둘러본다. 예언자만 남아 있다. 하인리히는 주교를 발견한다. 그는 눈을 크게 뜨고 하인리히를 쳐다본다.)

하인리히 (주교 관저로 들어가려고 한다. 주교가 팔을 뻗어 그를 밀친다.) 안 들어갑니다. 팔 내리세요, 내리세요. 완전히 죽은 것이 아니라면, 용서하시고. 무섭습니다, 원한이란 건, 그건 지상의 것입니다. 그런 것은 땅에 내려 놓으시고, 가볍게 죽으세요. (주교가 말을 하려고 한다.) 뭐라고요? (주교가 웃는다.) 배신자? 예, 그래요, 물론. 그들도 역시, 아시다시피, 그들도 나를 배신자라고 부르지요. 하지만 그럼 설명 좀 해 보세요, 어떻게 내가 모든 사람을 동시에 배신할 수 있는 건가요? (주교는 여전히 웃는다.) 뭐가 그리 웃깁니까? 관두죠. (사이) 그들이 나를 때렸어요. 그런데도 나는 그들을 사랑했지요. 신이시여! 내가 그들을 얼마나 사랑했는지. (사이) 난 그들을 사랑했어요, 하지만 그들에게 거짓말을 했지요. 나는 침묵으로 그들에게 거짓말을 했습니다. 난 입을 다물고 있었던 겁니다! 입을 다물고 있었다고요! 입술을 꿰매고, 이를 꽉 물고 있었습니다, 그들이 파리처럼 죽어 나갔지만 나는 침묵했습니다. 그들이 빵을 원할 때 난 십자가를 가지고 왔죠. 그게 먹을 수 있는 거라고 생각합니까, 십자가가? 아! 팔 내리세요, 자, 우리는 공범입니다. 나는 그들의 가난을 따라 살고 싶었고, 그들의 추위와 그들의 배고픔을 나누며 같이 고통 받고 싶었어요. 그들은 어쨌든 죽잖아요, 안 그래요? 보세요, 이런 식으로 그들을 배신했던 거죠, 난 그들에게 교회가 가난하다고 믿게 했거든요. 이제 분노가 그들을 휘감았고 그들은 살인을 했습니다. 그들은 길을 잃었어요, 그들이 갈 곳은 지옥밖에 없을 겁니다. 우선 이번 삶 속에서, 그리고 내일은 다른 삶 속에서. (몇 마디 주교가 알아들을 수 없는 말을 한다.) 아니 내가 뭘 어쩌길 바랍니까? 내가 그들을 어떻게 막겠어요? (그는 무대 뒤쪽으로 가서 길을 쳐다본다.) 광장은 사람들로 바글거립니다, 그들이 긴 의자들을 가지고 수도원 문을 쿵쿵 치고 있고요. 문이 튼튼하군요. 내일 아침까지 버티겠는데요. 난 저기서 아무것도 할 수 없어요. 아무것도! 아무것도! 자, 입을 다물고, 위엄 있게 죽으세요. (주교가 열쇠 하나를 떨어뜨린다.) 이 열쇠는 뭐죠? 무슨 문을 여는 열쇠죠? 주교 관저의 문? 아니라고요? 성당? 그래요? 제의실 문? 아니에요? ……지하 납골당? 지하 납골당 문이에요? 언제나 닫혀 있던 그 문? 그래서요?

주교   지하도.

하인리히 어디로 통하는데? ……말하지 마시오! 그 말을 하기 전에 죽기 바랍니다.

주교   바깥으로.

하인리히   난 그걸 안 주울 거요. (침묵) 납골당에서 도시 바깥
       으로 이어지는 지하도라. 내가 괴츠를 찾아가서 그 지
       하도를 통해 보름스에 들어오게 하라는 겁니까? 난 그
       렇게 못합니다.

주교   이백 명의 사제. 그들의 목숨이 네 손에 달렸다.

(사이)

하인리히   제기랄, 그래서 당신이 웃은 거구먼. 거 재미있는 농
       담이네. 고맙소, 훌륭한 주교님, 고마워. 빈민들이 사
       제들을 학살하거나 괴츠가 빈민들을 학살하거나군.
       이백 명의 사제냐 아니면 이만 명의 사람들이냐, 당신
       이 나한테 아주 멋진 선택을 하게 만드는군. 이만 명
       의 인간, 이백 명보다는 훨씬 많지, 물론. 문제는 한 명
       의 사제에게 몇 사람의 가치가 있느냐 하는 거네. 나
       더러 선택하라는 거지, 어쨌든 난 교회 사람이니까.
       난 열쇠를 집지 않겠어, 사제들이야 하늘로 곧장 갈
       테니까. (주교가 털썩 쓰러진다.) 적어도 그들은 당신처
       럼 가슴에 분노를 품고 죽지는 않아. 자, 이제 당신은
       끝났군, 그럼 안녕히, 신이시여 그를 용서하십시오, 제
       가 그를 용서하듯이. 난 저걸 줍지 않을 거야. 그뿐이
       야. 아니야! 아니야! 아니야! (그가 열쇠를 집는다.)

예언자   (다시 일어나 있다.)

주여, 당신의 뜻대로 이루소서.

세상은 글렀소! 글러!

당신의 뜻대로 이루소서.

하인리히 주여, 당신께서는 카인과 카인의 아이들을 저주하셨습니다, 당신의 뜻대로 이루소서. 당신은 인간들이 갉아먹힌 심장을 가지도록 허락하셨고, 그들의 의도가 썩어 문드러지는 것을, 그들의 행위가 부패하여 악취가 나는 것을 허락하셨습니다, 당신의 뜻대로 이루소서. 주여, 당신은 배신이 이 땅에서 저의 몫이기를 원하셨나이다, 당신의 뜻대로 이루소서! 당신의 뜻대로 이루소서! 당신의 뜻대로 이루소서!

(그가 나간다.)

예언자 우리의 썩은 육신을 내리칩시다.

내리쳐, 내리쳐, 신은 거기에 있소!

2경

(괴츠 진영 부근. 밤. 무대 배경엔 도시가 보인다. 한 장교가 나타나서 도시를 쳐다본다. 다른 장교가 곧이어 그를 따라 들어온다.)

1장

장교들, 헤르만.

두 번째 장교 뭐 하고 있어?

첫 번째 장교 저 도시를 보고 있어, 휙 날아가 버릴까 봐서, 언
         젠가 말이야…….

두 번째 장교 (첫 번째 장교에게) 날아가 버리진 않을 거야. 우리
         에게 그런 행운이 올 리 없지. (갑자기 돌아서며) 뭐야?

(두 남자가 천으로 덮은 형체 하나를 들것에 싣고 지나간다. 그들은
말이 없다. 첫 번째 장교가 들것 쪽으로 가서 천을 들춰 보고는 다시
덮는다.)

첫 번째 장교 강으로 가! 당장!

두 번째 장교 어땠어……?

첫 번째 장교 검어.

(사이. 두 의무병이 걷기 시작한다. 환자가 신음한다.)

두 번째 장교 기다려.

(그들이 멈춘다.)

첫 번째 장교　아니 왜 그래?

두 번째 장교　살아 있어.

첫 번째 장교　알고 싶지 않아. 강으로 가!

두 번째 장교　(의무병에게) 어디 소속이야?

의무병　청십자 부대입니다.

두 번째 장교　아! 내 부대야. 뒤로 돌아!

첫 번째 장교　미쳤어! 강으로 가!

두 번째 장교　내 부하들을 고양이 새끼들처럼 물에 던져 버리 게 두진 않겠어.

(그들은 서로 쳐다본다. 의무병들이 히죽대는 눈짓을 교환하고서 죽 은 자를 내려놓고 기다린다.)

첫 번째 장교　죽었든 살았든, 그를 데리고 있으면 부대 전체에 콜레라가 퍼질 거야.

세 번째 장교[6]　(들어오며) 설사 콜레라가 아니더라도 부대가 공 황 상태에 빠질 걸세. 자! 강에 던져 버려!

의무병　신음하고 있습니다.

---

6) 초고에는 이 장면에서 두 명의 장교만 등장하고 헤르만이 이에 합류한다. 그 러나 초판본을 준비하면서 사르트르는, 무대 장면의 배치를 염두에 두고 텍스 트 분량에는 변화를 주지 않고 이미 있는 대사를 재분배하는 방식으로 헤르만 과 구분되는 세 번째 장교를 추가한다. 문제는 이후 대사에서 필요한 수정을 하 지 않아서 3경 1장에서는 헤르만이 '세 번째 장교'로 지칭된 채 남게 된다. 헤르 만은 이어지는 대사에서는 '헤르만'이나 '세 번째 장교' 혹은 문맥상 혼동이 없 을 때에는 '장교'로 지칭되는데, 비록 서툰 부분이 있지만 일관성은 유지된다.

(사이. 두 번째 장교가 신경질적으로 의무병 쪽으로 돌아서서, 자신의 칼을 거칠게 뽑아 들고 누운 자를 내리친다.)

두 번째 장교 더 이상 끙끙대지 않을 거야. 가 봐! (두 사람이 나
간다.) 셋. 어제부터 세 명째야.

헤르만 (들어오며) 넷일세. 진영 한복판에서 금방 또 한 명이
쓰러졌어.

두 번째 장교 그걸 사람들이 봤어?

헤르만 진영 한복판에서라고 했잖아.

세 번째 장교 내가 지휘관이라면 오늘 밤에 포위를 풀겠네.

헤르만 동의해. 하지만 자네가 지휘관은 아니잖아.

첫 번째 장교 그러니, 그에게 말해야 돼.

헤르만 아니 누가 말하겠는가? (침묵. 그들을 쳐다보며) 자네들
은 그가 원하는 대로 다 하게 될 걸세.

두 번째 장교 그렇다면, 우린 망한 거야. 콜레라가 우릴 봐준다
해도 병사들이 우리 목을 따 버릴 테니까.

헤르만 그가 먼저 뒈지지 않는다면.

첫 번째 장교 그가? 콜레라로?

헤르만 콜레라든 아니면 다른 걸로든. (침묵) 대주교가 그의
죽음을 나쁘게 보지는 않을 거라고 들었네.

(침묵)

두 번째 장교 난 못 할 거야.

첫 번째 장교 나도 못 해, 하도 역겨워서 그치한테 나쁜 짓을 하기도 무서워.

헤르만 너한테는 아무것도 요구하지 않아. 그냥 입 다물고 너보다 덜 역겨워하는 자들이 하는 일을 두고 보면 돼.

(침묵. 괴츠와 카트린이 들어온다.)

2장

같은 인물들, 괴츠, 카트린.

괴츠[7] (들어오며) 나한테 보고할 일이 아무것도 없는가? 병사들에게 빵이 모자란다든가 하는 것도? 콜레라가 부대를 휩쓸고 갈 거라는 것도? 나한테 요구할 것도 없는가? 재앙을 피할 수 있게 포위 공격을 풀자든가 하는 것도? (사이) 그러니까 자네들은 내가 그렇게 무서운가 보지?

(모두들 말이 없다.)

카트린[8] 그들이 당신을 쳐다보는 게 예사롭지 않네, 내 귀여운

---

7) '괴츠(Goetz)'라는 이름은 독일어의 '우상', '가짜 신'을 의미하는 Goetze를 상기시키고, '신의 평화'를 의미하는 Gottfried라는 성의 애칭이기도 하다.
8) 사르트르가 남긴 메모에 의하면 '카트린(Catherine)'이라는 성은 1525년 루

사람. 이 사람들은 당신을 별로 좋아하지 않으니, 당신이 어느 날 배때기에 큼지막한 칼을 꽂고 자빠져 있어도 놀랄 일은 아니겠어요.

괴츠   넌 날 좋아하나, 너는?

카트린   전혀요!

괴츠   그런데도 날 죽이진 않았잖아.

카트린   그러고 싶어 했다는 게 잘못은 아니죠.

괴츠   알아, 넌 멋진 꿈들을 꾸지. 하지만 난 신경 쓰지 않아, 왜냐하면 내가 죽는 순간 넌 남자들 이만 명한테서 귀여움을 받을 테니까. 이만 명이라면, 조금 많지, 아무리 너라고 해도.

카트린   소름 끼치도록 싫은 한 명보다는 이만 명이 낫죠.

괴츠   내가 네게서 사랑하는 것이 바로 내가 너에게 불어넣은 그 공포야. (장교들에게) 그래서 자네들은 내가 언제 포위를 풀기 원하는가? 목요일? 화요일? 일요일? 그런데 친구들, 내가 도시를 먹는 건 화요일도 목요일도 아니야, 바로 오늘 밤이지.

두 번째 장교   오늘 밤이라고요?

괴츠   곧. (도시를 바라보며) 저기 작은 파란 불빛, 보이나? 매일 저녁 난 저 불빛을 바라보는데, 매일 저녁 이 시각이 되면 불이 꺼져. 자, 내가 뭐라고 했지? 그게 말

터와 결혼한 카타리나 폰 보라(Katharina von Bora, 1499~1552)에서 따왔다고 한다.

이야, 내가 방금 그 불빛이 꺼지는 것을 백한 번째이자 마지막으로 봐 버린 거야. 좋은 저녁 보내길, 사랑하는 것을 죽여야 되거든. 다른 것들도 꺼지는군…….다른 불빛들도 사라지고 있다고. 물론 내일 일찍 일어나려고 일찍 자는 사람들이 있지. 그런데 내일은 이제 없을 거야. 아름다운 밤이지, 엉? 아주 맑진 않지만 그래도 별들이 우글우글하잖아. 곧 달이 뜰 거야. 아무 일도 일어나지 않는 딱 그런 종류의 밤이지. 그들은 모든 것을 예상하고 있고, 모든 것을, 그것이 학살이라도 받아들였지, 하지만 오늘 밤인 줄은 모르겠지. 하늘이 너무 맑아서 신뢰감을 주고, 오늘 밤은 그들의 것이지. (갑작스럽게) 얼마나 강력한가! 신이시여, 이 도시는 제 것이고, 그걸 당신께 바칩니다. 제가 곧 당신의 영광을 위해 이 도시를 불태우겠습니다! (장교들에게) 사제 하나가 보름스에서 빠져나와서는 우리를 들어가게 해 주겠단다. 울리히 장군이 그를 심문하고 있어.

세 번째 장교　으흠!

괴츠　뭐?

세 번째 장교　저는 배신자들을 믿지 않습니다.

괴츠　이런, 난 그들을 너무 좋아하는데.

(장교 하나가 사제를 밀면서 병사와 함께 들어온다.)

3장

같은 인물들, 하인리히, 중대장.

하인리히   (괴츠의 무릎 앞에 쓰러지며) 날 고문하시오! 손톱을
        뽑으시오! 산 채로 가죽을 벗기란 말이오!

(괴츠가 웃음을 터뜨린다.)

괴츠   (사제의 무릎 앞에 쓰러지며) 창자를 뽑아 주시오! 차형
        에 처해 주시오! 능지처참해 주시오! (그가 다시 일어난
        다.) 자, 이제 서먹한 건 지났군. (중대장에게) 누군가?
중대장   이자가 보름스 사제 하인리히입니다. 우리에게 도시를
        내주기로 했던 자입니다.
괴츠   그런데?
중대장   더 이상 말을 하려 하지 않습니다.
괴츠   (하인리히에게로 간다.) 왜?
중대장   마음이 바뀌었다고만 말합니다.
세 번째 장교   마음이 바뀌어? 젠장맞을! 이빨을 다 깨 버려! 등
        골을 꺾어 버려!
하인리히   이빨을 깨 주시오! 등골을 꺾어 주시오!
괴츠   단단히 미쳤군! (하인리히에게) 왜 우리에게 도시를 넘
        기려고 했지?
하인리히   천민들이 사제들을 죽이려 하니까 그들을 구하려고

했던 거요.

괴츠   그런데 왜 다시 마음을 바꿨지?

하인리히   당신 부하들의 면상을 봤소.

괴츠   그다음엔?

하인리히   그들이 말을 했소.

괴츠   무슨 말을 하던가?

하인리히   내가 몇 명이 살해되는 걸 막겠다고 대학살을 유발
          할 거라고.

괴츠   이미 봤잖아, 그래도, 용병들이야. 게다가 그들의 인
          상이 썩 좋지만은 않다는 것도 알고.

하인리히   보던 중 최악이었소.

괴츠   이봐! 이봐! 군인들은 다 똑같아. 넌 여기서 누구를 볼
          거라고 생각했던 거야? 천사들?

하인리히   사람들. 그리고 난 그들에게 다른 사람들 목숨을 구
          해 달라고 부탁하고 싶었소. 그들이 모든 주민들의 목
          숨을 건드리지 않겠다고 내게 맹세했다면 도시로 들
          어갔을 것이오.

괴츠   그럼 넌 내 말을 믿었는가?

하인리히   **당신의 말이라고?** (그가 괴츠를 쳐다본다.) 당신이 괴
          츠요?

괴츠   그래.

하인리히   난…… 난 믿을 수 있을 것 같았소.

괴츠   (놀라며) 내 말을? (사이) 약속하지. (하인리히는 말이
          없다.) 만일 네가 우리를 도시로 들여보내 준다면, 주

민들의 생명을 안전하게 해 주겠다고 맹세한다.

하인리히   그리고 당신을 믿으라는 거요?

괴츠   그럴 의향이 있다고 하지 않았어?

하인리히   그랬소, 당신을 보기 전엔.

괴츠   (웃음을 터뜨리며) 아, 그래, 알아, 나를 본 사람들은 내 말을 거의 안 믿지, 아마도 내가 약속을 지키기엔 너무 똑똑해 보이나 봐. 하지만 이봐, 내 말을 곧이곧대로 믿어 봐. 어떨지 보게! 진짜 어떻게 되는지 한번 보게……. 어쨌든 난 기독교인이니까, 내가 성서를 걸고 맹세하면 어때? 속는 셈치고 그냥 한번 믿어 보는 거야! 당신들, 사제들 말이야, 못된 놈들을 선으로 유혹하는 것이 당신들 임무 아닌가?

하인리히   당신을 선으로 유혹하라고, 당신을? 너무 지나친 기쁨을 줄 것 같은데!

괴츠   나를 잘 아는군. (그는 미소를 지으며 하인리히를 바라본다.) 모두 나가 있어.

(장교들과 카트린이 나간다.)

4장

괴츠, 하인리히.

괴츠   (다정한 투로) 땀에 젖었군. 얼마나 고통스러울까!

하인리히   충분치 않소! 고통스러운 건 다른 사람들이지 난 아
         니오. 괴로움 없이도 내가 다른 이들과 고통을 함께할
         수 있도록 신께서 허락하셨지. 왜 날 쳐다보는 거요?
괴츠   (여전히 다정하게) 내가 이런 위선자 같은 낯짝을 가졌
         었지. 너를 쳐다보고는 있다만, 내가 동정하는 건 나
         야. 우리는 같은 종자로군.
하인리히   거짓말이야! 넌 네 형제를 넘겼지. 난 내 형제들을
         넘기지 않을 거야.
괴츠   넌 오늘 밤에 그들을 넘기게 될걸.
하인리히   오늘 밤이고 언제고 절대.

(사이)

괴츠   (무관심한 어조로) 빈민들이 사제들에게 무슨 짓을 할
         까? 푸줏간 갈고리에 매달아 놓으려나?
하인리히   (고함지르며) 입 닥쳐! (다시 진정한다.) 다 전쟁으로
         인한 참사야. 난 그걸 면하게 해 줄 힘이 없는, 일개 보
         잘것없는 사제일 뿐인 거고.
괴츠   위선자! 오늘 밤 너는 이만 명의 생사를 좌우할 권력
         을 쥐고 있는데.
하인리히   난 그 권력을 원치 않아. 그건 악마로부터 나온 거야.
괴츠   넌 원하지 않지만 그래도 자네가 그걸 쥐고 있어. (하
         인리히는 뛰어서 도망친다.) 어이구! 뭐 하는 거야? 네
         가 도망친다면, 그건 결정을 한 거야.

(하인리히는 되돌아와서 그를 쳐다보고 웃기 시작한다.)

하인리히 당신 말이 맞아. 내가 도망치든 자살을 하든 일은 해
          결되지 않아. 그건 내가 침묵하는 방법들이지. 난 신께
          선택받은 자야.

괴츠   차라리 쥐덫에 걸렸다고 말하지그래.

하인리히 마찬가지야, 선택받은 자란 신의 손가락이 벽에다가
          몰아 놓은 인간이니까. (사이) 주여, 왜 하필 저입니까?

괴츠   (부드럽게) 단말마의 순간이군. 난 자네한테서 그 순간
          을 줄여 주고 싶네. 내가 널 돕게 해 줘.

하인리히 날 돕는다고, 네가? 신도 침묵하고 계신데? (사이) 그
          래, 내가 거짓말했어, 난 그가 선택하신 자가 아니니
          까. 내가 왜 그러겠어? 누가 날 도시에서 빠져나오게
          했지? 누가 나더러 너를 찾아가라는 임무를 주었지?
          진실은 바로 나 스스로가 나를 선택했다는 거지. 내가
          너에게 나의 형제들에게 은혜를 베풀어 달라고 왔을
          때 난 벌써 그걸 얻지 못하리라고 확신했어. 내가 마
          음을 바꾼 것은 너희들 얼굴이 고약해서가 아니라 그
          얼굴들이 실재하기 때문이야. 난 악을 저지르는 꿈을
          꾸고 있었는데, 당신들을 보게 되자 내가 진짜로 그것
          을 행하리라는 걸 알아차렸던 거지. 내가 빈민들을 증
          오하는 거 당신은 아나?

괴츠   그래, 알지.

하인리히 내가 그들에게 팔을 내밀었을 때 그들은 왜 가 버린

거지? 왜 그들은 언제나 내가 결코 겪지 못할 고통을 그토록 많이 겪는 거야? 주여, 당신은 왜 가난한 자들의 존재를 허락하셨습니까? 아니면 왜 저를 수도승으로 만들지 않으셨습니까? 수도원에서라면 저에겐 오직 당신뿐이었을 겁니다. 하지만 이렇게 굶어 죽는 사람들이 많은데 어떻게 당신만 바라볼 수 있겠습니까? (괴츠에게) 나는 당신한테 그 모두를 넘겨주러 왔고, 그들이 예전에 존재했다는 사실을 내가 잊을 수 있게 당신이 그들을 전멸시켜 주길 바랐지.

괴츠　그랬는데?

하인리히　그런데 내가 마음을 바꿨어, 당신은 도시에 못 들어갈 거야.

괴츠　그런데 신의 뜻이 자네가 우리를 거기 들어가게 하는 것이었다면? 좀 들어 봐, 네가 입을 다물고 있으면 사제들이 오늘 밤에 죽어, 그건 확실하지. 하지만 가난한 놈들은? 그들은 살아남을 거라고 생각하나? 난 포위를 풀지 않을 거야, 한 달 후에는 보름스에서 모두가 굶어 죽을 테지. 너한테 문제 되는 건 그들의 생사를 결정하는 게 아니라, 두 종류의 죽음 사이에서 그들을 대신해 선택하는 거야. 얼간아, 그러니 가장 빠른 걸 택하라고. 그들이 거기서 얻게 되는 게 뭔지 알아? 그들이 사제들을 죽이기 전에 오늘 밤에 죽으면 그들은 순결한 손을 간직하는 거지. 모두가 하늘나라에서 다시 만날 거야. 그 반대 경우라면, 네가 그들에게 준 몇 주일 때문에, 너는 그들을 온통 피로 더럽혀서 지옥으로 보내는 거야. 잘 생각해, 신부, 그들이 스스로 지옥에 떨어질 시간을 주려고 너한테 지상에서의 그들 목숨을 살려 주라고 속삭이는 건 바로 악마야. (사이) 도시로 들어가는 방법을 나한테 말해.

하인리히   당신은 존재하지 않아.

괴츠   응?

하인리히   당신은 존재하지 않아. 당신의 말은 내 귀에 들어오기 전에 죽었고, 당신 얼굴은 한낮에 만날 수 있는 그런 얼굴이 아니야. 난 당신이 무슨 말을 할지 다 알아, 당신의 모든 몸짓을 예측하지. 당신은 내가 만든 창조물이고, 당신이 하는 생각들도 내가 당신한테 불어넣은 거야. 난 꿈을 꾸고 있어, 모두 죽어 있고 공기에도 잠기운이 도는군.

괴츠   그렇다면 나 역시 꿈을 꾸고 있는 거지, 왜냐하면 네가 어떻게 나올지 너무도 세세하게 빤히 보여서 벌써 지겨워지거든. 둘 중에 누가 상대방의 꿈속에 있는지만 알면 되지.

하인리히   나는 저 도시에서 오지 않았어! 난 거기서 나온 게 아니라고! 우린 무대그림 앞에서 연극하고 있는 거야. 자, 달변가 양반, 어디 연극 한번 해 보시지. 당신 역할이 뭔지는 알아? 내 역할은 안 돼, 라고 말하는 거야. 안 돼! 안 돼! 안 돼! 안 돼! 당신은 아무 말도 안 하나? 이 모든 것이 늘상 있는 그다지 사실성 없는 유혹일 뿐이야. 내가 괴츠의 진영에서 뭘 하겠어, 내가? (그는 도시를 가리킨다.) 저 불빛들이 꺼져 버릴 수 있다면! 내가 저 안에 있는데 저건 저기서 뭐 하는 거지? (사이) 유혹이 있긴 하다만 그게 어디 있는지 모르겠군. (괴츠에게) 내가 확실하게 알고 있는 건 내가 악마를 보게 될 거라는 점이지. 그놈이 내게 인상 쓰기 시작할 참이면 환각을 일으키는 것부터 공연을 시작하거든.

괴츠   벌써 본 적이 있나?

하인리히   당신이 친모를 보는 것보다는 더 자주.

괴츠   내가 닮았나?

하인리히   불쌍한 인간인 당신이? 당신은 광대잖아.

괴츠   어떤 광대?

하인리히   항상 광대가 하나 있지. 그의 역할은 날 난처하게 만드는 거야. (사이) 내가 이겼어.

괴츠   뭐라고?

하인리히   내가 이겼다고. 마지막 불빛이 막 꺼졌어. 악마 같은 보름스의 환영이 사라졌다고. 자! 당신도 차례가 되면 사라질 거야, 그러면 이 우스꽝스러운 유혹도 끝이 나겠지. 밤이야 온통 밤. 얼마나 평안한가.

괴츠   계속해 봐, 신부, 계속해. 난 네가 무슨 말을 하게 될지 다 기억이 나. 일 년 전에…… 오, 그래, 형제여, 기억나는군, 자네가 얼마나 네 머릿속에 이 밤을 송두리째 집어넣고 싶어 했는지! 내가 그것을 얼마나 원했는지!

하인리히 (중얼거리며) 내가 어디서 깨어나게 될까?

괴츠 (갑자기 웃으며) 넌 깨어 있어, 사기꾼아, 너도 알고 있
잖아. 모든 게 진짜야. 나를 쳐다봐, 날 만져 봐, 난 진
짜 살과 뼈로 돼 있어. 이런, 달이 떠서 너의 악마 같은
도시가 그늘에서 나와 버렸네. 저걸 봐, 저게 환상이
야? 자아! 저건 진짜 바위고 진짜 성곽이고 진짜 주민
들이 사는 진짜 도시야. 넌, 너는 진짜 배신자고.

하인리히 배신을 해야 배신자인 거야. 그리고 당신이 용써 봐
야 소용없어, 난 배신하지 않을 테니까.

괴츠 배신자일 때 배신을 하는 법이지, 그러니 너는 배신할
거야. 이것 봐, 신부, 당신은 이미 배신자야. 두 패가 맞
서고 있는데 당신은 동시에 양쪽에 다 속해 있다고 말
하잖아. 그러니까 너는 이중 놀이를 하는 거고, 따라
서 두 개의 언어로 생각하고 있는 거야. 너는 가난한
자들의 고통을 교회 라틴어로는 시련이라 부르고 독
일어로는 불공평이라고 부르고 있는 거지. 나를 도시
에 들어가게 해 준다고 해서 너에게 무슨 일이 더 일
어나겠어? 넌 이제껏 그랬던 것처럼 그냥 배신자가
될 뿐이야. 배신하는 배신자, 그건 그냥 자기를 수긍
하는 배신자인 거야.

하인리히 당신한테 그런 말들을 하게 시킨 게 내가 아니라면
당신이 그걸 어떻게 알겠어?

괴츠 왜냐하면 내가 배신자거든. (사이) 난 자네가 가야 할
길을 이미 다 지나왔어, 하지만 날 봐, 얼굴 혈색이 좋

않은가?

하인리히 당신 혈색이 좋은 건 당신 천성대로 행동하니까 그
런 거지. 모든 사생아들이 배신한다는 건 누구나 아는
사실이잖아. 하지만 난 사생아가 아냐.

괴츠 (때리려다가 참는다.) 나를 사생아라고 부르는 자들은
보통 다시는 입을 못 놀리지.

하인리히 사생아!

괴츠 신부, 신부, 신중해야지. 나를 몰아세우지 마, 내가 당
신 귀를 잘라 버릴지도 몰라, 그래 봐야 아무 일도 해
결 안 될 거야, 네 혓바닥은 남겨 둘 테니까. (갑자기 그
가 사제를 껴안는다.) 잘 있었나, 동생! 사생아들끼리
잘해 보자! 왜냐하면 너 역시 사생아니까! 널 낳으려
고 성직자가 비참과 동침한 거지, 참 우중충한 욕정이
군! (사이) 사생아들은 배신을 하지, 물론, 그럼 그들
이 다른 무얼 하길 바라나? 난 타고나길 이중 첩자야,
내 어미는 농사꾼에게 몸을 줬고 그래서 서로 붙지 않
는 두 개의 반쪽으로 내가 만들어졌거든. 그 둘은 각
각 서로에게 몸서리치지. 너는 훨씬 운이 좋다고 생각
하나? 반쪽짜리 빈민에 덧붙여진 반쪽짜리 사제, 그
건 아무리 해도 온전한 인간이 못 돼. 우리는 **존재하지**
않는 거고 아무것도 **소유하고 있지 않은** 거야. 적자로
태어난 애들은 모두 돈 안 내고 이 땅에서 즐길 수 있
어. 너하고 나는 아니지. 난 어릴 때부터 세상을 열쇠
구멍을 통해 보고 있는데, 그 세상이란 것이 아주 꽉

차고 예쁜 작은 달걀이라 그 안에서 각자가 자기에게
할당된 자리를 차지하고 있단 말이지. 하지만 단언하
건대 우리는 그 속에 없어. 바깥에 있지! 널 원하지 않
는 이 세상을 거부하라고! 악을 행하란 말이야, 얼마
나 마음이 가벼워지는지 보게 될 거야. (장교 한 사람이
들어온다.) 무슨 일이야?

장교   대주교가 보낸 사절이 도착했습니다.

괴츠   들여보내.

장교   그가 소식을 가지고 왔습니다. 적들은 칠천 명의 전사
       자를 남기고 패주했답니다.

괴츠   내 형은? (장교가 그의 귀에 대고 말하려고 한다.) 가까이
       올 거 없고 크게 얘기해.

장교   콘라드는 죽었습니다.

(그때부터 하인리히는 괴츠를 유심히 쳐다본다.)

괴츠   알았어. 그의 시체는 찾았나?

장교   예.

괴츠   상태가 어땠나? 대답해.

장교   얼굴이 훼손됐습니다.

괴츠   칼을 맞아서?

장교   늑대들입니다.

괴츠   무슨 늑대들? 여기 늑대가 있나?

장교   아른하임 숲에…….

괴츠　좋아. 이 빚은 내가 갚도록 하지, 내가 부대 전체를 데리고 그놈들을 쓸어버릴 테니. 아른하임 늑대들의 가죽을 몽땅 벗겨 버릴 거니까. 가 봐. (장교가 나간다. 사이) 고해도 못 하고 죽었군. 늑대들이 형의 얼굴을 뜯어 먹었다지만, 봐, 난 웃고 있잖아.

하인리히　(부드럽게) 왜 그를 배신했소?

괴츠　왜냐하면 난 결정하는 걸 좋아하거든. 신부, 나를 만드는 건 나야. 사생아라는 거, 그건 내가 태어날 때부터 그랬어, 하지만 형제 살해범이라는 멋진 타이틀, 이건 내 재능에서만 나온 거야. (사이) 그것은 내 거야, 이제, 나 혼자 차지하는 거지.

하인리히　뭐가 당신 거라는 거지?

괴츠　하이덴슈탐의 가문. 끝장난 하이덴슈탐 가문을 다 정리해서, 내가 다 상속받는 거야. 그 가문의 창시자였던 알베릭에서 마지막 남자 상속자 콘라드까지 말이야. 날 잘 봐, 신부, 난 지하 가족묘라니까. 왜 웃지?

하인리히　나는 오늘 밤 혼자서 악마를 볼 거라고 생각했는데 지금은 우리 둘 다 악마를 볼 것 같군.

괴츠　난 악마 따윈 안 쳐 줘! 그가 영혼들을 받아 챙기기는 하지만 그것들을 지옥에 떨어뜨리는 것은 그가 아니야. 나는 신하고만 상대하지, 괴물들과 성인들은 그에게만 속해 있거든. 신은 날 보고 있어, 신부, 그는 내가 형을 죽인 것을 알고서 가슴에서 피를 흘리시지. 예, 그렇습니다, 주여, 내가 그를 죽였습니다. 그래서 당신은 나를 어떻게 하실 수 있는데요? 내가 최악의 범죄를 저질렀는데도 정의의 신은 나를 벌하실 수 없다 '는 거지, 벌써 십오 년 전에 나를 저주해 버리셨거든. 자, 오늘은 됐어, 잔치야. 난 마셔야겠어.

하인리히 (그에게로 가서) 자, 받아!

(그는 주머니에서 열쇠 하나를 꺼내서 괴츠에게 내민다.)

괴츠　이게 뭐지?

하인리히　열쇠.

괴츠　무슨 열쇠?

하인리히　보름스의 열쇠.

괴츠　오늘은 충분하다고 했잖나, 형이라니까, 제기랄! 자기 형을 매장하는 게 매일 하는 일은 아니잖아. 그러니 내일까진 쉴 수 있어.

하인리히 (그에게로 나아가며) 겁쟁이!

괴츠 (멈추면서) 내가 이 열쇠를 집으면 모두 불태워 버릴 텐데.

하인리히　이 골짜기 밑에 크고 흰 바위가 하나 있지. 그 밑에 가시덤불로 가려진 구멍이 하나 있어. 땅굴을 죽 따라가면 문이 하나 나오는데, 이걸로 열릴 거야.

괴츠　당신을 얼마나 사랑할까, 너의 빈민들이 말이야! 얼마나 너에게 고마워할까?

하인리히　나하곤 더 이상 상관없어. 난 뭐가 뭔지 모르겠어. 대신 내 가난한 사람들을 당신한테 맡기지, 사생아. 이젠 당신이 선택하는 거야.

괴츠 넌 조금 전에 내 면상만 봐도 충분하다고 했잖아…….

하인리히 내가 그걸 충분히 잘 보지 못했던 거야.

괴츠 그럼 지금은 뭐가 보이나?

하인리히 당신이 스스로에게 소름 끼쳐하는 걸 봤어.

괴츠 사실이야, 하지만 그걸 믿지 마! 난 십오 년 전부터 날 소름 끼쳐했어. 그래서? 너는 아직도 악이 내 존재 이유인 걸 모르겠어? 그 열쇠 이리 줘. (그가 열쇠를 집는다.) 자, 신부, 너는 끝까지 너한테 거짓말을 하게 될 거야. 넌 너의 배신을 가릴 묘책을 찾았다고 생각했겠지. 하지만 결국, 넌 어쨌든 배신한 거야. 네가 콘라드를 넘겨줬지.

하인리히 콘라드?

괴츠 걱정하지 마, 네가 나를 너무 닮아서 난 네가 난 줄 알았어.

(그가 나간다.)

3경

(괴츠의 막사.

장면이 시작되면, 아주 멀리서 달빛에 도시가 보인다.)

1장

헤르만, 카트린.

(헤르만이 들어와서 야전침대 뒤에 몸을 숨기려 한다. 그의 머리와 몸은 사라지고 커다란 엉덩이만 보인다.

카트린이 들어와 다가가서 그를 걷어찬다.

그가 질겁하며 일어선다.

그녀가 웃으며 뒤에서 달려든다.)

세 번째 장교, 헤르만[9]   너 소리 지르면…….

카트린   내가 소리 지르면 넌 잡혀서 괴츠한테 교수형을 당할 테니, 차라리 이야기하는 게 나을 거야. 그이한테 무슨 짓 하려고 했어?

장교   내가 그자에게 하려는 건, 이 창녀야, 네 핏줄 속에 피가 흐른다면 일찌감치 네가 그놈한테 했을 일이야. 자! 산보나 하러 가서 네가 할 일을 사람들이 대신 맡아 주는 걸 신에게 감사드려. 알아들어?

카트린   나는 어떻게 되라고, 그가 죽으면? 온 부대가 내 위에 올라탈 텐데.

장교   우린 널 도망치게 해 줄 거야.

---

9) 세 번째 장교와 헤르만의 혼동에 관해서는 124쪽의 각주 참조. 이하 헤르만은 '장교'로 지칭된다.

카트린   나한테 돈을 줄 건가?

장교   조금 줄 거야.

카트린   내 지참금을 대 줘, 그러면 수녀원에 들어갈게.

장교   (웃으며) 수녀원에, 네가. 공동체 생활을 하고 싶다면
         차라리 갈보 집에 들어가. 네 양 허벅지 사이에 지닌
         능력이라면 한재산 벌 수 있을 테니까. 자, 결정해. 입
         만 다물어 주면 돼.

카트린   내 입은 걱정하지 마, 어쨌든 널 넘기진 않을 테니까.
         네가 그의 목을 따도록 내버려 두는 문제는…… 두고
         봐야겠어.

장교   뭘 봐야겠다는 거야?

카트린   우리 관심사가 같은 건 아니잖아, 중대장. 남자의 명
         예는 칼끝으로 수리가 되지. 하지만 나는, 그가 나를
         갈보로 만들어 버려서 수선하기가 훨씬 까다롭다고.
         (사이) 오늘 밤 도시가 함락돼! 전쟁이 끝나서 모두 가
         버리지. 조금 있다가 그가 여기에 오면 날 어쩔 건지
         물어볼 거야. 그가 나를 데리고 있겠다면…….

장교   괴츠가 너를 데리고 있어? 미쳤구나. 그가 어떻게 해
         주길 바라는 거야?

카트린   그가 나를 데리고 있겠다면 너는 그를 건드려서는 안
         돼.

장교   그런데 그가 너를 내쫓으면?

카트린   그렇다면 그는 네 거야. 내가 "당신이 그걸 원했잖
         아!" 하고 소리치면 숨어 있던 곳에서 나와 그를 네

마음대로 해.

장교 네 말은 전부 다 느낌이 안 좋아. 내 계획이 추잡한 남
　　　녀관계에 좌우되는 건 싫어.

카트린 (조금 전부터 바깥을 내다보고 있다가) 그럼 넌 그이한테
　　　살려 달라고 무릎을 꿇을 수밖에 없군, 그이가 오네.

(헤르만이 뛰어가 숨는다. 카트린은 웃음을 터뜨린다.)

2장

괴츠, 카트린, (숨어 있는) 헤르만.

괴츠 (들어오며) 왜 웃지?

카트린 꿈 생각이 나서 웃었어요, 당신이 등에 칼 맞고 죽은
　　　걸 봤거든. (사이) 그래, 그가 말을 하던가요?

괴츠 누가?

카트린 신부요.

괴츠 어떤 신부? 아, 그래! 그럼, 그럼, 당연하지.

카트린 그럼 오늘 밤인 건가요?

괴츠 그게 너랑 상관 있나? 장화나 벗겨. (그녀가 그의 장화
　　　를 벗겨 준다.) 콘라드가 죽었어.

카트린 알아요. 전 부대가 다 알죠.

괴츠 마실 것 좀 줘. 축하해야지. (그녀가 마실 것을 내온다.)
　　　너도 마셔.

카트린 별로 마시고 싶지 않아요.

괴츠   마셔, 젠장, 잔치라니까.

카트린 학살로 시작하여 살육으로 끝날 멋진 축제겠군요.

괴츠   내 인생에서 가장 아름다운 축제지. 내일, 나는 내 영지로 떠난다.

카트린 (솔깃하며) 그렇게 일찍?

괴츠   그렇게 일찍! 벌써 삼십 년이나 꿈꿔 오던 일이야. 이제는 하루도 더 못 기다려. (카트린이 당황한 듯 보인다.) 어디가 안 좋아?

카트린 (정신을 차리며) 콘라드의 시체가 아직 따뜻한데 당신 입에서 당신 영지라는 말을 들어서요.

괴츠   그 땅이 비밀리에 내 것이었던 게 어언 삼십 년이야. (그가 술잔을 든다.) 내 영지와 내 성을 위해 마신다. 건배! (그녀가 말없이 자기 잔을 든다.) 말해, "당신의 영지를 위하여."라고.

카트린 아뇨.

괴츠   왜, 이년아?

카트린 그 땅은 당신 게 아니니까. 형을 살해했다고 당신이 사생아가 아닌 게 되나? (괴츠가 웃기 시작하더니 그녀의 따귀를 때리려 한다. 그녀가 몸을 피하고 웃으면서 뒤로 물러선다.) 영지란 상속으로 물려받는 거야.

괴츠   내게 그 상속을 받아들이게 하려면 비싼 값을 치러야 했을 거야. 내 소유라는 것은 바로 내가 취하는 것이지. 자, 건배해, 아니면 화낼 거야.

카트린 당신의 영지를 위해서! 당신의 성을 위해서!

괴츠 그리고 거기서는 밤마다, 복도에 분노한 원혼들이 가득하기를.

카트린 그렇죠, 어릿광대, 당신이 관중 없이 뭘 하겠어? 내가 유령들을 위해 마시죠. (사이) 그러니까, 나의 귀염둥이, 당신 것이라는 것은 당신이 취하는 것을 말한다?

괴츠 오직 그것만이지.

카트린 그렇다면, 저택이나 영지 말고도 당신은 값을 매길 수도 없는 보물을 하나 더 가지고 있는데. 그걸 거들떠보지도 않는 것 같지만.

괴츠 그게 뭔데?

카트린 나 말이야, 내 사랑, 나. 당신이 나를 강제로 취하지 않았어? (사이) 날 어떻게 할 참이야? 결정해.

괴츠 (그가 그녀를 쳐다보고 생각에 잠긴다.) 그래, 뭐, 널 데려가지.

카트린 날 데려간다고? (그녀가 주저하며 걷는다.) 왜 날 데려가지? 유서 깊은 성에다가 창녀 하나 박아 놓으려고?

괴츠 창녀 하나를 내 어머니 침대에서 재우려고.

(사이)

카트린 그런데 만일 내가 거절하면? 내가 당신을 따라가기 싫다고 하면?

괴츠 네가 그러지 않길 바란다.

카트린 아아! 당신이 날 강제로 데리고 간다. 그렇다면 안심이 되네. 내 발로 신나서 따라갔다면 수치스러웠을 텐데. (사이) 왜 당신은 사람들이 얼마든지 응낙해 줄 것을 언제나 뜯어 뺏으려 하지?

괴츠 사람들이 억지로 응낙해 줄 거라는 걸 확실히 하려고. (그가 그녀에게로 간다.) 날 쳐다봐, 카트린. 너 나한테 뭔가 숨기고 있지?

카트린 (힘주어) 내가, 아무것도!

괴츠 얼마 전부터 넌 예전 같지가 않아. 넌 언제나 날 아주 많이 증오하지, 안 그래?

카트린 그건 그래, 아주 많이!

괴츠 여전히 내 암살을 꿈꾸나?

카트린 하룻밤에도 여러 번.

괴츠 적어도 내가 널 더럽히고 타락시켰다는 걸 잊어버리진 않지?

카트린 그럴 생각 없어.

괴츠 그리고 넌 내가 애무해 주면 역겨운가?

카트린 소름이 돋지.

괴츠 아주 좋아. 만일 네가 내 품에서 황홀해하려고 했다면 난 널 당장 쫓아 버렸을 거야.

카트린 하지만…….

괴츠 난 더 이상 아무것도 받아들이지 않을 거야, 한 여자의 애정 어린 호의조차도.

카트린 왜?

괴츠   왜냐하면 이미 너무 받았으니까. 이십 년 동안 그들은
       나한테 모든 것을 공짜로 줬지, 내가 숨 쉬었던 공기
       까지도. 사생아라는 건, 그건 저를 먹여 주는 손에 입
       을 맞춰야 하는 거거든. 오오! 이제 내가 얼마나 베풀
       게 되겠어! 얼마나 베풀게 되겠느냐고!

프란츠 (들어오며) 전하께서 보내신 특사가 왔습니다.

괴츠   들어오라고 해.

3장

같은 인물들, 은행가.

은행가 푸크르라고 합니다.

괴츠   나는 괴츠고 여기는 카트린이오.

은행가 이렇게 위대하신 장군께 인사드리게 되어 기쁩니다.

괴츠   나도 마찬가지요. 이렇게 돈 많은 은행가에게 인사하
       게 돼서.

은행가 제가 세 가지 멋진 소식을 가지고 왔습니다.

괴츠   대주교가 승리하고, 내 형이 죽고, 그의 영지가 내 소
       유고. 이거 아니오?

은행가 바로 그렇습니다. 그러니까 저는…….

괴츠   축하합시다. 한잔하시겠소?

은행가 제 위장이 더 이상 술을 못 견딥니다. 저는…….

괴츠   이 예쁜 계집을 원하오? 당신 가지시오.

은행가 그녀와 뭘 어떻게 해야 할지 모를 겁니다. 제가 너무
       늙어서요.

괴츠   불쌍한 카트린, 이분이 널 원치 않는다. (은행가에게)
       어린 소년들을 좋아하시오? 오늘 저녁에 바로 당신
       막사로 하나 보내리다.

은행가 아닙니다, 아닙니다! 소년은 됐습니다! 소년은 됐습
       니다! 저는…….

괴츠   산악 용병은 어떻소? 바로 옆에 한 명 있는데, 얼굴이
       온통 털로 뒤덮인. 당신이 보면 폴리페모스[10]라고 단
       언할 거요.

은행가 오오! 오오! 절대 그러지 마십시오…….

괴츠   그렇다면 우리는 당신에게 영광을 드리겠소. (그가 부
       른다.) 프란츠! (프란츠가 나타난다.) 프란츠, 이분을 모
       시고 진영을 가로질러 산책을 하고, 병사들이 모자를
       공중으로 던지면서 "은행가 만세!"를 외치게 하도록.

(프란츠가 나간다.)

은행가 대단히 감사합니다, 하지만 우선 당신께 긴히 드릴 말
       씀이 있습니다.

괴츠   (놀라며) 아니 여기 들어온 뒤로 도대체 뭐 하고 계셨
       소? (카트린을 가리키며) 아! 저 여자…… 저건 애완동

---

10) 그리스 신화에 나오는 외눈박이 거인.

물이오. 신경 쓰지 말고 말해 보시오.

은행가 대주교 전하께선 언제나 평화를 원하셨고, 당신께서도 아시다시피 고인이 된 당신 형님께서 이 전쟁에 책임이 있으셨습니다…….

괴츠 내 형이라고! (아주 격렬하게) 그 늙은 암탕나귀가 그를 끝까지 부추기지만 않았어도…….

은행가 장군님…….

괴츠 좋소. 내가 방금 한 말은 잊으시오, 하지만 내 형은 이 모든 일의 바깥에 내버려 두면 고맙겠소. 어쨌든 내가 그의 상을 치르고 있소이다.

은행가 대주교 전하께서는 그래서 특별사면 조치로 평화의 도래를 축하하기로 결정하셨습니다.

괴츠 브라보! 감옥을 열어 주시는 거요?

은행가 감옥이오? 아니, 천만에요.

괴츠 그분께선 내가 벌한 병사들의 형을 감해 주길 원하시오?

은행가 그것은 분명히 바라실 겁니다. 하지만 전하가 생각하시는 사면은 그 범위가 훨씬 넓습니다. 전하께서는 보름스 백성들에게까지 사면을 베풀고 싶어 하십니다.

괴츠 아아! 아!

은행가 전하께서는 그들의 일시적인 탈선을 너무 가혹하게 다루지 않겠다고 하십니다.

괴츠 그렇군, 좋은 생각이오.

은행가 동의하시는 겁니까? 이렇게 빨리?

괴츠   전적으로 동의하오.

(은행가는 두 손을 비빈다.)

은행가   그럼, 모든 일이 잘됐습니다. 당신은 합리적인 분이군
         요. 언제 포위를 푸실 생각이십니까?
괴츠   내일이면 모든 것이 끝날 거요.
은행가   내일이라, 그건 그래도 조금 이릅니다. 전하께서는 시
         위군과 담판을 벌이고 싶어 하십니다. 장군의 군대가
         며칠만 더 그들의 성곽 밑에 버티고 있으면 협상이 쉬
         워질 것입니다.
괴츠   그렇겠군. 그런데 누가 그들과 협상할 거요?
은행가   접니다.
괴츠   언제?
은행가   내일.
괴츠   불가능하오.
은행가   왜지요?
괴츠   카트린! 그 얘길 해 줄까?
카트린   물론이죠, 내 보물.
괴츠   말해 줘, 네가. 난 못 하겠어, 그에겐 너무 고통스러운
         일일 거야.
카트린   내일이면, 은행가님, 거기 사람들은 모두 죽어 있을
         거예요.
은행가   죽는다고?

괴츠   모두.

은행가 모두 죽어요?

괴츠   죽어요, 모두 다. 오늘 밤에. 이 열쇠 보이시오? 저 도
       시의 열쇠요. 지금부터 한 시간 후에 학살을 시작할
       참이오.

은행가 모두를요? 부자들까지도?

괴츠   부자들까지도.

은행가 하지만 대주교의 사면에 동의하지 않으셨습니까…….

괴츠   거기엔 여전히 동의하오. 그는 모욕을 당했고 또 사제
       니까, 그러니 용서할 이유가 두 가지 있지. 하지만 나
       는, 내가 용서할 이유가 뭐요? 보름스의 주민들은 날
       모욕하지도 않았소. 안 돼, 안 돼. 난 군인이니까, 그러
       므로 죽이는 것이오. 나는 내 직무에 합당하게 그들을
       죽일 것이고, 대주교께서는 주교의 임무에 합당하게
       그들을 용서할 것이오.

(사이. 그러더니 은행가가 웃기 시작한다. 카트린이, 그리고 괴츠가
따라서 웃는다.)

은행가 (웃으며) 웃는 걸 좋아하시는군요.

괴츠   (웃으며) 그것만 좋아하오.

카트린 아주 재치가 있으시죠, 안 그래요?

은행가 아주요. 게다가 자기 일을 아주 잘 처리해 가십니다.

괴츠   무슨 일?

은행가　삼십 년 전부터 저는 한 가지 원칙만 따르고 있습니다. 바로 이해타산이 세상을 움직인다는 거지요. 제 앞에서 사람들은 자신의 행위를 가장 고귀한 동기를 들어 정당화했죠. 저는 그들의 말을 한쪽 귀로 듣고는 속으로 말하곤 했죠, '이해득실을 따져 봐.'라고.

괴츠　그러다가 당신이 그걸 알아내게 되면?

은행가　얘기를 하지요.

괴츠　내 것은 알아내셨나?

은행가　글쎄요!

괴츠　그게 뭐지?

은행가　천천히 하시지요. 당신은 아주 다루기 힘든 부류에 속합니다. 당신하고는 한 걸음씩 나가야 해요.

괴츠　어떤 부류?

은행가　이상주의자들 부류지요.

괴츠　그게 뭐요?

은행가　아시겠지만, 저는 인간을 세 부류로 나눕니다. 아주 돈이 많은 자들, 가진 것이 전혀 없는 자들, 그리고 조금 가진 자들. 첫 번째 부류는 자기들이 가진 것을 지키고 싶어 하지요, 그들에게 이득은 질서를 유지하는 겁니다. 두 번째 부류는 자기들에게 없는 것을 가지고 싶어 하지요, 그들에게 이득은 현 질서를 파괴하고 자기들에게 이로운 다른 질서를 세우는 겁니다. 이 두 부류는 다 현실주의자들이죠, 협상이 가능한 사람들입니다. 세 번째 부류는 자기들에게 없는 것을 가지기 위해 사회질서를 뒤엎기 원하면서도 가진 것을 빼앗기지 않으려고 그것을 보존하고 싶어 합니다. 그래서 그들은 관념상으로는 파괴한 것을 실상은 보존하거나, 아니면 보존하는 척한 것을 실상은 파괴합니다. 그들이 바로 이상주의자들이지요.

괴츠　가난한 사람들은. 그들을 어떻게 고치지?

은행가　다른 사회 범주로 건너가게 만들어 주는 거지요. 만일 당신이 그들을 부유하게 해 주면, 그들은 기존 질서를 수호할 겁니다.

괴츠　그렇다면 나를 부유하게 해 보시오. 당신은 나한테 뭘 주는 거요?

은행가　콘라드의 땅을 드리겠습니다.

괴츠　그것은 이미 당신들이 나한테 줬소.

은행가　사실입니다. 다만 그것이 대주교 전하의 호의를 입은 것임을 알아주십시오.

괴츠　잊지 않겠소. 그다음엔?

은행가　당신의 형은 빚을 지고 있었습니다.

괴츠　불쌍한 인간!

(그는 성호를 긋는다. 신경질적인 흐느낌.)

은행가　무슨 일이십니까?

괴츠　아무것도 아니오, 그냥 가족 의식이랄까. 그러니까 그에게 빚이 있었다.

은행가 갚을 수 있을 겁니다.

괴츠 그것은 내 관심사가 아니오, 알고 싶지 않거든. 그건 채무자들의 관심사지.

은행가 1000두카트의 연금이면……?

괴츠 내 병사들은 어쩌고? 그들이 빈손으로 떠나길 거부한다면?

은행가 부대에 나누어 줄 1000두카트를 더 드리죠. 그거면 충분합니까?

괴츠 과분하군.

은행가 그럼, 합의하신 겁니까?

괴츠 아니오.

은행가 연금 2000두카트? 3000. 더 이상은 안 됩니다.

괴츠 누가 그걸 달라고 했소?

은행가 그럼 도대체 뭘 원하십니까?

괴츠 도시를 함락해서 파괴하는 거요.

은행가 함락하는 것은 좋다고 칩시다. 하지만 제기랄, 그걸 왜 파괴하려고 하십니까?

괴츠 왜냐하면 모든 사람들이 내가 그것을 안 건드리기 바라니까.

은행가 (크게 놀라서) 내가 잘못 짚은 게 분명해…….

괴츠 맞아! 당신은 내 이해득실을 잘못 따졌어! 자, 그게 뭘까? 찾아봐! 찾아보라니까! 하지만 서둘러, 한 시간 안에 그걸 찾아야 돼. 그때까지 꼭두각시를 조종하는 끈들을 못 찾아내면 길거리를 따라 산보하게 해 줄 테

니까, 그러면 불난 집들이 하나씩 타오르는 것을 보게
될 거야.

은행가 당신은 대주교의 신뢰를 저버리시는 겁니다.

괴츠 저버린다고? 신뢰? 당신들은 모두 똑같아, 당신네 현
실주의자들은 말이야. 더 이상 무슨 말을 해야 할지
모를 때면 꼭 이상주의자들의 언어를 빌려다 쓰지.

은행가 당신이 도시를 밀어 버리면 콘라드의 영지를 못 가지
게 될 겁니다.

괴츠 안 줘도 돼! 내 관심사가 말이야, 은행가 양반, 그 영
지를 소유하고 거기서 사는 거였기는 했지. 하지만 사
람이 이해타산에 따라 움직인다는 건 잘 모르겠어.
자, 그 영지는 안 줘도 되니 대주교 나리 똥구멍에나
처박아 두셔. 내 형을 대주교에게 제물로 바쳤는데,
나더러 이만 명의 평민은 건드리지 말라고? 나는 보름
스의 주민들을 콘라드의 망혼에 바치는 거야, 그러니
그들은 콘라드를 기리기 위해 구워질 거야. 하이덴슈
탐 영지는, 대주교께서 거기로 은퇴하셔서, 만약 원하
신다면 말이지, 거기서 농사일에 몸 바치시면 되겠네.
그게 필요하실 거야, 왜냐하면 내가 오늘 밤 그를 파
산시킬 참이니까. (사이) 프란츠! (프란츠가 나타난다.)
이 늙은 현실주의자를 데리고 가, 부대원들이 그에게
존경을 표하게 하고, 그의 막사에 도착하면 손과 발을
단단히 묶어.

은행가 안 됩니다! 안 돼, 안 돼, 안 돼!

괴츠   도대체 뭐가?

은행가 제가 끔찍한 관절염을 앓고 있어서 밧줄에 묶이면 죽
       을 겁니다. 제 막사를 떠나지 않겠다고 약속을 드리면
       안 될까요?

괴츠   약속? 지금은 약속을 하는 게 당신한테 이득이겠지
       만, 곧 그걸 지키지 않는 게 당신의 이득이 될 거잖아.
       가 봐, 프란츠, 그리고 아주 꽉 묶도록.

(프란츠와 은행가가 나간다. 곧이어 아주 가까이서 "은행가 만세!"
라는 외침 소리가 들리더니 점점 멀어지면서 희미해진다.)

4장

괴츠, 카트린, (숨어 있는) 헤르만.

괴츠   은행가 만세! (그는 웃음을 터뜨린다.) 영지여, 안녕! 들
       판과 강이여, 안녕! 성이여, 안녕!

카트린 (웃으며) 영지여, 안녕! 성이여, 안녕! 가문의 초상화
       들이여, 안녕!

괴츠   하나도 아쉬워할 것 없어! 거기서는 지겨워 죽었을 거
       야. (사이) 멍청한 늙은이! (사이) 아! 나한테 도전하지
       말았어야지!

카트린 아파요?

괴츠   네가 무슨 상관이야? (사이) 악이란 건 모든 이들을 아

프게 해야 마땅한 거야. 우선 그걸 행하는 자부터 먼저.

카트린   (조심스럽게) 도시를 함락하지 않으면 어때요?

괴츠   내가 그걸 함락하지 않으면 네가 성주 부인이 되겠지.

카트린   그런 생각은 안 해 봤어요.

괴츠   물론 안 했겠지. 그렇다면 즐겨, 내가 도시를 함락할 테니까.

카트린   하지만 왜요?

괴츠   그게 악한 거니까.

카트린   그러게 왜 악을 행하느냐고요?

괴츠   왜냐하면 선은 이미 이루어졌으니까.

카트린   누가 그걸 이뤘는데요?

괴츠   하나님 아버지시지. 나는 발명하는 거야. (그가 호출한다.) 어이! 쇠네 장군. 당장 와 봐!

(괴츠가 막사 입구에 서서 바깥을 쳐다본다.)

카트린   뭘 보고 있어요?

괴츠   도시. (사이) 달이 떴었는지 생각해 보고 있어.

카트린   언제? 어디서요……?

괴츠   작년에, 내가 할레를 함락하러 갔을 때. 지금과 비슷한 밤이었지, 막사 입구에 서서 성곽 위에 있는 망루를 쳐다보았어. 아침에 습격을 했지. (그가 그녀에게로 되돌아온다.) 어쨌든 나는 악취가 나기 전에 여기서 꺼져 줄 거야. 말에 올라타고 안녕이지.

카트린 당신…… 가 버린다고요?

괴츠 내일, 정오가 되기 전에, 아무한테도 알리지 않고.

카트린 그러면 나는?

괴츠 너? 코를 막고 바람이 이쪽으로 불지나 않길 기도해. (장군이 들어온다.) 이천 명을 무장시키게, 볼프마르 연대와 울리히 연대를. 삼십 분 후에 날 따라올 수 있도록 채비를 마쳐. (장군이 나간다. 막이 끝날 때까지 출정 준비를 하는 둔탁한 소음이 들린다.) 그러니까, 예쁜아, 넌 성주 부인이 못 된단다.

카트린 무섭네요.

괴츠 많이 실망했어?

카트린 기대한 적도 없어요.

괴츠 왜?

카트린 당신을 아니까.

괴츠 (격하게) 네가, 네가 나를 안다고? (그가 멈춰 서더니 웃는다.) 어쨌든 나 역시도 예상 가능하겠지. (사이) 나를 파악할 방법에 대해 나름 이런저런 궁리를 했을 테니, 나를 관찰하고, 나를 쳐다보고 하면서…….

카트린 한 마리 개도 주교님 얼굴을 쳐다볼 수 있는 법이죠.

괴츠 그래, 하지만 그놈에겐 개 대가리가 달린 주교가 보이겠지. 나는 어떤 대가리를 하고 있나? 개? 고등어?[11]

---

11) 프랑스어에서 '고등어(le maquereau)'는 비속어로 '뚜쟁이', '기둥서방'을 뜻한다.

대구?[12] (그가 그녀를 쳐다본다.) 침대로 올라와.

카트린 싫어요.

괴츠 오라고 하잖아, 난 섹스하고 싶어.

카트린 당신이 이렇게 절박해하는 건 본 적이 없는데. (그가 그녀의 어깨를 잡는다.) 이렇게 서두르는 것도. 왜 그래요?

괴츠 대구 대가리를 한 괴츠가 나한테 신호를 보내고 있어. 그놈하고 나하고 서로 섞이고 싶어 하지. 게다가 번민은 사랑으로 향하거든.

카트린 번민하고 있어요?

괴츠 그래. (그가 다시 침대로 올라가서 숨어 있는 장교 쪽으로 등을 보이고 앉는다.) 자, 어서! 이리 와!

(카트린이 그에게로 가서 그를 세차게 잡아당긴다. 그녀가 그의 자리에 대신 앉는다.)

카트린 왔어요, 그래요, 난 당신 거예요. 하지만 우선 내가 어떻게 될지 말해 줘요.

괴츠 언제?

카트린 내일부터.

괴츠 내가 그걸 어떻게 알아! 네가 원하는 대로 되겠지.

카트린 그러니까 창녀란 말이군.

괴츠 음, 내가 보기엔 최선의 해결책인 것 같은데, 아닌가?

---

12) ‘대구(la morue)’는 비속어로 ‘매춘부’를 뜻한다.

카트린 그 해결책이 내 마음에 안 든다면?

괴츠 멍청한 놈 하나 물어서 시집가.

카트린 당신은 뭘 할 건데?

괴츠 다시 입대. 후스주의자[13]들이 신경질 부린다는 얘기가 있어서. 가서 좀 쥐어박아 주려고.

카트린 나도 데려가요.

괴츠 뭐하러?

카트린 여자가 필요할 날들이 있는 거잖아, 달빛이 좋을 때, 당신이 도시를 함락해야 할 때, 번민이 생길 때와 사랑에 빠지고 싶을 때.

괴츠 여자들은 다 비슷해. 내가 하고 싶어 하면 부하들이 그런 애들은 한 무더기씩 데려다 줄 거야.

카트린 (별안간) 난 싫어!

괴츠 싫다고?

카트린 나는 스무 명, 백 명, 만일 당신이 원한다면, 세상 모든 여자들이 될 수 있어. 나를 뒤에 태워 가 줘요, 난 무겁지도 않아서, 당신 말은 내가 탄 줄도 모를 거야. 난 당신의 유곽이 되고 싶어! (그녀가 그에게 바짝 다가선다.)

괴츠 너 뭐가 씌었어? (사이. 그가 그녀를 바라본다. 갑작스럽게) 꺼져. 네가 창피하다.

카트린 (애원하며) 괴츠!

---

13) 체코의 종교개혁자 얀 후스(Jan Hus, 1372~1415)가 화형당한 후 그의 신학 사상을 이어받은 사람들이 보헤미안 공동체를 만들었고, 그의 주장은 마틴 루터 등 알프스 이북의 종교개혁가들에게 영향을 끼쳤다.

괴츠   네가 그런 눈으로 나를 쳐다보면 견딜 수 없을 것 같
      아. 너는 나한테서 그 모든 짓을 다 당하고도 뻔뻔스
      레 나를 사랑할 만큼 당당한 잡것으로 있어야 돼.

카트린 (소리치며) 난 당신을 사랑하지 않아! 맹세코! 게다가
       내가 당신을 사랑한다 해도 당신은 절대로 그걸 알 수
       없을 거야! 누가 당신을 사랑하든 그게 무슨 문제가
       되겠어, 그걸 당신한테 말하지 않겠다는데!

괴츠   사랑받는다는 게 나한테 무슨 소용 있겠어? 네가 만
      약 나를 사랑한다면 모든 쾌락을 느끼는 건 바로 너
      지. 꺼져, 더러운 년! 누가 날 이용하는 건 질색이야.

카트린 (소리치며) 괴츠! 괴츠! 날 쫓아내지 마! 내겐 이 세상
       에 이제 아무도 없다고!

(괴츠가 그녀를 막사 밖으로 내던지려 한다. 그녀는 그의 손을 붙잡
고 늘어진다.)

괴츠   꺼져 줄래, 좀?

카트린 당신이 그걸 원했잖아. 괴츠! 당신이 원했잖아. (헤르
       만이 숨어 있던 데서 나와 칼을 들고 달려든다.) 아아! 조
       심해!

괴츠   (몸을 돌려 헤르만의 손목을 붙잡는다.) 프란츠! (병사들
      이 들어온다. 그가 웃는다.) 어쨌든 한 놈을 더 이상 참지
      못하게 만드는 데는 성공했구먼.

헤르만 (카트린에게) 쓰레기 같은 년! 밀고자!

괴츠   (카트린에게) 네가 공범이었어? 훨씬 맘에 드는군, 난
       정말 그런 게 더 좋다고! (그가 그녀의 턱을 쓰다듬는
       다.) 그놈을 끌고 가…… 곧 운명을 결정해 줄 테니.

(병사들이 헤르만을 끌고 나간다. 사이)

카트린   그를 어떻게 할 참이에요?
괴츠   나는 나를 죽이려 하는 사람들을 원망할 수가 없어.
       그들을 너무 잘 이해하거든. 그냥 구멍만 하나 뚫으라
       고 할 참이야, 커다란 술통에 하듯이, 그놈 딱 술통처
       럼 생겼잖아.
카트린   나는 어떻게 할 거예요?
괴츠   맞아, 너도 처벌해야 하는군.
카트린   꼭 그래야 하는 건 아니에요.
괴츠   아니. (사이) 내 병사들 중에 네가 지나가는 걸 보면
       목이 바싹 타는 놈들이 많던데. 그들한테 널 선물할
       까 한다. 그러고 나서도 네가 살아 있다면, 확실한 애
       꾸에 매독 제대로 걸린 용병 한 놈을 골라서, 보름스의
       사제가 너희들을 결혼시켜 주는 거야.
카트린   당신 말 안 믿어요.
괴츠   안 믿어?
카트린   안 믿어요. 당신은 아니잖아요……. 당신은 그렇게 안
       할 거예요. 확실해요. 확실하다니까!
괴츠   내가 그렇게 안 할까? (그가 호출한다.) 프란츠! 프란

츠! (프란츠와 두 명의 병사가 들어온다.) 색시를 맡아, 프란츠!

프란츠　어떤 색시 말이십니까?

괴츠　카트린. 자네는 우선 저년을 모두와 결혼시켜, 성대한 예식을 벌여서 말이야, 그리고 나선······.

5장

같은 인물들, 나스티.

(나스티가 들어와서 괴츠에게로 가더니 그의 뺨을 때린다.)

괴츠　허어 이런, 무뢰한이 있나, 뭐 하는 거야?

나스티　네 뺨따귀 때린다.

괴츠　맞은 거 느꼈다. (그를 저지하면서) 넌 누구냐?

나스티　빵 장수 나스티다.

괴츠　(병사들에게) 이자가 나스티야?

병사들　그렇습니다, 그자입니다.

괴츠　훌륭한 전리품이군, 진짜로.

나스티　네가 날 잡은 게 아니야, 내가 투항한 거지.

괴츠　마음대로 생각해, 결과는 마찬가지니까. 신께서 오늘 나에게 온갖 선물 잔치를 다 벌여 주시는구나. (그가 나스티를 쳐다본다.) 그러니까 바로 그 나스티군, 독일 모든 비렁뱅이들의 군주. 내가 상상했던 그대로야, 맥

빠지게 생긴 거지, 미덕처럼.

나스티　난 덕 있는 사람이 아니야. 우리 아들들은 덕스러울 테지, 우리가 그들에게 그럴 권리를 줄 만큼 충분히 피를 흘린다면 말이야.

괴츠　알겠다, 너는 예언자군!

나스티　모든 사람들처럼.

괴츠　정말? 그러면 나도 예언자겠네, 나 역시도?

나스티　모든 언행은 신을 증언하지, 모든 말은 모든 것에 대해서 전부를 말하는 거야.

괴츠　이런! 말을 조심해서 해야 되겠군.

나스티　그래서 뭐하게? 넌 어쩔 수 없이 모든 것을 말하게 되어 있어.

괴츠　좋아. 그럼, 넌, 내 질문에 대답해, 그리고 완전히 전부를 말하지는 않으려고 해 봐, 안 그러면 우린 끝이 안 날 테니까. 그러니까, 너는 예언자이자 빵 장수인 나스티로군.

나스티　그래, 나야.

괴츠　보름스에 있는 줄 알았는데.

나스티　거기서 나왔지.

괴츠　지금 이 밤에?

나스티　그래.

괴츠　나한테 말해 주려고?

나스티　지원군을 찾아 널 뒤에서 공격하려고.

괴츠　훌륭한 생각이야, 그런데 왜 마음을 바꿨지?

나스티 진영을 가로지르다가 배신자 하나가 너희들한테 도시를 넘겼다는 걸 알게 됐어.

괴츠 기분 더러운 한때를 보냈겠군?

나스티 그래. 아주 더러웠지.

괴츠 그래서?

나스티 막사 뒤에 있는 돌 위에 앉아 있었어. 막사가 조금 밝아지고 그림자들이 움직이는 걸 봤지. 그 순간 너한테 가서 말을 해 주라는 임무를 받았던 거야.

괴츠 누가 너한테 그런 임무를 줬는데?

나스티 누구였음 좋겠는데?

괴츠 글쎄, 누구냐니까? 행복한 사람이군, 너는 위임도 받고 누가 자기한테 위임했는지도 알고. 나도 위임받은 게 있지, 맞춰 봐. 그래, 보름스를 불태우라는 임무야. 하지만 난 그 임무를 누가 줬는지 모르겠어. (사이) 신께서 너한테 내 뺨따귀를 때리라고 주문하던가?

나스티 그래.

괴츠 왜?

나스티 모르지. 아마도 네 귓구멍을 막고 있는 귀지를 빼 주라는 것이겠지.

괴츠 네 머리에는 현상금이 걸려 있는데. 신이 그걸 너한테 미리 얘기해 주셨나?

나스티 신께서 나한테 미리 얘기해 주실 필요는 없었지. 난 항상 내 끝이 어떨지를 알고 있었어.

괴츠 예언자라는 게 사실이군.

나스티 꼭 예언자여야 하는 것도 아냐, 우리들, 우린 죽는 방식이 딱 두 가지뿐이잖아. 체념한 자들은 굶어 죽고, 체념하지 않은 자들은 목매달리고. 열두 살이면, 너도 네가 체념할지 안 할지 벌써 알잖아.

괴츠 아주 좋아. 그럼 빨리 내 무릎 앞에 몸을 날려.

나스티 뭐하러?

괴츠 자비를 베풀어 달라고 나한테 애원해야 할 것 같은데. 신이 너에게 그건 주문하지 않았어?

(프란츠가 괴츠의 장화를 신긴다.)

나스티 아니, 넌 동정심이 없어, 신도 마찬가지고. 게다가 내가 왜 너한테 애원하겠어, 나 역시 때가 되면 아무에게도 자비를 베풀지 않을 텐데.

괴츠 (일어서며) 그럼, 넌 여기 뭐하러 온 거야?

나스티 너의 눈을 열어 주려고, 형제여.

괴츠 오오! 굉장한 밤이야, 모든 게 움직이는군, 신이 땅 위를 걸어 다니지 않나, 내 막사가 유성들로 가득한 하늘이더니 여기 제일 멋진 놈이 있네, 빵 장수 예언자 나스티가 내 눈을 열어 주러 왔다니. 이만오천 개의 영혼을 가진 도시 하나 때문에 하늘과 땅이 이토록 잘난 척할 줄 누가 알았겠어? 그런데 빵 장수, 자네가 악마의 희생물이 아니라는 것은 누가 너한테 증명해 주지?

나스티 태양이 너를 눈부시게 할 때, 밤이 아니라는 것은 누가 너한테 증명하는데?

괴츠 밤에, 자네가 태양을 꿈꾸고 있을 때, 그게 낮이라고 너한테 증명해 주는 건 누군데? 그리고 나 역시도 신을 봤다면? 엉? 아아! 그건 태양에 맞선 태양이 되겠군. (사이) 나는 그들 모두를 내 손아귀에 쥐고 있어, 모두를. 나를 암살하려던 놈, 대주교의 사절과 너, 거지들의 왕까지. 신의 손가락이 음모를 와해했고 죄인들의 가면을 벗겼지. 더 잘된 것은 나한테 자진해서 도시의 열쇠들을 가져온 자가 신의 종복들 중 하나라는 거야.

나스티 (단호하고 짧게 바뀐 목소리로) 신의 종복들 중 하나? 누군데?

괴츠 넌 죽을 텐데 그걸 알아서 뭐하게. 자, 신이 나와 함께 하고 있음을 고백해.

나스티 너와 함께? 아니야. 너는 신의 사람이 아니야. 기껏해야 거기에 빌붙어 먹을 뿐이지.

괴츠 네가 그걸 어떻게 알아?

나스티 신의 사람들은 파괴하거나 건설하는데, 너는 보존하고 있잖아.

괴츠 내가?

나스티 너는 무질서를 낳잖아. 그리고 무질서는 기존의 질서를 가장 잘 유지시키지. 너는 콘라드를 배신함으로써 기사 계급 전체를 약화했고, 보름스를 파괴해서 부르주아 계급을 약화할 거잖아. 누가 그걸로 이익을 보겠어? 높으신 분들이지. 너는 그놈들을 위해 일하고 있는 거야, 괴츠, 그리고 네가 무엇을 하든지 너는 그들을 위해 일하게 될 거야. 모든 혼란스러운 파괴는 약자들을 약하게 하고 부자들을 부유하게 하고 강한 자들의 힘을 증가시키거든.

괴츠 그러니까, 나는 내가 하고 싶은 것의 정반대 일을 하고 있다? (빈정거리며) 다행히도 신께서 나를 일깨워 주시려고 널 보내셨군. 나한테 제안하는 게 뭔가?

나스티 새로운 동맹.

괴츠 오오! 새로운 배신? 친절하기도 하시군, 그거라면 적어도 내가 밥 먹듯 하던 거니까 날 많이 변화시키진 않겠네. 하지만 내가 부르주아들하고도, 기사들하고도, 영주들하고도 동맹을 맺어야 하는 것이 아니라면, 내가 누구와 연합해야 하는지 잘 모르겠군.

나스티 도시를 함락하고, 부자들과 사제들을 살육하고, 그 도시를 가난한 자들에게 주고, 농민군을 일으켜서 대주교를 몰아내게. 내일, 온 나라가 너와 함께 진군하는 거지.

괴츠 (어리둥절하며) 나더러 빈민들과 연합하라고?

나스티 그래, 가난한 자들과! 도시와 농촌의 평민들 말일세.

괴츠 이상한 제안이군!

나스티 그들은 태어나면서부터 너의 동맹자들이야. 네가 정말로 파괴하고 싶다면, 사탄에 의해 지어진 성당들과 궁전들을 밀어 버리고, 이교도들의 추잡한 동상들을 깨 버리고, 악마의 지식을 퍼뜨리는 수천의 책들을 불태우고, 금은보화를 없애 버리고 싶다면, 우리에게로 와. 우리 없이는, 너는 제자리를 맴도는 것이고 너 자신에게만 악을 행하는 거야. 우리와 함께라면 너는 신이 내린 재앙이 되는 거지.

괴츠 　부르주아들을 어떻게 할 건데?

나스티 　그들의 재산을 뺏어서 헐벗은 자들을 입히고 배고픈 자들을 먹일 거야.

괴츠 　사제들은?

나스티 　로마로 돌려보낼 걸세.

괴츠 　그럼 귀족들은?

나스티 　그들은 머리를 자를 거네.

괴츠 　그리고 우리가 대주교를 쫓아내고 나면?

나스티 　신의 도시를 세우는 거지.

괴츠 　무엇을 토대로 해서?

나스티 　모든 인간은 평등하고 다 같은 형제들이야, 모두가 신의 품에 있고 신 또한 모두의 품 안에 계시지. 성령이 우리 모두의 입을 통해 말씀하시고, 모든 인간들이 사제이고 예언자들이니, 누구나가 세례를 줄 수 있고, 성혼도 시키며, 복음을 전하고 죄를 사해 줄 수 있어. 각자가 땅에서는 모두와 마주하여 공개적으로 살고, 영혼 속에서는 신과 마주하여 고독하게 사는 거지.

괴츠 　당신네 나라에선 사람들이 매일 웃지는 않겠군.

나스티 　자기가 사랑하는 자들에 대해 웃을 수 있나? 사랑이 거기 법이 될 거야.

괴츠　　그 안에서 나는 뭐가 되는데, 나는?

나스티　모두와 동등한 사람.

괴츠　　그런데 내가 너희들하고 동등하게 되는 걸 마음에 들어 하지 않는다면?

나스티　모든 사람들과 동등하든지, 아니면 모든 영주들의 하인이든지, 선택해.

괴츠　　너의 제안은 정직하군, 빵 장수. 단지 문제는 이거야, 나는 가난한 자들이 지겨워 죽겠고, 그들은 내가 마음에 들어 하는 모든 것을 끔찍해한다는 거지.

나스티　도대체 네 마음에 드는 것이 뭔데?

괴츠　　너희들이 파괴하고 싶어 하는 모든 것, 동상들, 사치, 전쟁.

나스티　꿈 깨, 달은 네 몫이 아니야, 이 숙맥아, 너는 귀족들이 그걸 즐길 수 있게 해 주려고 싸우는 거야.

괴츠　　(정중하고 진지하게) 하지만 나는 귀족들을 좋아해.

나스티　네가? 너는 그들을 살육하잖아.

괴츠　　허 참! 어쩌다 몇 명 죽이는 것뿐이야, 그 아내들이 자식을 잘도 낳아 대서 내가 하나를 죽이면 열을 만들어 내잖아. 그래도 난 너희들이 그들의 목을 모두 매달아 버리는 건 원치 않아. 내가 왜 너희들이 태양과 모든 지상의 횃불들을 불어 끄는 걸 도와야 하지? 그렇게 되면 북극의 밤 같을 거야.

나스티　그러니까 넌 계속 무의미한 소란으로 남아 있겠다?

괴츠 무의미하지, 그래. 사람들한테는 무의미하겠지. 하지만 사람들이 나한테 뭘 했기에. 신은 내 소리를 듣지, 내 소리에 귀청이 떨어지는 것은 신이고 그거면 충분해, 나와 견줄 만한 적은 그뿐이니까. 신과 나, 그리고 유령들이 있는 거지. 내가 오늘 밤, 너와 이만 명의 사람들 위에서 십자가에 매달려고 하는 게 바로 신이야, 왜냐하면 그의 고통은 무한하고 그것이 그에게 고통을 겪게 한 자를 무한하게 만드니까. 이 도시는 곧 불탈 거야. 신은 알고 있지. 이 순간에 그는 두려워하고 있어, 난 그걸 느낄 수 있지. 내 손 위에 떨어지는 그의 시선을 느끼고, 내 머리털 위에서 그의 숨결을 느끼고, 그의 천사들이 울고 있지. '괴츠가 설마 실행하진 못할 거야.'라고 그는 생각하지, 마치 한낱 인간처럼 말이야. 울어라, 울어라, 천사들이여, 난 감행할 테니까. 곧 나는 그의 두려움과 그의 분노 속에서 진군할 거야. 도시는 불타겠지, 그러면 주님의 영혼은 거울로 된 회랑이다 보니 불이 수백만 개의 거울에 비치겠지. 그렇게 되면 내가 완전히 순수한 괴물임을 알게 될 거야. (프란츠에게) 내 혁대.

나스티 (바뀐 목소리로) 가난한 자들은 살려 줘. 대주교는 부자이니 그를 파멸시키면서 네가 즐길 수 있다지만, 가난한 자들은, 괴츠, 그들에게 고통을 주는 건 재미없잖아.

괴츠 오오! 그렇지, 재미는 없지.

나스티　그런데?

괴츠　내게도 내 임무가 있어, 내게도.

나스티　내가 무릎 꿇고 애원하지.

괴츠　너한테는 애원이라는 게 금지되어 있다고 생각했는데.

나스티　사람들을 구하는 일이라면 아무것도 금지되어 있지 않아.

괴츠　내 생각에는 말이야, 예언자, 신이 너를 함정에 빠뜨리신 것 같아. (나스티가 어깨를 으쓱한다.) 너한테 무슨 일이 생길지 알고 있어?

나스티　고문과 교수형, 그래. 나는 언제나 그걸 알고 있었다고 말하잖아.

괴츠　고문과 교수형이라……. 고문과 교수형……. 정말 단조롭군. 악과 함께 오는 권태, 그건 습관이 들어서 그래, 새로운 걸 만들어 내려면 정령이 필요한데. 오늘 밤은 전혀 영감이 안 떠오르는군.

카트린　그에게 고해 신부를 불러 줘요.

괴츠　고해…….

카트린　사면도 못 받고 죽게 하면 안 되죠.

괴츠　나스티! 정령이 왔어. 물론이지, 용감한 친구, 너에게 고해 신부를 불러 주겠어! 그게 기독교인으로서의 내 의무지. 게다가 너를 위해 깜짝 놀랄 것을 남겨 놨으니까. (프란츠에게) 신부를 찾아 데리고 와……. (나스티에게) 이런 게 정말 내가 좋아하는 행동이야, 아주 복잡한 거. 좋을까? 나쁠까? 머리로는 알 수가 없지.

나스티   로마 놈 하나로 나를 욕되게 하진 못할 거야.

괴츠   네가 고해할 때까지 널 고문할 거다, 다 너 좋으라고
       하는 거야.

(하인리히가 들어온다.)

6장

같은 인물들, 하인리히.

하인리히   나한테 당신이 할 수 있는 악은 다 했잖아. 이거 봐.

괴츠   그가 뭐 하고 있던가?

프란츠   어둠 속에 앉아서 머리를 흔들고 있었습니다.

하인리히   나한테 뭘 원하는 거야?

괴츠   당신 직무를 수행하게 하려고. 이 여자는 곧장 결혼
       시켜야 해. 그리고 이자는 말이지, 네가 종부성사를
       해 줘야겠어.

하인리히   이 사람……? (그가 나스티를 본다.) 아아……!

괴츠   (놀라는 시늉을 하면서) 아는 사이야?

나스티   그러니까 너한테 열쇠를 줬다는 신의 종복이 이자란
       말이야?

하인리히   아니야! 아니야, 아니라니까!

괴츠   신부, 거짓말하는 게 부끄럽지 않나?

하인리히   나스티! (나스티는 그를 쳐다보지도 않는다.) 난 사제들

이 학살당하게 놔둘 수가 없었네. (나스티는 대답이 없다. 하인리히가 그에게 다가간다.) 말해 봐, 내가 그들을 학살당하게 놔둘 수 있었겠는가? (사이. 그는 돌아서서 괴츠에게로 간다.) 자, 어쩌라고? 내가 왜 그의 고해를 들어야 되지?

괴츠 왜냐하면 곧 그의 목을 매달 거니까.

하인리히 빨리, 그럼, 빨리! 빨리 달아! 그리고 그의 고해를 들어주는 것은 다른 사람을 찾아보고.

괴츠 네가 해 줘, 아니면 아무도 없어.

하인리히 그렇다면 아무도 없겠네.

(그가 나가려고 간다.)

괴츠 어이! 어이! (하인리히가 멈춘다.) 그를 고해도 못 하고 죽게 내버려 둘 수 있어?

하인리히 (천천히 되돌아오면서) 없지, 광대 같은 놈, 없지. 네 말이 옳아, 내가 그럴 수는 없지. (나스티에게) 무릎을 꿇게. (사이) 싫어? 형제여, 내 과오가 교회까지 욕되게 한 것은 아니네, 그리고 나는 교회의 이름으로 자네의 죄를 사하려는 거야! 내가 공개적으로 고해하길 바라나? (모두에게) 나는 악의와 원한으로 내 도시를 살육으로 몰아넣었소, 그러니 모두에게 경멸받아 마땅하오. 내 얼굴에 침을 뱉으시오, 그리고 더 이상 그 이야기는 하지 맙시다. (나스티는 움직이지 않는다.) 너, 병사, 침을 뱉어!

프란츠 (재미있어하며, 괴츠에게) 침을 뱉을까요?

괴츠 (유순하게) 뱉어 줘라, 얘야, 즐겨 줘.

(프란츠가 침을 뱉는다.)

하인리히 이제 됐어. 하인리히는 수치스러움에 죽었다. 남은
건 사제야. 그냥 한 명의 사제니까, 그 앞에 너는 무릎
을 꿇어야 돼. (잠시 기다리다가 갑작스럽게 나스티를 때
린다.) 살인자! 이게 다 네 잘못 때문에 생긴 일인데 네
앞에서 이렇게 비굴하게 굴다니 내가 미쳤지.

나스티 내 잘못 때문이라고?

하인리히 그래! 그래! 네 잘못 때문이야. 네가 예언자 놀이를
하고 싶어 하더니 이젠 여기 패배한 채 사로잡혀서 목
매달릴 참이고, 널 믿었던 모든 이들은 곧 죽게 된다
고. 모두! 모두! 하! 하! 넌 가난한 자들을 사랑할 줄
알고 나는 그럴 줄 모른다고 우기더니, 이런, 봐, 그들
에게 네가 나보다 더 많은 악을 행했잖아.

나스티 너보다 더 했다니, 썩을 놈! (그가 하인리히에게 달려든
다. 주변에서 그들을 떼어 놓는다.) 누가 배신했는데? 너
야, 아니면 나야?

하인리히 나야! 나! 나라고! 하지만 네가 주교를 살해하지만
않았어도 난 결코 그러지 않았을 거야.

나스티 신께서 내게 그를 치라고 명하셨어, 그자가 빈민들을

굶주리게 했으니까.

하인리히   신께서, 정말로? 참 간단하기도 하군, 그렇다면 신께
서 가난한 자들을 배신하라고 내게 명하셨다, 그들이
수도사들을 학살하려고 했으니까!

나스티   신은 가난한 자들을 배신하라고 명하실 **수가** 없어, 그
는 그들과 함께하시니까.

하인리히   신께서 그들과 함께한다면 그들의 봉기는 왜 항상
실패하는데? 오늘도 너의 항거가 절망 속에서 끝나도
록 허락하시는 건 어찌 된 건데? 자, 대답해 봐! 대답
해! 대답하라고! 못 하겠어?

괴츠   이거야. 지금 이거야. 고뇌와 피땀. 자! 자! 고뇌는 좋
은 거야. 네 얼굴이 정말 온화하구나, 널 쳐다보고 있
으니 이만 명의 인간이 곧 죽을 게 느껴지거든. 널 사
랑해. (그가 하인리히의 입술에 입을 맞춘다.) 자, 형제여,
모든 게 말해지지는 않았어. 내가 **보름스**를 함락하기
로 결심했지만, 만일 신이 너와 함께한다면 무언가 나
를 방해할 일이 일어날 수도 있지.

나스티   (은근하게, 확신에 차서) 무언가 일이 일어날 거야.

하인리히   (소리치며) 아무것도! 아무것도 없어! 아무 일도 안
일어나. 그건 너무 부당해. 만일 신이 기적을 행하셔야
했다면, 왜 내가 배반하기 전에 안 하셨겠어. 너는 구
원해 주시면서 왜 나는 저버리셨겠느냐고?

(장교 한 사람이 들어온다. 모두가 깜짝 놀란다.)

장교   모두 준비됐습니다. 병사들이 전차들을 앞세우고 협곡을 따라 정렬해 있습니다.

괴츠   벌써! (사이) 울리히 장군에게 내가 곧 간다고 일러.

(장교가 나간다. 괴츠가 의자 위에 털썩 주저앉는다.)

카트린   이게 당신의 기적이군요, 내 귀염둥이. (괴츠가 손으로 자기 얼굴을 쓸어내린다.) 자! 약탈하고 학살해! 좋은 저녁 보내길.

괴츠   (처음에는 싫증 난 듯하다가 점점 꾸며 낸 흥분 상태로 변하면서) 작별 인사를 할 시간이군. 돌아와서 보면, 난 온통 피범벅일 테고 내 막사는 비어 있겠지. 유감이군, 너희들한테 익숙해졌는데. (나스티와 하인리히에게) 너희들은 한 쌍의 연인처럼 밤을 함께 보내게 될 거다. (하인리히에게) 저 사람 고문하는 동안 그의 손을 부드럽게 잘 잡고 있어 주길 바라네. (프란츠에게, 나스티를 가리키며) 그가 고해하겠다고 하면 바로 고문을 멈추도록. 그가 면죄받는 즉시 교수형에 처해. (카트린의 존재가 막 생각났다는 듯이) 아! 저 색시! 프란츠, 넌 마부들을 불러와서 부인께 소개해 드려. 죽이는 것만 빼고 무엇이든 하고 싶은 대로 하라고 그래.

카트린   (갑자기 그의 무릎 앞으로 뛰어들며) 괴츠! 제발! 그건 안 돼! 이 끔찍한 짓은 안 돼! 제발 자비를!

괴츠   (놀라서 물러서며) 좀 전엔 그렇게 허세를 떨더니…….

이럴 줄 몰랐던 거야?

카트린   몰랐어, 괴츠, 난 이럴 줄 몰랐어.

괴츠   사실은, 나도 이럴 줄은 몰랐어. 악이라는 건 언제나 **사후**에 믿게 되는 법이지. (그녀가 그의 무릎을 껴안는다.) 프란츠, 이 여자 좀 떼어 내. (프란츠가 그녀를 잡아서 침대 위로 내던진다.) 보자. 보자. 내가 뭐 잊어먹은 게 있나…… 없어! 이게 다인 것 같군. (사이) 여전히 기적은 없네. 신께서 나에게 백지수표를 주셨다는 게 믿어지기 시작하는군. 고맙습니다, 신이시여, 대단히 고맙습니다. 강간당한 여자들도 고맙고, 말뚝에 꽂힌 아이들도 고맙고, 머리 잘린 남자들도 고맙고. (사이) 말을 하자면! 내가 다 알지, 흥, 더러운 위선자. 이봐, 나스티, 내가 너한테 한 가지 얘기해 주지, **신께서 나를 쓰고 계시는 거야.** 너도 봤지, 오늘 밤. 그러니까 그가 천사들을 보내서 내게 판돈을 올리게 만드신 거야.

하인리히   그의 천사들?

괴츠   너희들 모두를 말하는 거야. 카트린은 분명히 천사 맞고. 너도 그렇고, 은행가도 그렇고. (나스티에게로 다시 오면서) 그리고 이 열쇠는? 내가 이걸 그에게 요구했겠어, 내가, 이 열쇠를? 난 이런 게 있는 줄도 몰랐어, 그런데 신이 자기 사제들 중 하나를 시켜 내 손에 쥐여 줄 필요가 있었던 거지. 넌 그가 원하는 걸 알겠지, 물론. 나보고 그의 사제 놈들과 수녀들을 좀 구해 주라는 거지. 그래서 그가 나를 꼬여서, 살그머니, 자기는 연루가 안 되게 기회를 만든 거야. 혹시 내가 붙잡히더라도 그는 나를 부인할 권리를 가지는 거지, 어쨌든 내가 이 열쇠를 계곡에 던져 버릴 수도 있었던 거니까.

나스티 아, 그렇고말고, 그럴 수 있었지, 지금도 그럴 수 있고.

괴츠 이봐 천사 양반, 내가 그럴 수 없다는 거 잘 알잖아.

나스티 왜 안 되지?

괴츠 왜냐하면 내가 나와 다른 사람이 될 수는 없으니까. 자, 그분께서 시키신 대로 피 목욕을 좀 하고 오지. 하지만 그게 끝나도 그분께서는 여전히 코를 막고서 그걸 원했던 게 아니라고 소리치실 거야. 그걸 원하지 않으십니까, 주님, 정말입니까? 그렇다면 아직 막을 시간이 있습니다. 내가 뭐 하늘이 내 머리 위로 무너지게 해 달라는 것도 아닙니다. 침 한 번 뱉어 주시면 돼요, 내가 그 위에 미끄러져 넘어져서 허벅지가 부러지면 오늘은 끝이니까요. 아닌가요? 좋아요, 좋아. 떼쓰진 않겠습니다. 자, 나스티, 이 열쇠를 봐, 좋잖아, 열쇠라는 거, 유용하지. 그리고 손이라는 것도 말이야! 훌륭한 작품이야, 우리에게 이런 걸 주신 신을 찬양해야 돼. 그러니까 어떤 손 안의 열쇠, 그게 나쁠 수가 없는 거지, 지금 이 순간 세상 구석구석에서 열쇠를 쥐고 있는 모든 손들을 주신 신을 찬양하세. 그런데 이 손이 그 열쇠를 가지고 하는 일에 대해서는, 주께서 모든 책임을 부인하시지, 그건 더 이상 그분과 상관없는 거야, 불쌍한 양반. 그렇습니다, 주님, 당신은 결백함 그 자체십니다. 충만함이신 당신이 어떻게 무를 생각하실 수 있겠습니까? 당신의 시선은 빛이요, 모든 것을 빛으로 바꾸는데, 어떻게 내 가슴속의 어스름을 아시겠습니까? 그리고 당신의 무한한 오성이 어떻게 내 이성을 터뜨리지 않고 그 속으로 들어올 수 있겠습니까? 증오와 나약함, 폭력, 죽음, 불만, 이런 것들은 오직 인간에게서 나오는 것입니다. 그것이 나의 유일한 제국이고 그 속에서 나는 홀로 있습니다. 그러니 그 속에서 일어나는 일은 모두 나에게만 탓이 있는 거겠죠. 자, 자, 내가 모든 걸 걸머지고 아무 말 않겠습니다. 최후 심판의 날, 나는 조용히, 입을 꿰맨 채, 너무나 고고하게 한 마디도 뻥긋하지 않고 유죄 선고를 받을 겁니다. 하지만 조금은 거북하지 않으십니까, 당신의 하수인에게 영벌을 내리신 것이 아주 조금은? 갑니다, 갑니다, 병사들이 기다리고 있고, 훌륭한 열쇠가 나를 끌고서, 자기와 함께 태어난 자물쇠를 다시 만나고 싶어 합니다. (입구에서 그가 되돌아선다.) 나 같은 놈 본 적 있어? 난 전능하신 신을 불편하게 하는 사람이지. 내 안에서, 신은 자기 자신에 대해 소름 끼쳐하거든! 이만 명의 귀족이 있고, 서른 명의 대주교, 열다섯 명의 왕, 세 명의 황제도 동시에 보고, 교황 하나와 참칭 교황도 하나 있지만, 괴츠는 나 말고 또 있어? 가끔은, 내가 상상하는 지옥이 오직 나만을 기다리는 어떤 사막 같아. 안녕히. (그가 나가려고 한다.
하인리히가 웃음을 터뜨린다.) 무슨 일이야?

하인리히 　지옥은 시장터야, 멍청아! (괴츠가 멈춰 서서 그를 바
라본다. 다른 사람들에게) 여기 제일 이상한 망상가가
나셨네, 자기만이 악을 행하는 자라고 생각하는 사람.
매일 밤 독일 땅은 타 죽는 사람들이 횃불처럼 불을
밝히지. 모든 밤처럼 오늘 밤도 도시들이 열두 개씩
불타오르고 그곳을 약탈하는 장군들은 별 이야깃거
리도 못 돼. 그들은 죽이지, 평일에는, 그리고 일요일
이 되면 고해를 하고, 겸손하게. 하지만 이자는 자기
가 병사의 의무를 완수하는 걸로 스스로를 악마의 화
신이라고 자처하고 있어. (괴츠에게) 만일 네가 악마라
면, 광대야, 나는 누구냐, 비천한 자들을 사랑한다고
우기면서 그들을 네 손에 넘긴 나는?

(괴츠는 하인리히가 말하는 동안 다소 홀린 듯이 그를 쳐다본다. 끝
날 때, 그는 몸을 흔든다.)

괴츠 　뭘 요구하는 거야? 영벌을 받을 권리? 내 그건 허락하
지. 지옥은 충분히 넓어서 나하고 네가 거기서 마주칠
일은 없을 거야.

하인리히 　다른 사람들은?

괴츠 　어떤 다른 사람들?

하인리히 　**모든** 다른 사람들. 모두에게 죽일 수 있는 기회가 오

진 않지, 하지만 모두가 그걸 원하잖아.

괴츠   내 못된 성질은 그들하고는 달라. 그들은 음욕이나 이해득실 때문에 악을 행하지만, 난 악을 위해 악을 행하거든.

하인리히   이유가 무슨 상관이야, 사람들이 악 말고는 아무것도 행할 수 없도록 정해져 있다면.

괴츠   그게 정해져 있다고?

하인리히   그래, 광대야, 정해져 있지.

괴츠   누구에 의해서?

하인리히   신이지. 신은 선이 지상에선 불가능하기를 바라셨어.

괴츠   불가능하다고?

하인리히   완전히 불가능하지, 사랑도 불가능! 정의도 불가능! 네 이웃을 사랑하려고 한번 시도해 봐, 그러고 나서 나한테 어떻게 됐는지 알려줘.

괴츠   그게 내 변덕에 달린 거라면, 내가 왜 이웃을 사랑하지 않겠어?

하인리히   왜냐하면 단 한 사람이 다른 사람을 증오하기만 하면 증오는 충분히 인류 전체로 퍼지거든.

괴츠   (말을 이어서) 그자가 가난한 자들을 사랑했었지.

하인리히   그가 가난한 자들에게 일부러 거짓말을 해서, 그들의 가장 천박한 정념들을 부추기고, 그들이 늙은이 하나를 살해하지 않을 수 없게 만들었지. (사이) 내가 뭘 할 수 있었겠어, 내가? 엉, 뭘 할 수 있었겠느냐고? 난 순진했고 죄악이 도둑처럼 나를 덮쳤어. 선이 어디에

있었느냐고, 사생아 양반? 어디 있어? 최소한의 악이
란 게 어디 있느냐고?[14] (사이) 넌 괜히 헛수고만 한
거야, 이 악덕 허풍쟁이야! 네가 지옥에 떨어질 짓을
하고 싶다면 네 침대에 가만히 처박혀 있기만 해도
돼. 세상은 타락의 구렁텅이야, 네가 그걸 그대로 받
아들이면 넌 공범이 되는 거고, 그걸 변화시키면 형리
가 되는 거지. (웃으며) 하아! 별들에게까지 지상의 악
취가 풍기는구나.

괴츠   그럼, 모두가 지옥에 떨어지는 건가?

하인리히   아, 아니지! 모두는 아니지! (사이) 믿습니다, 나의
신이여, 믿습니다. 절망의 죄는 짓지 않겠습니다. 제
가 뼛속까지 곪아 있지만, 당신께서 그리 결정하셨다
면 저를 구원하시리라는 것을 알기 때문입니다. (괴츠
에게) 우리는 모두 똑같이 죄인이야, 사생아, 우리는
모두 똑같이 지옥에 가야 할 자들이지, 하지만 신은
자기가 용서하고 싶으면 용서하시지.

괴츠   그는 내 마음과 달리 나를 용서하진 않으실 거야.

하인리히   지푸라기보다 못한 놈, 어찌 신의 자비심에 맞서 싸
우겠다는 건가? 어찌 신의 무한하신 인내를 지치게 하
겠다는 건가? 그가 원하신다면 너를 손가락으로 집어
서 천국으로까지 끌어 올리실 텐데. 엄지로 한 번 눌

---

14) 이 장이 끝날 때까지 하인리히는 원칙적으로 서로 양립할 수 없는 다양한
윤리신학 원칙들을 조합하게 되는데, 사르트르는 여기서 윤리 문제에 대해 제
시된 다양한 기독교적 해결책들의 리스트를 작성해 보인다.

러서 네 사악한 의지를 깨뜨리실 거고, 네 턱을 벌려서 그의 온정을 가득 부어 주시면, 너는 네 의지와 상관없이 선한 사람이 된 것을 느끼게 될 거야. 가! 가서 보름스를 불태우라고! 가서 약탈하고, 목을 베라고, 그래 봐야 네 시간과 힘만 들 테니까, 조만간 너도 다른 사람들처럼 연옥에서 다시 보게 될걸.

괴츠   그러니까 모든 사람들이 악을 행한다는 말이야?

하인리히 모두가.

괴츠   그리고 아무도 선은 행하지 않는다고?

하인리히 아무도.

괴츠   잘됐군. (그가 막사 안으로 되돌아온다.) 내가 그걸 행한다에 내기 걸지.

하인리히 뭘 행한다고?

괴츠   선. 내기할래?

하인리히 (어깨를 으쓱하며) 아니, 사생아, 나는 내기 같은 거 안 해.

괴츠   잘못 생각하는 거야. 자네는 선을 행하는 게 불가능하다고 말했잖아, 그래서 내가 선을 행한다에 내기를 거는 거야, 그것 역시 유일해지는 최선의 방식이니까. 나는 범죄자였는데, 이젠 바꿨어. 딴사람이 돼서 성인이 된다는 데 내기를 걸지.

하인리히 그걸 누가 판단할 건데?

괴츠   네가, 일 년하고 하루가 더 지난 다음에. 넌 내기만 걸면 돼.

하인리히 네가 내기를 걸면, 넌 미리 진 거야, 멍청이! 넌 내기
        에 이기기 위해서 선을 행할 테니까.

괴츠   바로 그래! 그러니까 주사위를 던지자고. 만일 내가
        이기면 그건 악이 승리하는 거지. 만일 내가 진다면.
        아! 만일 내가 진다면, 내가 뭘 하게 될지 짐작도 안
        되네. 어때? 누가 나하고 내기할래? 나스티!

나스티   싫어.

괴츠   왜 싫어?

나스티   나빠.

괴츠   그래, 그렇지, 나쁘지. 넌 어떤 생각을 하기에? 이봐,
        빵 장수, 난 아직 나쁜 놈이야.

나스티   만일 네가 선을 행하고 싶다면, 그걸 하겠다고 결심하
        기만 하면 돼, 아주 간단하다고.

괴츠   나는 신을 궁지에 몰아넣으려는 거야. 이번에는, 예 아
        니면 아니오지. 그가 나를 이기게 해 주면 도시가 불
        타고 그의 책임이 확정되는 거야. 자, 해 보자, 만일 신
        이 너와 함께한다면 넌 겁내서는 안 돼. 못 하는군, 겁
        쟁이! 교수형 당하는 게 더 좋아? 누가 해 볼래?

카트린   나!

괴츠   네가, 카트린? (그가 그녀를 쳐다본다.) 왜 안 되겠어?
        (그가 주사위들을 건넨다.) 해 봐.

카트린   (주사위를 던지고서) 둘 하나. (그녀가 소스라친다.) 당신
        이 지기 힘들겠네.

괴츠   내가 언제 지고 싶다고 했어? (그가 주사위들을 주사위

통 속에 넣는다.) 주님, 당신은 궁지에 몰렸습니다. 이제 당신 패를 까 보일 때가 됐네요.

(그가 주사위를 던진다.)

카트린　하나 하나…… 당신이 졌어!

괴츠　그렇다면 신의 의지에 따라야겠군. 잘 가, 카트린.

카트린　안아 줘요. (괴츠가 그녀를 안아 준다.) 잘 가요, 괴츠.

괴츠　이 돈주머니를 가지고 가고 싶은 곳으로 가. (프란츠에게) 프란츠, 가서 울리히 장군에게 병사들을 돌려보내 취침하게 하라고 이르게. 너, 나스티, 도시로 되돌아가게, 아직 사냥개 무리를 멈추게 할 시간이 있으니까. 만일 당신들이 동트자마자 성문을 열고 사제들이 보름스를 무사히 빠져나와 내 보호 밑으로 들어오게 되면, 내가 정오에 포위를 풀지. 좋아?

나스티　좋아.

괴츠　이제 믿음을 되찾았나, 예언자?

나스티　한순간도 그걸 잃었던 적 없어.

괴츠　운 좋은 놈!

하인리히　넌 저들에게 자유를 돌려주고, 목숨과 희망을 돌려주는군. 한데 나한테는, 개 같은 놈, 배반할 수밖에 없도록 만들었던 나한테는, 결백을 돌려줄 텐가?

괴츠　그걸 되찾는 건 너의 일이야. 어쨌든 사실상 크게 악한 짓은 없었어.

하인리히   했던 일은 상관없어! 내 의도가 중요했던 거지. 난 너를 따라다닐 거야, 두고 봐, 난 너를 따라다닐 테니까, 걸음걸음마다, 밤이고 낮이고. 네 행위들을 저울질하는 건 나한테 맡기면 돼. 그리고 일 년하고 하루 지난 뒤에, 네가 어디를 가든, 내가 거기 있을 테니까 걱정 안 해도 될 거야.

괴츠   이제 새벽이군. 춥기도 하지. 새벽과 선이 내 막사 안으로 들어왔는데 우리는 더 이상 즐겁지가 않으니. 이 여자는 울고 있고 이 남자는 나를 증오하고, 꼭 재앙을 당한 다음 날 같군. 아마도 선이라는 건 절망적인 건가 봐……. 상관없지, 더구나 나는 그걸 판단하는 게 아니라 행해야 하니까. 잘들 있어.

(그가 나간다. 카트린이 웃음을 터뜨린다.)

카트린   (눈물이 날 지경으로 웃으며) 그가 속였어! 내가 봤어, 내가 봤다고, 그가 속였어, 지기 위해서!

(막)

2막

4경

1장

카를, 두 농부.

첫번째농부 막 소리 지르고 난린데, 저 안에.

카를 제후들이야, 화가 나서 미칠 지경일 테니 왜 안 그러
겠어.

첫번째농부 그가 겁을 먹거나 부인하진 않을까?

카를 그럴 위험은 없네, 그는 암소만큼이나 고집불통이니
까. 숨어, 그가 온다.

2장

(숨어 있는) 농부들, 괴츠와 카를.

괴츠   형제, 우리한테 포도주 한 병 가져다주겠나? 잔은 세
            개면 돼, 난 안 마시니까. 나에 대한 사랑으로 그렇게
            해 주게.
카를   당신에 대한 사랑으로, 그렇게 하겠네, 형제.

(괴츠가 나간다. 농부들이 무릎을 치고 웃어 대면서 숨었던 곳에서
나온다.)

농부들 형제여, 내 귀여운 형제여! 아우님! 자! 이건 너에 대
           한 사랑에서다. (그들은 웃으며 손뼉을 서로 맞부딪친다.)
카를   (쟁반 위에 잔들을 놓으며) 하인들 모두가 그의 형제야.
           그는 우리를 사랑한다고 말하고, 우리를 아껴 주고 가
           끔 안아 주기도 해. 어제는 내 발까지 씻겨 주면서 즐
           거워하더군. 친절한 주인님, 좋은 형제. 푸하! (침을 뱉
           는다.) 이 단어가 꼭 입에 걸려서, 이 말을 할 때마다
           침을 뱉게 되네. 나를 형제라고 불렀으니 그는 교수형
           감이지. 그의 목에 밧줄이 걸릴 때 난 그의 입술에 입
           맞추면서 이렇게 말할 거야, "안녕, 아우님. 나에 대한
           사랑으로 죽어 줘."

(그가 잔과 쟁반을 들고 나간다.)

첫 번째 농부 진짜 남자야. 저 사람은 못 속여.

두 번째 농부 글도 읽을 줄 안다고 하더군.

첫 번째 농부 거참.

카를 (되돌아와서) 지령을 전달하겠네. 노삭과 슐하임 영지로 달려가게. 촌락 구석구석까지 "괴츠가 하이덴슈탐의 땅들을 농민들에게 나눠 준다."라는 소식을 알리게. 그들이 술렁이도록 잠시 뒀다가 이렇게 덧붙이게. "그 오입쟁이, 사생아도 자기 땅을 내주는데, 슐하임의 제일 높으신 영주님은 왜 자기 땅을 안 내주는 거지?" 그들을 살살 건드려서, 분노로 날뛰게 만들고, 곳곳에서 동요를 일으키게. 출발. (그들이 나간다.) 괴츠, 친애하는 나의 동생, 네가 정성 들여 만든 작품들을 내가 어떻게 망쳐 놓는지 곧 보게 될 거다. 내주라고, 너의 땅들을, 내줘 버려. 언젠가 그 땅들을 내주기 전에 죽지 못한 걸 후회하게 될 테니까. (그가 웃는다.) 사랑으로! 매일 나는 네 옷을 입히고 벗기고, 너의 배꼽과, 발가락들과 네 엉덩이를 보는데 너는 내가 널 사랑하길 원하지. 사랑으로 난 네게 엿 먹일 거다. 콘라드가 엄하고 거칠긴 했지만 내겐 그의 모욕이 너의 선의보다는 덜 치욕스러웠지. (나스티가 들어온다.) 무슨 일이오?

3장

카를, 나스티.

나스티   괴츠가 오라고 해서.

카를   나스티!

나스티   (그를 알아보고서) 너구나!

카를   네가 괴츠를 알아? 훌륭한 인맥이군.

나스티   그건 상관하지 마. (사이) 네가 무슨 일을 벌이고 있는
지 알아, 카를! 얌전히 잠자코 앉아서 내 지령을 기다
리도록 해.

카를   촌사람들은 도시의 지령을 수행할 뿐이지.

나스티   만일 네가 그 더러운 일을 감행한다면, 내 손으로 네
목을 매달 테다.

카를   너나 그 목매달린 놈이 안 되게 조심하라고. 그보다
넌 여기서 뭐 하는 거야? 수상하군. 너는 괴츠하고 이
야기하러 와서는 우리에게 반란을 일으키지 말라고
충고하잖아, 네가 매수되지 않았다는 증거가 있나!

나스티   네가 매수당해서, 부화 중인 소요를 너무 빨리 터뜨려
버려 영주들한테 다 짓밟히게 하려는 게 아니라는 증
거가 있나?

카를   괴츠다.

4장

괴츠, 나스티, 제후들.

(괴츠가 뒷걸음으로 들어오고, 슐하임과 노삭, 리이첼의 제후들이 그를 에워싸고 소리 지른다.)

노삭　　농사꾼들, 넌 신경도 안 쓰잖아, 네가 원하는 건 우리 가죽을 벗기는 거지.

슐하임　우리 피로 네 어미의 창녀 짓을 씻고 싶은 거야?

노삭　　그러고는 독일 귀족들을 매장하고 싶은 게지.

괴츠　　형제들, 친애하는 나의 형제들이여, 당신들이 무슨 말을 하는지 모르겠구려.

리이첼　네 행위가 화약에 불을 붙일 거라는 걸 모른단 말이야? 우리가 농민들한테 당장 땅과 금, 우리 속옷까지, 거기다 우리의 축복까지 얹어서 다 내놓지 않으면 그들이 미쳐 날뛸 거라는 걸 몰라?

슐하임　그들이 성으로 쳐들어와 우리를 괴롭힐 거라는 걸 모른다고?

리이첼　우리가 그걸 승낙하면 파산이고 거절하면 죽음이란 걸?

노삭　　그걸 모른다고?

괴츠　　친애하는 나의 형제들…….

슐하임　수작 부리지 마! 그만둘 거지? 예, 아니오로 대답해.

괴츠   친애하는 나의 형제들, 용서하시게, 대답은 아니오네.

슐하임   넌 살인자야.

괴츠   그래, 형제여, 모든 사람이 그렇듯이.

슐하임   사생아!

괴츠   그래, 예수 그리스도가 그렇듯이.

슐하임   똥자루 같은 놈! 세상의 쓰레기 같은 놈!

(그가 괴츠의 얼굴에 주먹을 날린다. 괴츠가 비틀대더니 자세를 바로잡고 그에게 다가가자 모두 뒷걸음친다. 갑자기 괴츠가 땅바닥에 몸을 내던져 길게 누워 버린다.)

괴츠   구해 주십시오, 천사들이여! 나를 이길 수 있게 도와주십시오! (그가 사지를 떤다.) 난 때리지 않을 겁니다. 내 오른손이 때리려고 하면 그걸 잘라 버릴 겁니다. (그가 땅바닥에서 몸을 뒤튼다. 슐하임이 그를 발로 한 번 찬다.) 장미, 장미의 비, 애무. 신은 정말 나를 사랑하시는구나! 내가 다 받아들이노라. (그가 다시 일어선다.) 나는 사생아 개새끼고, 똥자루고, 배신자니, 날 위해 기도해 주시게.

슐하임   (그를 때리며) 그만둘 거지?

괴츠   때리지 마시게, 자네들이 더러워지네.

리이첼   (옥박지르며) 그만둘 거지?

괴츠   주여, 웃고 싶은 이 가증스러운 욕구로부터 구해 주소서!

슐하임 맙소사!

리이첼 갑시다, 우리 시간만 허비했소.

5장

나스티, 괴츠, 카를.

(괴츠가 나스티에게로 되돌아온다.)

괴츠 (쾌활하게) 안녕, 나스티. 안녕, 형제. 널 보니 반갑군. 보름스의 성벽 아래서, 두 달 전에, 네가 나에게 가난한 자들과의 동맹을 제안했잖아. 아, 그래서, 내가 그걸 받아들인 거야. 기다려, 말 좀 하게, 너에게 좋은 소식들을 알려 줄 테니. 선을 행하기 전에 난 생각했지, 그게 뭔지 알아야겠다고, 그래서 오래 숙고했어. 아 그랬더니! 나스티, 난 알아냈어. 선이란 바로 사랑이야, 좋아, 그런데 문제는 사람들이 서로 사랑하지 않는다는 거지. 그럼 무엇이 그걸 방해하는 걸까? 조건들의 불평등, 노예제와 빈곤이야. 따라서 그것들을 없애야 돼. 여기까진 동의하겠지, 안 그래? 뭐, 이건 전혀 놀랄 일도 아냐, 너한테서 배운 걸 써먹은 거니까. 그래, 나스티, 최근에 네 생각을 많이 했다. 다만 너는, 너는 신의 통치를 후일로 미루고 싶어 하잖아. 난 더 영악하지, 나는 신의 통치가 곧바로 시작될 수 있는 방법을 찾았어, 적어도 여기 지상의 한 귀퉁이에서만 이라도 말이야. 첫 단계는 내 땅들을 농민들한테 내주 는 거야. 두 번째 단계는 바로 이 지상에서, 최초의 기 독교 공동체를 조직하는 거지, 모두가 평등하게! 아! 나스티, 나는 대장이야, 선의 전투를 벌이고 있고 곧 피 한 방울 안 흘리고 전투에서 이길 거라고 자부해. 도와줘, 그래 주겠어? 넌 가난한 자들과 말이 통하잖 아. 우리 둘이서 천국을 건설하는 거야, 왜냐하면 주 님께서 우리의 원죄를 씻어 주기 위해 나를 선택하셨 거든! 봐 봐, 내 공동 생활체에 붙일 이름도 찾았어, 태 양의 마을이라고 부를 거야. 왜 그래? 아! 고집불통 같 으니! 아! 김빠지게 하네! 아직도 나에 대해 비난할 게 남았어?

나스티 자네 땅들은 그냥 가지고 있어.

괴츠 내 땅들을 가지고 있으라고! 그렇게 하라고 한 게 너 잖아, 나스티. 젠장, 다른 사람은 몰라도 네가 이렇게 나올 줄이야.

나스티 그냥 가지고 있어. 자네가 정말 우리한테 좋은 일을 하고 싶다면, 조용히 있어 줘, 제발 아무것도 건드리 지 말고.

괴츠 그러니까 너도 그럴 거라고 생각하는 거지, 농민들이 반란을 일으킬 거라고?

나스티 그럴 거라고 생각하는 게 아니라, 난 그걸 알아.

괴츠 이럴 줄 예상했어야 하는 건데. 내가 너의 속 좁고 고집스러운 영혼의 빈축을 사리란 것을 미리 생각했어야 하는 건데. 좀 전에는 그 돼지들, 지금은 너, 너희들이 이렇게 요란 떠는 걸 보니 내가 얼마나 옳은지가 명백해지는군. 좋아, 내 용기를 북돋아 주는군! 줘 버리고 말 거야, 이 땅들을. 꼭 내주고말고! 선이 만인에게 맞서서 이루어지리라.

나스티 누가 자네더러 그걸 내주라고 애걸했나?

괴츠 내가 그걸 내줘야 한다는 걸 알아.

나스티 글쎄 누가 애걸했느냐니까?

괴츠 말하잖아, 내가 안다고. 내 눈에 네가 보이듯 나의 갈 길이 보여. 신께서 그의 광명을 내게 빌려 주신 거지.

나스티 신께서 침묵하고 계실 때는 누구나 자기가 원하는 대로 신에게 말을 걸 수 있는 법이지.

괴츠 오! 존경스러운 예언자여! 삼만의 농민들이 굶어 죽어 가기에, 내가 그들의 빈곤을 덜어 주려고 파산하려는데 넌 나한테 신이 그들을 구하는 걸 금지했다고 태연히 말하고 있군.

나스티 네가, 가난한 자들을 구해? 넌 그들을 부패하게 할 뿐이야.

괴츠 그럼 누가 그들을 구하지?

나스티 그들 걱정은 마, 그들은 스스로 자신을 구할 테니까.

괴츠 그럼 난 뭐가 돼, 나한테서 선을 행할 방법들을 뺏어가 버리면?

나스티 넌 일이 있잖아, 너의 재산을 관리해서 불려야지, 그걸로 일생을 보내면 되는 거야.

괴츠 그러니까 널 기쁘게 하려면 내가 악덕 부자가 되어야만 한다?

나스티 악덕 부자라는 건 없어. 부자들이 있을 뿐이지, 그게 다야.

괴츠 나스티, 난 너희들 편이야.

나스티 그렇지 않아.

괴츠 나도 평생 가난했잖아?

나스티 두 종류의 가난뱅이가 있지, 함께 가난한 자들과 혼자서만 가난한 자들. 앞에 사람들이 진짜고, 나머지 사람들은 운이 없는 부자들이야.

괴츠 그럼 자기 재산을 내줘 버린 부자들은, 그들도 가난뱅이가 아니겠군, 내 생각엔.

나스티 아니지, 그들은 옛날 부자들이지.

괴츠 그렇다면, 난 시작부터 지고 들어간 거였네. 부끄러운 줄 알아, 나스티, 너는 기독교인 하나를 돌이킬 수 없는 지옥으로 보내는 거야. (그가 동요하며 걷는다.) 나를 증오하는 시골 갑부들이 아무리 거만하다고 해도 너희보다는 덜 거만하겠어, 그러니 너희보다는 차라리 그들 계급에 들어가는 게 덜 고통스럽겠군. 참아야지! 고맙습니다, 주님. 그러니까 제가 아무 대가도 없이 그들을 사랑하게 되겠군요. 나의 사랑이 너의 까칠한 영혼의 벽들을 무너뜨릴 거다. 이 사랑이 가난한 자들의 심술을 풀어 줄 거야. 난 너희들을 사랑해, 나스티,

당신들 모두를 사랑해.

나스티   (훨씬 부드럽게) 네가 우리들을 사랑한다면 너의 계획을 포기해 줘.

괴츠   안 돼.

나스티   (어조를 바꾸어, 더 위압적으로) 들어 봐, 난 칠 년이 필요해.

괴츠   무엇 때문에?

나스티   칠 년 후면 우리는 성전에 돌입할 준비를 갖출 거거든. 그 전엔 아니야. 만일 네가 오늘 농민들을 싸움터로 내몬다면, 일주일도 안 돼서 몰살당할 거라고 봐. 네가 일주일도 안 돼서 파괴해 버리게 될 것을 다시 세우려면 반세기도 더 걸릴 거야.

카를   농민들이 막 도착했습니다, 주인님.

나스티   그들을 돌려보내게, 괴츠. (괴츠는 대답하지 않는다.) 들어 봐, 네가 정말로 우리를 돕고 싶다면, 넌 그렇게 할 수 있어.

괴츠   (카를에게) 그들에게 기다리라고 해 주게, 형제. (카를이 나간다.) 나한테 제안하는 게 뭔가?

나스티   너의 땅들을 그대로 가지고 있어.

괴츠   그건 네가 뭘 제안하는가에 달렸어.

나스티   만일 네가 그 땅들을 그대로 가지고 있으면, 거기가 우리의 피난처도 되고 회합 장소도 될 거야. 내가 너의 마을 중 한 곳에 정착하겠어. 그곳에서부터 내 지령들이 전 독일 땅에 퍼질 테고, 거기서 칠 년 후에 전쟁의 신호가 출발하는 거지. 네가 우리들한테 어마어 마한 봉사를 해 줄 수 있어. 자, 어때?

괴츠 그건 아니야.

나스티 거절하는 건가?

괴츠 난 그렇게 찔끔찔끔 선을 행하진 않을 걸세. 넌 정말 나를 이해 못 한 거야, 나스티? 나로 인해, 올해가 가 기 전에, 행복과 사랑과 미덕이 일만 에이커의 땅을 덮을 걸세. 내 영지 위에 난 태양의 마을을 세우고 싶은 데 너는 내가 거기를 살인자들의 본거지로 만들기를 바라는군.

나스티 선이란 한 명의 병사처럼 섬기는 거야, 괴츠, 그런데 어떤 병사가 혼자 힘으로 전쟁을 이기겠나? 겸손해지 는 것부터 시작하게.

괴츠 난 겸손해지지 않을 걸세. 초라해 보이는 거라면 얼마 든지 하겠지만 겸손은 아니네. 겸손은 어정쩡한 사람 들의 덕목이야. (사이) 내가 왜 너의 전쟁 준비를 도와 야 하지? 신은 피 흘리는 걸 금하셨는데 너는 독일을 피바다로 만들려 하고 있잖아! 나는 너의 공모자가 되 지 않을 거네.

나스티 네가 피를 쏟지 않을 거라고? 그럼, 네 땅들도 내주고 네 성도 내줘, 그러면 독일 땅이 피를 흘릴지 아닐지 보게 될 테니.

괴츠 피 흘리지 않을 거야. 선은 악을 낳을 수 없어.

나스티 선이 악을 낳지 않는다고 치자. 그러나 너의 미친 관용이 학살을 불러오는 이상, 너는 선을 행하는 게 아냐.

괴츠   선이란 게 그럼 가난한 자들의 고통을 영속시키는 거란 말이야?

나스티   난 칠 년을 요구했어.

괴츠   그럼 지금부터 그때까지 죽게 될 사람들은? 한평생 증오와 공포 속에서 살았던 그들은 절망 속에서 죽게 되는 거잖아.

나스티   신께서 그들의 영혼을 거두시길.

괴츠   칠 년이라! 게다가 칠 년 후엔 다시 칠 년 동안의 전쟁이 올 거고, 그다음엔 폐허를 복구해야 하니까 또 속죄의 칠 년이고, 그다음에 또 뭐가 올지 누가 알겠어. 아마도 새로운 전쟁에 새로운 속죄에, 다시 칠 년의 인내를 요구할 새로운 예언자들이 나오겠지. 돌팔이 약장수, 넌 최후의 심판 날까지 그들한테 참으라고 할 참인가? 나는, 매일, 매시간, 바로 지금 이 순간에 선이 가능하다고 말하는 거야. 그래서 지금 당장 선을 행하는 자가 될 거고. 하인리히가 이렇게 말했지, "증오가 서서히 온 세상을 뒤덮는 데는 두 사람이 서로 미워하는 것으로 충분했다."라고. 그래서 난, 이렇게 말하는 거야, 사실, 한 사람이 완전한 사랑으로 모든 사람을 사랑하면 그 사랑이 점점 퍼져 온 인류를 충분히 뒤덮을 거라고.

나스티   그래서 네가 그 사람이 되겠다고?

괴츠   내가 그렇게 될 거야, 그래, 신의 도움으로. 난 선이 악보다 더 고통스럽다는 걸 알지. 악은 나 자신일 뿐이지만 선은 전부야. 하지만 난 두렵지 않아. 땅은 데워져야 하고, 내가 그걸 데울 거야. 신께서 나에게 눈부시게 하라는 임무를 주셨기에 난 눈부시게 할 거야, 빛으로 피를 흘릴 거야. 난 이글거리는 불덩이야, 신의 숨결이 내 불을 지피고, 난 산 채로 불타고 있어. 빵 장수, 나는 선이라는 질병에 걸렸어, 그래서 이 병이 전염되길 원해. 나는 증인이자 순교자이고, 유혹이 될 거야.

나스티 사기꾼!

괴츠 넌 날 방해하지 못해! 나는 보여, 나는 알아, 대낮처럼 훤해. 난 예언할 거야.

나스티 그런 사람은 가짜 예언자고, 악마의 앞잡이야, "나는 내가 좋다고 믿는 걸 하겠어."라고 말하는 자는 그걸로 세상을 망하게 하지.

괴츠 "세상이 먼저 망하길! 그러면 그다음에 내가 선이 가능한지를 알게 될 거야."라고 말하는 자가 가짜 예언자이고 악마의 앞잡이야.

나스티 괴츠, 만일 나한테 거치적거리면, 널 없애 버릴 거야.

괴츠 네가 날 죽일 수 있겠어, 네가, 나스티?

나스티 그래, 나한테 거치적거린다면.

괴츠 나라면 그렇게 못 해, 내 몫은 사랑이니까. 그들에게 내 땅을 내줄 거야.

5경

(마을 교회의 문 앞. 입구에 두 좌석. 한쪽엔 북, 다른 쪽엔 플루트가 놓여 있다.)

1장

괴츠와 나스티, (이어서) 농부들.

괴츠　(주변을 부르며 들어온다.) 이봐요! 어이! 사방 천지에 개미 새끼 한 마리 안 보이네, 다 숨어 버렸군. 내 선의 가 그들을 재앙처럼 덮친 거지. 멍청한 것들. (나스티 쪽으로 갑자기 몸을 돌린다.) 왜 날 따라다니지?

나스티　자네가 실패하는 걸 보려고.

괴츠　실패는 없을 걸세. 나는 오늘 내 마을의 초석을 깐 거 야. 그들은 지하 창고에 숨어 있어, 내 생각엔. 하지만 기다려야지. 대여섯 명만 붙들면 좋겠는데, 그러면 넌 내가 그들을 설득하는지 못하는지 보게 될 거야. (고 함 소리, 피리 소리) 저게 뭐지? (반쯤 취한 농부들의 행렬 이 들것 위에 석고 성모상을 싣고 들어온다.) 당신들 아주 즐겁구먼. 당신들의 옛 군주가 베푼 은혜로운 선물을 축하하는 거요?

한 농부　신께서 우리를 가호하신다오, 수도사 양반.

괴츠　나는 수도사가 아니오. (그가 두건을 벗어젖힌다.)

농부들 괴츠다!

(그들이 질겁하며 물러선다. 몇몇은 성호를 긋는다.)

괴츠 괴츠야, 그래, 도깨비 괴츠! 기독교적 자비로 자기 땅을 나눠 줘 버린 아틸라 왕 괴츠. 내가 그렇게 무섭게 보이나? 가까이들 오시오, 당신들하고 얘기하고 싶소. (사이) 어서? 뭘 기다리는 거요? 가까이들 오라니까! (농부들의 고집스러운 침묵. 좀 더 강압적인 어조로) 통솔자가 누구요?

한 노인 (썩 내켜하지 않으며) 접니다.

괴츠 다가오시오.

(노인이 무리에서 떨어져 나와 그에게로 간다. 농부들은 조용히 그들을 지켜본다.)

괴츠 말해 보오, 내가 영주의 곳간에서 곡물 자루들을 봤는데. 당신들은 도대체 나를 이해 못 하는 거요? 더 이상 십일조도 없고 소작료도 없다 말이오.

노인 아직은 얼마 동안 더, 모든 걸 그대로 놔두렵니다.

괴츠 왜?

노인 어떻게 되나 지켜보려고요.

괴츠 좋아. 낟알이 썩겠지. (사이) 그래, 당신들의 새로운 조건에 대해서는 뭐라고들 하오?

노인　그 얘긴 안 합니다, 영주 나리.

괴츠　나는 더 이상 자네의 영주가 아니오. 나를 자네 형제라고 부르시오, 알겠소?

노인　예, 영주 나리.

괴츠　자네 형제라고 하지 않았나.

노인　아닙니다. 그건, 아닙니다.

괴츠　명령하…… 부탁이네.

노인　그게 좋으시다면 당신은 제 형제가 되실 겁니다만 저는 당신의 형제가 못 될 겁니다. 각자 자기 자리가 있는 법이지요, 나리.

괴츠　자! 자! 익숙해질 걸세. (플루트와 북을 가리키며) 저건 뭐요?

노인　플루트와 북입니다.

괴츠　누가 연주하는데?

노인　수도사들이지요.

괴츠　여기 수도사들이 있는가?

노인　테첼 수사가 어린 수사 둘을 데리고서 보름스에서 도착했습죠, 우리한테 면죄부를 팔려고.

괴츠　(쓸쓸하게) 그러니까 당신네들은 그것 때문에 이렇게 즐거운 거야? (갑작스럽게) 꺼져 버려! 난 여기에 그런 걸 원하는 게 아니야. (노인의 침묵) 그 면죄부들은 아무 쓸모도 없어. 신께서 용서의 대가로 누구 등쳐 먹는 짓을 하시겠는가? (사이) 내가 아직 자네 주인이고, 그래서 그 세 놈의 도둑들을 쫓아내라고 명한다면, 자네 그렇게 하겠나?

노인 네, 그렇게 할 겁니다.

괴츠 좋아. 그럼, 마지막으로 너의 주인이 명하노니…….

노인 당신은 더 이상 우리 주인이 아닙니다.

괴츠 가 보쇼, 당신은 너무 늙었어. (그가 노인을 밀치고, 계단 위로 뛰어올라 모두에게 말한다.) 당신들은 내가 왜 내 땅들을 당신들한테 선물했는지 한번 생각해 보았소? (한 농부를 가리키며) 대답해 봐, 당신.

농부 모르겠습니다.

괴츠 (한 여인에게) 당신은?

여인 (주저하며) 그건 아마도…… 당신이 우리를 행복하게 해 주고 싶었던 거겠지요.

괴츠 대답 잘했소! 그래, 그게 내가 원했던 바요. 다만 그 행복이란 하나의 수단일 뿐이지. 당신은 무엇을 할 작정이오?

여인 (놀라며) 행복으로요? 하지만 우선 행복해지는 게 먼저겠지요.

괴츠 행복해질 거니까, 걱정 말고. 그걸로 뭘 할 거요?

여인 그건 생각 안 해 봤어요. 그게 뭔지도 모르는데요.

괴츠 내가 당신들을 위해서 생각해 봤소. (사이) 당신들도 알다시피 신께서는 우리에게 사랑하라 명하셨소. 하지만 실상은, 이제까지 그게 불가능했지. 어제만 하더라도, 형제들이여, 당신들이 너무나 불행했기에 사랑에 대해 물어볼 생각도 못 했소. 그래서 난 당신들이 변명의 여지가 없기를 원했던 거요, 내가 당신들을 살찌고 기름지게 해 주면 사랑하겠지, 빌어먹을, 나는 당신들에게 모든 사람을 사랑하도록 요구할 참이오. 내가 당신들의 육신을 지휘하는 건 사양하오, 하지만 그건 당신들의 영혼을 이끌기 위해서요, 신께서 나를 밝혀 주시니까. 나는 건축가고 당신들은 노동자요. 모든 것은 모두의 소유이고, 여장들과 땅들도 공유하니, 더는 가난뱅이도 없고 부자들도 없고 법도 없소, 사랑이라는 법만 빼고는 말이오. 우리는 독일 전체의 모범이 될 것이오. 자, 친구들 한번 해 보겠소? (침묵) 처음이니 당신들이 날 겁내는 게 불쾌하진 않소, 친숙한 늙은 악마보다 더 마음 놓이는 건 없으니까. 하지만 천사들은, 형제들이여, 천사들은 수상한 법이오! (군중은 웃고, 한숨 쉬며 동요한다.) 드디어! 드디어 당신들이 나한테 웃어 주는군.

군중 그들이 왔다! 그들이 왔어!

괴츠 (몸을 돌려 분한 마음으로 테첼을 본다.) 저 수도사 놈들 악마가 안 잡아가나!

2장

같은 인물들, 테첼,
어린 두 수사와 한 명의 신부.

(어린 두 수사가 그들의 악기를 잡는다. 책상 하나가 운반되어 위쪽 계단에 놓인다. 테첼이 그 책상 위에 양피지 두루마리들을 놓는다.)

테첼[15] 자, 뚱보 아저씨들! 가까이 와요! 가까이 와! 나 마늘 안 먹었다니까! (농부들이 웃는다.) 여긴 어떻게들 지내시오? 땅은 좋습니까?

농부들 그리 나쁘진 않소.

테첼 그럼 여편네들은? 여전히 고약합니까?

농부들 말해 뭐해! 어디나 마찬가지지.

테첼 불평하지 마시오, 그 여자들이 당신들을 악마로부터 보호해 주고 있으니까, 악마보다도 훨씬 성질이 더럽거든. (무리가 웃는다.) 아! 친구들, 그게 다가 아닐세, 이제 진지한 이야기를 해 주겠소! 음악! (북과 피리 소리) 맨날 일하는 것, 그건 아름답고 좋은 거요, 그러나 가끔은, 삽자루에 기대어 먼 하늘을 쳐다보며 '죽은 다음엔 어떻게 될까?' 하고 생각하게 되지. 멋지고 화려한 무덤이 있다고 다가 아니오, 영혼은 거기 머무는 게 아니니까. 그게 어디로 갈까? 지옥으로? (북소리)

---

15) 이 작품의 등장인물 중 독일의 종교개혁사에서 직접 차용해 온 유일한 인물이다. 교황 레오 10세에게서 가장 면죄부를 잘 파는 외판원으로 인정받았던 독일 도미니크 수도회 탁발 수사 요한 테첼(Johann Tetzel, 1465~1519). 그는 1505년에서 1515년 사이, 다시 말해서 이 작품의 역사적 배경이 되는 농민전쟁보다 적어도 십 년은 앞선 시기에 설교를 하고 다녔다. 그의 설교에 심한 충격을 받은 루터는 이를 계기로 가톨릭교회와의 관계를 끊게 되었다.

아니면 천국으로? (플루트 소리) 선량한 사람들이여, 선한 신께서 궁금해하셨다는 걸 잘 생각하시오. 그분은 당신들을 위해 그렇게 걱정이 많으시오, 선한 신께선, 그 때문에 잠도 못 이루시지. 어이 자네, 거기, 이름이 뭔가?

농부　페터요.

테첼　그래, 페터, 자네도 가끔은 좀 과하게 마실 때가 있지 않나? 자, 거짓말 말고!

농부　뭐, 그러기도 합니다.

테첼　그리고 자네 마누라를 말이야, 때리기도 하는가?

농부　술 먹었을 때는.

테첼　그렇지만 신은 무섭고?

농부　아, 물론이죠, 형제님!

테첼　그럼 성모님은, 사랑하는가?

농부　제 어머니보다 더요.

테첼　그러니까 선한 신께서 헷갈리시는 거야. 생각하시길, '이자는 그리 나쁜 인간은 아니군. 그에게 커다란 고통을 주고 싶은 마음은 전혀 없어. 하지만 죄를 지었으니 나는 그를 벌해야만 해.'

농부　(낙심하며) 아이고!

테첼　근데 기다려 봐. 다행히도 성인들이 계시거든! 그분들 각각은 수천 번도 더 천국에 들어갈 만한 일을 하셨지만, 그게 그분들한테야 아무 소용이 없지, 거긴 딱 한 번밖에 들어갈 수 없으니까. 그러니 뭐라고 생각하셨겠나, 선한 신께서? 아마도 이렇게 생각하셨겠지. '사용하지 않는 입장권들을, 그냥 없어지게 놔둘 게 아니라, 그걸 받을 자격이 없는 자들에게 나눠 주자. 이 착한 페터가 테첼 수사한테서 면죄부를 하나 산다면, 그는 마르티노 성인의 초대장 중 하나로 나의 천국에 들어올 거야.' 어때? 어때? 그러면 해결되지 않나, 응? (박수 소리) 자, 페터, 지갑을 꺼내시게. 형제들, 신께서 그에게 이 말도 안 되는 거래를 제안하셨소, 천국 가는 데 에퀴 금화 두 개, 어떤 구두쇠가, 어떤 수전노가 자기의 영생을 얻는 데 2에퀴를 안 내겠나? (페터가 낸 에퀴 금화 두 개를 집어넣는다.) 고맙네, 자, 집으로 돌아가서 더 이상 죄를 짓지 말게. 또 원하는 사람? 보시오, 이게 진짜 좋은 상품이오, 여기 이 두루마리로 말하자면, 여러분이 이걸 당신들 신부한테 제출하면 그는 당신이 선택한 죽을죄 하나를 사면해 주게 되어 있소. 안 그렇소, 신부님?

신부   그렇게 되어 있지요, 사실입니다.

테첼   그리고 이건? (두루마리 하나를 흔들어 보인다.) 아! 이건, 형제들이여, 이건 선한 신의 섬세함이오. 여기 있는 면죄부들은 연옥에 간 가족이 있는 착한 사람들을 위해 아주 특별히 고안된 것들이오. 여러분이 필요한 돈을 치르면, 여러분의 모든 돌아가신 가족 분들이 날개를 펴고 하늘나라로 날아오를 겁니다. 한 분 올라가시는 데 2에퀴씩이오, 이송은 즉각 이루어집니다. 자!

원하는 사람? 원하는 사람? 자네, 자네는 누구를 잃었
는가?

한농부 어머니요.

테첼 자네 어머니, 그게 다야? 자네 나이에 어머니만 잃었
단 말인가?

농부 (머뭇거리며) 삼촌도 하나 있습죠…….

테첼 그래서 자네 불쌍한 삼촌은 연옥에 놔둔 참인가? 자,
자! 4에퀴 내시게. (금화들을 집어 돈주머니 위로 들고 있
다.) 여기를 보시오, 친구들, 여기를 보시오. 금화가 떨
어지면 영혼들이 날아오릅니다. (그가 금화들을 돈주머
니에 떨어뜨린다. 플루트 연주) 한 분 올라가시고! (두 번
째 플루트 연주) 두 번째 분 올라가시고! 저기들 갑니
다! 저기들 갑니다! 여러분들 머리 위에서 날아다닙
니다, 두 마리 아름다운 하얀 나비! (플루트) 곧 봅시
다! 곧 봅시다! 우리를 위해 기도해 주시고 모든 성인
분들께 안부 잘 전해 주시오. 자, 친구들, 저 두 예쁜이
들한테 인사 좀 하시오. (박수 소리) 다음 차례는 누구
요? (농부들 많은 수가 다가온다.) 자네 아내와 할머니?
자네 누이? (플루트, 플루트) 돈 내시오! 돈 내시오!

괴츠 물러가라!

(무리가 웅성거린다.)

테첼 (신부에게) 누구지?

신부	저들의 옛 영주요. 걱정할 것 없소.
괴츠	헌금 내고 죄를 씻는다고 믿다니 미쳤군, 당신들이 천국을 방앗간 드나들듯 들락거리라고 성인들께서 산 채로 불에 타 돌아가신 줄 알아? 성인으로 말할 것 같으면, 당신들이 그들의 공덕을 돈으로 사서는 구원받을 수 없어, 그들의 덕행을 몸에 익혀야지!
한농부	그렇다면 난 차라리 목매달고서 당장 지옥으로 떨어지는 게 낫겠소. 하루 열여섯 시간씩 일하면서는 성인이 될 수 없소.
테첼	(농부에게) 제발 입 좀 다물어라, 멍청한 놈, 너한테 그렇게까지 안 바라니까. 가끔씩 면죄부 한 쌍씩 사면 너를 불쌍히 여겨 받아 주실 거다.
괴츠	가라! 저이한테서 그 싸구려 물건을 사 줘. 그는 네가 다시 죄를 지을 수 있는 권리를 2에퀴에 팔겠지만, 신께서는 그 거래를 승인하지 않으실 거다! 넌 지옥으로 직행이야.
테첼	그들에게서 희망을 뺏어! 그들에게서 신앙을 뺏어! 잘해 봐! 대신 넌 뭘 채워 줄 거야!
괴츠	사랑.
테첼	사랑에 대해 뭘 아는가?
괴츠	당신은 뭘 아는데? 저들을 하늘로 보내 준다며 이런 식으로 능멸하는 자가 어떻게 저들을 사랑할 수 있겠어?
테첼	(농부들에게) 내가, 나의 어린양들이여, 내가 당신들을 능멸했소?

다함께 오오!

테첼 내가, 나의 어린 암탉들이여, 내가 당신들을 안 사랑
한단 말이오?

농부들 아니, 아니지! 당신은 우리를 사랑하지!

테첼 나는 교회에 속했소, 형제들, 교회 바깥에는 사랑이란
게 없소. 교회는 우리 모두의 어머니요, 그 수도사들과
신부들을 통해서 교회는 그의 모든 자식들에게, 불행
한 운명을 타고난 이들에게도 행복한 운명을 타고난
이들과 똑같이, 똑같은 어머니의 사랑을 베풀고 있는
거요. (방울 소리, 따르륵 소리. 문둥병자가 나타난다. 농
부들이 혼비백산하여 무대 한쪽 구석으로 대피한다.) 저건
뭐지?

(신부와 어린 수사들은 교회 안으로 뛰어 들어간다.)

농부들 (손가락으로 그에게 문둥병자를 가리켜 보이면서) 저기!
저기! 조심하셔! 문둥이야!

테첼 (질겁하며) 아이고 맙소사!

괴츠 (테첼에게 문둥병자를 가리켜 보이며) 그에게 입 맞춰 줘!

테첼 푸하!

괴츠 교회는 자식들 중 가장 못난 자도 멀리하지 않고 혐오
감 없이 사랑한다며, 그에게 당장 입 맞추지 않고 뭘
기다려? (테첼은 머리를 젓는다.) 예수님이라면 그를 품
에 안으셨을 거야. 나는 너보다는 그분을 더 사랑해.

(사이. 그가 문둥병자에게로 간다.)

문둥병자 (입안에서 어물거리며) 또 한 작자가 나한테 문둥병자 입맞춤을 선사하려 하는구먼.

괴츠 이리 오게, 형제여.

문둥병자 그렇지! (그가 데면스럽게 다가간다.) 선생이 구원받는 데 도움이 된다면 내가 거절할 수는 없지, 하지만 빨리 하시오. 다들 똑같군, 선한 신께서 저들한테 천국 갈 기회를 주려고 나한테 일부러 문둥병을 주신 모양이야. (괴츠가 그에게 입 맞추려 한다.) 입엔 안 돼! (입맞춤) 푸하! (그가 닦아 낸다.)

테첼 (웃음을 터뜨리며) 어때? 만족하나? 저자를 봐, 입을 닦고 있어. 저자가 좀 전보다 덜 문둥이 같은가? 어이, 문둥이 양반, 삶이 어떠신가?

문둥병자 건강한 사람이 줄고 문둥병자가 더 늘면 훨씬 좋을 것 같소.

테첼 어디 살지?

문둥병자 숲 속에서 다른 문둥병자들하고 같이.

테첼 그럼 하루 종일 뭣들 하는가?

문둥병자 서로들 문둥병 걸린 이야기를 하오.

테첼 마을엔 왜 내려왔는가?

문둥병자 면죄부 하나 주울 수 있을까 해서 왔소.

테첼 잘 왔군.

문둥병자 당신이 그걸 파신다던데 그게 사실이오?

테첼   2에퀴.

문둥병자 난 돈이 없소.

테첼   (의기양양한 얼굴로 농부들을 향해) 보시오! (문둥병자에게) 완전 새것인 이 아름다운 면죄부가 보이지. 어떤 게 더 좋겠나? 이걸 줄까, 아니면 내가 입술에 입을 맞춰 줄까?

문둥병자 물론…….

테첼   아! 난 네가 원하는 대로 해 줄 거야. 선택하게.

문둥병자 물론, 그걸 주는 게 좋죠.

테첼   여기 있네, 완전 공짜로, 이건 자네의 성모 교회의 선물이네. 받아.

문둥병자 교회 만세!

(테첼이 면죄부를 문둥병자에게 던져 준다. 문둥병자가 날아오는 것을 잡는다.)

테첼   이제 빨리 꺼져.

(문둥병자가 나간다. 방울 소리와 따르륵 소리)

테첼   자, 그럼? 누가 그를 더 사랑했지?

군중   당신이오! 당신이오! 테첼 만만세!

테첼   자, 형제들! 누구 차례요? 먼 고장에서 죽은 당신 누이를 위해서. (플루트 소리) 당신을 키워 준 숙모들을 위해서. 당신 어머니를 위해서. 당신 아버지와 어머니, 그리고 당신 큰아들을 위해서. 돈을 내시오! 돈 내시오! 돈 내시오!

괴츠 개 같은 놈들! (탁자를 내려치자 북이 계단 아래쪽으로 굴러 떨어진다.) 예수님께서는 성전에서 장사치들을 쫓아내셨어……. (괴츠가 말을 멈추고, 적대적인 얼굴로 침묵하고 있는 농부들을 바라본다. 그런 뒤 망토의 두건을 얼굴 위로 눌러쓰고는 신음하며 교회 벽에 대고 무릎을 꿇는다.) 오! 오! 오! 부끄럽습니다! 저는 저들에게 말을 할 줄 모릅니다. 주여, 저들의 마음으로 찾아갈 수 있게 길을 알려 주십시오!

(농부들이 그를 바라본다. 테첼은 미소 짓고 있다. 농부들이 테첼을 바라본다. 테첼은 윙크를 하고 손가락을 입에 대어 조용히 시키고서, 그들에게 고갯짓으로 교회 입구를 가리켜 보인다.
그가 살금살금 교회로 들어간다.
농부들이 들것에 성모상을 싣고서 교회로 들어간다. 그들이 모두 사라진다. 잠시 침묵이 흐른 뒤 하인리히가 일반인 복장으로 교회 문턱에 나타난다.)

3장

하인리히, 괴츠, 나스티.

(하인리히가 나스티를 못 본 채 괴츠 쪽으로 내려온다.)

하인리히 　너는 영혼이 무슨 채소인 줄 아는 모양이군.

괴츠 　　누구지?

하인리히 　정원사라면 당근에는 뭐가 적당한지 결정할 수 있겠
　　　　지만, 다른 사람들을 대신해서 그들한테 어떤 게 선인
　　　　지 선택해 줄 수는 없는 거야.

괴츠 　　누구야? 하인리히?

하인리히 　그래.

괴츠 　　(일어서며 망토 두건을 뒤로 젖힌다.) 내가 처음으로 헛
　　　　짓하게 될 때 꼭 널 다시 볼 줄 알았지. (사이) 여긴 뭐
　　　　하러 왔어? 네 증오심을 키우려고?

하인리히 　"선을 뿌린 자 선을 거두리라." 네가 이렇게 말했지,
　　　　안 그래?

괴츠 　　그랬지, 아직도 그렇게 말하고 있어.

(사이)

하인리히 　네게 수확물을 가져다주러 왔어.

괴츠 　　수확하기엔 너무 이른데.

(사이)

하인리히 　카트린이 죽어 가. 그게 너의 첫 수확물이다.

괴츠   죽어 간다고? 신께서 그녀의 영혼을 거두시길. 나더러
       어떻게 하라고? (하인리히가 웃는다.) 웃지 마, 바보 같
       은 놈! 너도 네가 웃을 줄 모른다는 거 알잖아.

하인리히 (변명하는 어조로) 나한테 인상을 쓰잖아.

괴츠   (몸을 홱 돌리며) 누가? (상황을 이해한다.) 아하! (하인
       리히 쪽으로 몸을 돌리며) 아, 그거, 너희들 이제 헤어지
       지 않는구먼!

하인리히 않지.

괴츠   그게 네 동반자가 되어 주는군.

하인리히 (손으로 얼굴을 쓸어내리며) 그는 피곤해.

괴츠   (하인리히에게로 가며) 하인리히…… 내가 너한테 나쁜
       짓을 했다면 날 용서하게.

하인리히 널 용서하라, 마치 예수님이 물을 포도주로 바꾸셨
       듯이 네가 증오를 사랑으로 바꾸었다고 온천지에 떠
       벌리고 다닐 수 있도록 말이지.

괴츠   자네의 증오는 이제 내 것일세. 내가 너를 증오와 악마
       로부터 해방해 주겠네.

하인리히 (마치 다른 사람이 그의 입을 통해 말하는 듯 바뀐 목소리
       로) 성부와 성자와 성신의 이름으로. 성부는 나요, 내 아
       들은 악마니라. 증오, 그것은 바로 성신이고. 우리의 삼
       위일체를 셋으로 자르는 것보단 하늘의 삼위일체를 갈
       라놓는 게 더 쉬울 거야.

괴츠   그럼, 잘 가게. 보름스에 가서 자네 미사를 드리고 우
       리는 아홉 달 뒤에 보세.

하인리히　난 절대로 보름스로 안 돌아갈 거야, 그리고 다시는
　　　　　미사도 안 드리고. 나는 더 이상 교회 사람이 아니야,
　　　　　광대 놈아. 나는 미사를 집전하고 성사를 집행할 권리
　　　　　를 박탈당했어.

괴츠　　그들이 자네를 무엇 때문에 비난하는데?

하인리히　마을을 넘긴 대가로 돈을 받았다는 거지.

괴츠　　그건 비열한 거짓말이군.

하인리히　그 거짓말, 내가 지어낸 거야. 내가 설교단에 올랐지,
　　　　　그리고 모두들 앞에서 다 고백했어. 돈에 대한 나의
　　　　　사랑, 나의 질투, 나의 규율 위반과 나의 육욕.

괴츠　　거짓말을 했군.

하인리히　그다음에? 보름스 곳곳에서, 교회가 가난한 자들을
　　　　　혐오하고 그래서 가난한 자들을 학살당하게 넘기라
　　　　　는 명령을 나에게 내렸다는 소리가 들렸지. 교회가 나
　　　　　를 부인할 핑곗거리를 줘야 했어.

괴츠　　그럼, 넌 죗값을 치렀군.

하인리히　절대로 죗값을 치를 수 없다는 것 너도 잘 알잖아!

괴츠　　맞아. 그 어떤 것도 아무것도 못 지우지. (사이. 갑자기
　　　　　하인리히에게로 가며) 카트린은 어떻게 된 거야?

하인리히　피가 썩어서, 그녀의 몸이 종양으로 덮였어. 자지도
　　　　　먹지도 못한 지가 삼 주째야.

괴츠　　왜 그녀 옆에 남지 않았나?

하인리히　그녀도 내가 필요 없고 나도 그녀가 필요 없고.

(나스티가 들어와서 뒤에 서 있다.)

괴츠 간호해 줘야지.

하인리히 그녀는 치유될 수 없어, 그녀는 죽을 거야.

괴츠 무엇 때문에 죽어?

하인리히 수치심으로. 더듬고 지나간 온갖 사내들의 손 때문
에 자기 몸에 혐오감을 느끼고 있어. 그 속에 남아 있
는 너의 이미지 때문에 자기 마음에 역겨움을 느끼고.
그녀를 죽이고 있는 병은 바로 너야.

괴츠 그건 지난해 일이야, 사제, 그리고 난 작년의 잘못들
은 인정 안 해. 그 죗값은 다른 세상에서 영원히 치르
도록 하겠어. 하지만 이 세상에서는 끝난 일이야, 난
지체할 시간이 없어.

하인리히 그러니까 두 괴츠가 있는 거군.

괴츠 둘이지, 그래. 하나는 살아서 선을 행하고 있고 악을
행했던 하나는 죽었지.

하인리히 그러니까 너는 죽은 자와 함께 너의 죄들을 묻어 버
렸나?

괴츠 그래.

하인리히 대단하군. 다만 그 아이를 죽이고 있는 것은 그 죽은
자가 아니라 사랑에 온몸을 바치신 순결하고 아름다
운 괴츠님이야.

괴츠 거짓말이야! 범죄를 저지른 건 악한 괴츠야.

하인리히 그건 범죄가 아니었어. 그녀를 더럽히면서 너는 그

녀에게 너 자신이 가진 것보다 훨씬 많은 것을 주었던 거지, 사랑을. 사실은 그녀가 널 사랑했었다는 거야, 왠지는 모르겠지만. 그러고 나서, 어느 날 네가 은총을 입었고, 그러자 넌 카트린 손에 지갑을 쥐어 주며 그녀를 내쫓았지. 그 일로 그녀는 죽어 가는 거야.

괴츠   내가 창녀하고 살 수 있었겠어?

하인리히 물론이지, 그녀를 그렇게 만든 게 너였으니까.

괴츠   선을 거부하거나 그녀를 거부하거나 해야 했어.

하인리히 만일 네가 그녀를 데리고 있었다면 너는 아마 그녀를 구원했을 거고 그녀와 함께 너도 구원했을 거야. 하지만 뭐라고? 영혼 하나를 구한다고, 단 하나만? 괴츠라는 사람이 그렇게 겸손해질 수 있겠어? 더 원대한 계획들이 있었잖아.

괴츠   (갑자기) 그녀는 어디 있어?

하인리히 너의 영지 위에.

괴츠   그녀가 그러니까 나를 다시 보고 싶어 했나?

하인리히 그래. 그러다가 악이 그녀를 길 위에 쓰러뜨렸지.

괴츠   어디에?

하인리히 그건 말해 주지 않겠어, 넌 이미 그녀에게 충분히 나쁜 짓을 했으니까.

괴츠   (주먹을 치켜들고, 격분하여) 난…… (진정한다.) 좋아, 내가 직접 찾지. 잘 있게, 하인리히. (악마 쪽으로 몸을 굽히며) 충성. (나스티 쪽으로 돌아선다.) 가자, 나스티.

하인리히 (알아보고서) 나스티!

(나스티는 괴츠를 따라가려 한다. 하인리히가 그의 길을 막아선다.)

4장

하인리히, 나스티.

하인리히 (머뭇거리며) 나스티! (좀 더 강하게) 나스티, 널 찾아
        다녔어. 멈춰 봐! 너한테 할 말이 있어. 원하는 만큼
        날 경멸해도 좋아, 내 말만 들어준다면. 난 술하임 땅
        을 가로질러 왔어, 폭동의 징후가 보여.
나스티 길 좀 비켜. 알고 있어.
하인리히 이 폭동, 너 이걸 바라는 거야? 말해 봐, 이걸 바라는
        거야?
나스티 그게 너랑 무슨 상관이야? 비켜.
하인리히 (두 팔을 벌리며) 대답 안 해 주면 못 가.

(나스티가 그를 조용히 바라보다가 결심한다.)

나스티 내가 바라든 바라지 않든 이젠 아무도 막지 못해.
하인리히 내가 할 수 있어. 난 이틀 안에 바다를 막을 둑도 쌓
        을 수 있어. 그 대신, 나스티, 너의 용서를 받고 싶어.
나스티 또 그 속죄 놀음인가? (사이) 나한테는 지겨운 놀이야,
        나하고는 관계없거든. 나는 단죄할 자격도 용서할 자
        격도 없어, 그건 신의 소관이야.

하인리히 만일 신께서 너의 용서와 그의 용서 중 하나를 선택
        할 수 있게 해 주신다면 나는 너의 용서를 선택하겠어.

나스티 넌 잘못된 선택을 하는 거야, 말 한 마디 듣자고 천국
        을 놓치게 될 테니.

하인리히 아니야, 나스티. 나는 땅의 용서를 위해 하늘의 용서
        는 포기할 거야.

나스티 땅은 용서하지 않아.

하인리히 피곤하게 하는군.

나스티 뭐?

하인리히 너한테 하는 말 아니야. (나스티에게) 내 일을 쉽게
        만들어 주지 않는군, 사람들이 나에게 자꾸 증오심을
        부추겨, 나스티. 사람들은 나에게 증오심을 부추기는
        데 너는 나를 안 도와주는군. (세 번 성호를 긋는다.) 좋
        아, 지금 당장은 진정됐어. 그러니까, 들어 봐. 어서.
        농부들이 모이고 있어. 제후들하고 담판을 지을 거야.
        그러면 우리한테 며칠 여유가 생기지.

나스티 어떻게 할 건데?

하인리히 (교회를 가리키며) 너도 그들을 봤잖아, 그들은 교회
        를 위해서라면 어떤 일도 마다하지 않을 거야, 이 시
        골 바닥은 다른 독일 땅 어디보다 신앙심이 깊어.

(나스티가 고개를 젓는다.)

나스티 너의 사제들은 무능해, 그들이 사랑받고 있는 건 사실

이지만, 반란을 단죄했다간 그들은 사막에서 설교를
하게 될 거야.

하인리히　내가 기대를 거는 건 그들의 설교가 아니라 그들의
침묵이야. 생각해 봐, 어느 날 아침에 마을 사람들이
잠을 깼는데 교회 문이 열려 있고 교회가 텅 비어 있
는 거지. 새가 날아가 버린 거야. 제단 앞에도 아무도
없고, 제의실 앞에도 납골당에도 아무도 없고, 사제관
에도 아무도 없고…….

나스티　그게 실제로 가능해?

하인리히　모두 준비되어 있어. 여기 사람들 좀 있나?

나스티　몇 명 있지.

하인리히　그들이 마을을 다니면서 다른 사람들보다 더 크게
고함지르는 거야, 특히 신을 모욕하면서 말이야. 그들
이 추문을 만들고 공포심을 조장해야만 해. 그런 다
음, 리기에서, 다음 일요일에, 한창 미사를 드리고 있
는 사제를 그들이 낚아채서 숲 속으로 끌고 가. 그러
고서는 칼에 피를 묻힌 채 되돌아오는 거야. 그날 밤
그 지방 모든 사제들이 비밀리에 그들의 마을을 떠나
서 사람들이 기다리고 있는 마르크슈타인 성으로 올 거
야. 월요일부터 신은 하늘로 다시 올라가 버리신 거
지. 아이들은 더 이상 세례를 못 받게 되고 죄는 더 이
상 용서받지 못할 것이고 병자들은 고해도 못 하고 죽
을까 봐 걱정하겠지! 두려움이 폭동을 덮어 끄게 될
거야.

나스티 　(고심하면서) 가능할 것도…….

(교회 문이 열린다. 훅 실려 나오는 오르간 소리. 농부들이 들것 위에 성모상을 싣고 나온다.)

나스티 　(그들을 쳐다보며) 가능한 일이라면 그렇게 되도록 해야지.
하인리히 　나스티, 부탁이네, 만일 계획이 성공한다면 날 용서하겠다고 말해 주게.
나스티 　나도 그렇게 말해 주고 싶어. 불행한 것은 네가 어떤 놈인지 내가 안다는 거지.

6경

(이 주 후, 교회 안. 마을 사람들 모두가 그곳에 대피해 있고 밖으로는 나가지 않는다. 그들은 거기서 먹고, 거기서 잔다. 지금은 기도를 하고 있다. 나스티와 하인리히가 기도하는 그들을 쳐다보고 있다. 남자들과 여자들이 땅바닥에 뉘어져 있다. 병자들과 장애인들이 교회 안에 옮겨져 있다. 어떤 이들은 설교단 밑에서 신음하며 몸을 떨고 있다.)

1장

(기도 중인) 농부들, 나스티와 하인리히.

나스티 (자기 자신에게) 더 이상 그들 말을 들어줄 수가 없어!
아아! 너희들은 분노 말고는 가진 것이 없었고 그래서
내가 그걸 불어서 꺼 준 거야.

하인리히 무슨 말을 하는 거지?

나스티 아무것도 아니야.

하인리히 만족스럽지 않아?

나스티 그래.

하인리히 도처에서 사람들이 교회 안으로 밀려들고 있어, 두
려움으로 괴로워하고 있고 반란은 유산됐어. 뭘 더 바
라는 거야? (나스티는 대답이 없다.) 그러니까 우리 둘
을 위해 기뻐하자고. (나스티가 그를 때린다.) 도대체 왜
그래?

나스티 기뻐하기만 해, 아주 두들겨 패 놓을 테다.

하인리히 너는 내가 우리의 승리를 기뻐하길 바라지 않는 거
야?

나스티 사람들을 네발로 기어 다니게 해 놓고 네놈이 기뻐하
는 건 원치 않아.

하인리히 내가 한 건, 널 위해서 너의 동의를 받고 한 거잖아?
자신을 의심하는 건가, 예언자? (나스티가 어깨를 으쓱
한다.) 그래도 네가 그들에게 거짓말하는 게 처음은

아니잖아.

나스티   스스로를 방어하지 못하도록 그들을 무릎 꿇게 한 것
　　　　은 처음이야. 내가 미신과 타협하고 악마와 결탁한 것
　　　　은 처음이란 말이야.

하인리히   무섭나?

나스티   악마는 신의 피조물이야, 만일 신이 원하시면 악마가
　　　　내게 복종할 테지. (갑작스럽게) 이 교회 안은 숨이 막
　　　　혀, 가자.

2장

하인리히와 나스티. (나가려고 간다.)
괴츠. (갑자기 들어와서 하인리히를 발로 밟는다.)

괴츠   개 같은 놈! 내기에 이기기 위해서라면 수단 방법을
　　　　안 가리는군. 너 때문에 이 주일이나 허비했어, 나는
　　　　그녀를 찾으려고 내 영지를 열 번도 더 돌아다녔는데
　　　　그녀를 먼 곳에서 찾으러 다니는 동안 그녀가 여기 있
　　　　었다는 걸 알았지. 여기에, 병들어서 땅바닥에 누운
　　　　채 말이야. 내 잘못 때문에. (하인리히가 빠져나와서 나
　　　　스티와 함께 나간다. 괴츠는 혼자 되풀이한다.) 내 잘못 때
　　　　문에…… 아무것도 아니야, 내가 공허한 말만 하는군.
　　　　너는 수치심을 바라지만 나는 그런 게 없어. 내 모든
　　　　상처에서 흘러나오는 건 자존심이야, 삼십오 년 전부

터 나는 거만함으로 터질 지경이지, 그게 수치심으로 죽어 가는 나의 방식이야. 그걸 바꿔야겠지. (갑자기) 나에게서 생각을 없애 줘! 그걸 좀 없애 줘! 내가 날 잊어버리게 해 줘! 나를 곤충으로 바꿔 줘! 그렇게 이루어지소서! (기도하는 농부들의 중얼거리는 소리가 점점 커지다가 다시 작아진다.) 카트린! (그가 사람들 얼굴을 하나씩 훑어보고 이름을 부르며 그들 속을 헤집고 나간다.) 카트린! 카트린! (그가 포석 위에 널브러져 있는 희미한 형체 쪽으로 나간다. 그것을 싸고 있는 덮개를 젖힌다. 안심하면서 덮개를 다시 떨어뜨린다. 그가 한 기둥 뒤로 사라진다. 여전히 그가 이름 부르는 소리가 들린다.) 카트린!

3장

농부들.(만 남아 있다.)

(괘종시계가 일곱 번 울린다.)

잠자던 사람 (포도 위에 누워 있다가, 놀라며 잠에서 깬다.) 몇 시지? 며칠이지?

남자들 일요일 아침 7시야.

아니, 일요일 아니야.

일요일들은 끝났어, 끝났다고, 더 이상 일요일은 없을 거야, 우리 사제가 그걸 가지고 가 버렸어.

그는 우리들한테 평일들만 남겨 놨어, 노동과 배고픔의 그 저주받은 날들 말이야.

농부 　그렇다면, 될 대로 되라지! 난 다시 잘란다! 최후의 심판 때나 깨워 주시게!

한여자 　기도합시다.

(힐다가 짚 한 다발을 들고 들어오고, 그 뒤를 여자 농부 둘이 똑같이 짚단을 들고 따라온다.)

4장

같은 인물들, 힐다, (이어서) 괴츠.

첫번째여자 　힐다, 힐다가 왔어!

두번째여자 　보고 싶었어. 밖은 상황이 어때? 이야기 좀 해 봐.

힐다 　이야기할 것도 없어. 온통 고요하고 짐승들만 울어, 그것들도 무서우니까.

한목소리 　날씨는 좋아?

힐다 　몰라.

목소리 　하늘도 안 쳐다봤어?

힐다 　안 봤어. (사이) 환자들에게 침대를 만들어 주려고 짚을 가져왔어. (두 농촌 여자에게) 날 도와줘. (그들이 환자 하나를 들어서 짚으로 된 침대 위에 눕힌다.) 여기. 자, 이제 이 사람. (같은 작업) 이 여자분. (그들이 울기 시작한 한 노파를 들어 올린다.) 제발 울지 마세요. 저 사람들의 용기를 꺾지 말라고요. 자, 할머니, 할머니가 울기 시작하면 전부 따라서 울 거예요.

노파　(훌쩍거리며) 내 묵주, 저기……. (노파가 좀 전에 누워 있던 장소의 포석을 가리킨다.)

힐다　(짜증이 나서, 묵주를 집어 노파의 무릎 위에 던진다.) 자! (다시 마음을 잡고 훨씬 부드럽게) 기도해요, 자, 기도해! 우는 것보단 기도가 나아, 덜 시끄러우니까. 아! 그렇다고 울면서 기도하면 안 돼요. (그녀가 손수건으로 노파의 눈을 닦아 준다.) 자! 자! 코 풀어요! 이제 끝! 울지 말라고 했지요, 우리들은 죄인이 아니고 신도 우리를 벌할 권리가 없어요.

노파　(훌쩍거리며) 아아! 애야! 그분한테는 모든 권리가 다 있다는 거 너도 알잖아.

힐다　(격하게) 그분에게 죄 없는 사람들을 벌할 권리가 있다면 난 당장 악마한테 가 버리겠어. (사람들이 깜짝 놀라서 그녀를 쳐다본다. 그녀는 어깨를 으쓱하고 기둥에 가서 기댄다. 마치 추억에 사로잡힌 양 잠시 멍하게 서 있다. 그러고서는 갑자기 혐오스럽다는 듯이) 체!

첫 번째 여자　힐다! 왜 그래?

힐다　아무것도 아니야.

여자　우리가 희망을 가질 수 있도록 그렇게 잘해 주더니…….

힐다　누구에 대한 희망? 무엇에 대한 희망?

여자　힐다, 네가 절망하면 우리도 모두 너를 따라 절망하게 되잖아.

힐다   좋아. 내가 하는 말 신경 쓰지들 마요. (몸을 부르르 떤다.) 춥다. 당신들이 세상의 유일한 온기야. 서로서로 꽉 부둥켜안고 기다려야 돼요.

한목소리   뭘 기다려야 하는데?

힐다   따뜻해지기를. 우리는 배고프고 목말라요, 우리는 무섭고, 우리는 아프고, 그래도 단 하나 기대하는 것은 따뜻해지는 거야.

여자   그럼, 나한테 와, 이리 와! (힐다는 움직이지 않는다. 일어나서 힐다에게로 간다.) 그녀는 죽었어?

힐다   응.

여자   신께서 그 영혼을 거두시길.

힐다   신? (짧은 웃음) 그분은 그러고 싶지 않으셔.

여자   힐다! 어떻게 감히 그런 말을?

(군중 속의 웅성거림)

힐다   그녀는 죽기 전에 지옥을 봤어. 갑자기 몸을 일으켜 세우더니, 자기가 본 걸 말해 주고는 죽었어.

여자   아무도 그녀 옆을 안 지키나?

힐다   아무도 없어. 당신 갈래요?

여자   세상 황금을 다 준다 해도 안 가.

힐다   좋아. 난 곧 다시 갈 거예요. 조금 있다가, 몸 좀 덥히고서.

여자   (군중 쪽으로 몸을 돌리며) 기도합시다, 형제들! 가엾게
       죽은 한 여인을 위해, 지옥을 보았고 지옥으로 떨어질
       지도 모르는 그 여인을 위해 용서를 빕시다.

(그녀가 물러 나와 무릎을 꿇는다. 기도하는 단조로운 웅성거림. 괴
츠가 나타나서 기둥에 기대서 있는 힐다를 쳐다본다.)

힐다   (낮은 목소리로) 당신의 용서를 구한다니! 도대체 당신
       이 우리의 무엇을 용서한다는 건가요? 당신한테 우리
       의 용서를 빌다니! 나로서는 당신이 내게 어떤 일을
       예정해 놓으셨는지 모르겠고 그녀를 거의 알지도 못
       하지만, 만일 그녀를 지옥으로 보내신다면 나는 당신
       의 하늘을 원하지 않습니다. 천국에서 천년을 보낸다
       한들 내가 그녀의 눈에서 본 공포를 잊을 수 있을 것
       같나요? 지옥에 저주받은 자들과 지상에 가난한 자들
       이 있을 때에야 즐거워들 하는 당신의 그 멍청한 선
       민들을 난 경멸할 뿐입니다. 나는 인간들 편이고 그쪽
       편에서 떠나지 않을 겁니다. 당신은 날 사제 없이 죽
       게 할 수도 있고 당신의 심판대에 기습적으로 나를 소
       환할 수도 있겠지요. 누가 누구를 심판하게 될지 두고
       봅시다. (사이) 그녀는 그를 사랑했어요. 밤새도록 그
       를 찾아 대며 울부짖었어요. 그런데 그놈은 도대체 뭐
       하고 있었나요, 그 사생아는? (갑자기 사람들 쪽으로 돌
       아선다.) 당신들 기도하고 싶으면, 리기에 쏟은 피가 괴

츠의 머리 위로 떨어지게 해 달라고 청하세요.

한목소리 괴츠라고!

힐다 그자가 바로 죄인이오!

목소리 사생아 괴츠에게 천벌을 내리시길!

괴츠 (짧은 웃음) 이것 보라니까! 악을 행하든 선을 행하든 난 언제나 증오의 대상이군. (한 농부에게) 저 사람은 누구요?

농부 그야, 힐다지.

괴츠 힐다 누구?

농부 힐다 렘.[16] 그녀 부친은 마을에서 가장 부유한 방앗간 주인이오.

괴츠 (씁쓸해하며) 당신들은 그녀의 말을 마치 신탁이라도 되는 양 듣는구려. 그녀가 괴츠에 반대해서 기도하라 고 했더니 모두들 이렇게 무릎을 꿇어 버리네.

농부 아! 그것은 우리가 그녀를 정말 좋아하기 때문이오.

괴츠 그녀를 좋아한다고? 그녀는 부자인데 당신들이 그녀 를 좋아한다고?

농부 그녀는 부자가 아니오. 작년에 수녀가 될 작정이었는 데, 기근이 계속되는 동안 수도 서약을 거부하고 우리 들하고 같이 살러 왔지요.

괴츠 사람들한테서 사랑받기 위해 그녀가 어떻게 하오?

---

16) 처음 이 작품이 《현대》에 발표될 당시에 힐다 렘(Hilda Lemm)의 성은 람 (Lamm, 독일어로 '어린양')이었으나, 사르트르가 너무 눈에 띄는 은유적인 표 현을 피하기 위해 이름을 수정했다.

농부   착한 수녀처럼 살지요, 모든 것을 포기하고, 모든 사람을 도와주고…….

괴츠   그래, 그래. 그런 것들은 나도 다 할 줄 알지. 다른 게 있지 않겠소, 안 그래요?

농부   내가 아는 한은 없어요.

괴츠   아무것도? 흠!

농부   그녀는…… 그녀는 다정해요.

괴츠   (웃음을 터뜨린다.) 다정하다고? 고맙소, 노형, 이제 알겠소. (자리를 뜬다.) 그녀가 선을 행하는 것이 사실이라면 저는 기뻐하겠습니다, 주님, 마땅히 그래야 하듯이 기뻐하겠습니다. 주님의 왕국이 도래하기만 한다면 그것이 그녀에 의해서든 저에 의해서든 무슨 상관이겠습니까. (그녀를 적대적인 시선으로 바라본다.) 착한 수녀처럼! 그럼 나는? 나는 수도사처럼 안 살고 있나? 그녀는 했고 나는 안 한 게 뭐지? (다가간다.) 안녕하시오! 카트린을 아시오?

힐다   (깜짝 놀라며) 그걸 왜 나한테 물어요? 누구세요?

괴츠   대답해 봐요. 그녀를 아시오?

힐다   예. 예. 그녀를 알아요. (갑자기 괴츠의 망토 두건을 젖혀서 그의 얼굴을 드러나게 한다.) 아, 당신, 난 당신도 알지, 한 번도 본 적은 없지만. 당신 괴츠죠?

괴츠   그래, 그렇소.

힐다   드디어!

괴츠   그녀 어디 있소? (힐다는 대답 없이 분노의 웃음을 띠며 그를 쳐다본다.)

힐다　보게 될 겁니다, 하나도 안 급해요.

괴츠　그녀가 오 분이라도 더 고통을 겪고 싶어 한다고 생각하는 거요?

힐다　당신을 보면 그녀의 고통이 끝날 거라고 생각해요? (그를 쳐다본다. 사이) 둘 다 좀 기다려요.

괴츠　우리보고 뭘 기다리라는 거지?

힐다　내가 당신을 편하게 잘 쳐다볼 수 있도록.

괴츠　미쳤군! 난 당신을 모르고 알고 싶지도 않소.

힐다　난 당신을 알아요.

괴츠　아니오.

힐다　아니라고요? 당신 가슴에는 보풀 같은 털이 무성하게 나 있어서 꼭 검은 벨벳 같지요. 사타구니 왼쪽엔 사랑을 나눌 때면 부풀어 오르는 보라색 정맥이 있고, 허리 위쪽엔 태어날 때부터 생긴 것 같은 커다란 반점이 있잖아요.

괴츠　그걸 어디서 알았지?

힐다　벌써 닷새 밤낮을 카트린 옆에서 지키고 있지요. 우리 셋이서 한방에 같이 있었어요, 그녀하고 나하고 당신. 셋이서 사이좋았어요. 그녀한테는 아무 데서나 당신이 보였고 그래서 나중엔 내 눈에도 당신이 보였죠. 밤마다 수십 번씩 문이 열리면서 당신이 들어오곤 했어요. 당신은 게으르고 건방진 태도로 그녀를 쳐다봤고 그녀의 목덜미를 두 손가락으로 애무했지요. 이렇

게. (그녀가 괴츠의 손을 난폭하게 잡는다.) 보자, 이 손
가락에 뭐가 있나? 뭐가 있기에? 그냥 살로 되어 있는
데, 그 위에 털이 나 있고. (괴츠를 거칠게 물리친다.)

괴츠   그녀가 무슨 말을 했소?

힐다   내가 당신에게 혐오감을 느끼는 데 필요했던 모든 것.

괴츠   내가 난폭하고 상스럽고 불쾌했다고?

힐다   당신이 잘생겼고 지적이고 용감했다고, 당신이 거만
하고 잔인했다고, 어떤 여자라도 당신을 보면 사랑하
지 않을 수 없었다고.

괴츠   그녀가 다른 괴츠를 말했던 거 아닌가?

힐다   한 명밖에 없었어요.

괴츠   하지만 **당신** 눈으로 날 보시오. 어디에 잔인성이 있
소? 어디에 거만함이 있소? 아이고, 어디에 지성이 있
소? 예전엔 명철하게 멀리 내다보았더랬지, 왜냐하면
악이란 단순하거든. 한데 내 시야가 흐려졌소, 세상이
내가 이해 못 할 것들로 가득 차 버렸어. 힐다! 부탁인
데 나하고 적이 되지는 말아 줘요.

힐다   그래 봐야 당신한테 무슨 일이 있겠어요, 내가 당신을
해코지할 수 있는 것도 아닌데?

괴츠   (농부들을 가리키며) 저들 옆에 있으면서 나한테 해를
끼쳤잖소.

힐다   저들은 내 사람이고 나는 저들의 사람이에요, 당신 문
제에 그 사람들을 끌어들이지 말아요.

괴츠   저들이 당신을 사랑한다는 게 사실이오?

힐다   그래요, 사실이에요.

괴츠   왜?

힐다   그런 질문은 한 번도 안 해 봤는데.

괴츠   설마! 그건 당신이 예뻐서지!

힐다   아니오, 대장님. 당신네들이야 아무 할 일도 없고 양
       념 진한 요리를 드시니까 예쁜 여자들을 좋아하시겠
       지요. 나의 형제들은 하루 온종일 일하고 배가 고픕니
       다. 그들에게는 여자의 아름다움이 눈에 안 들어와요.

괴츠   그럼, 뭐야? 그들한테 당신이 필요해서라는 거요?

힐다   오히려 나한테 그들이 필요해서겠죠.

괴츠   왜?

힐다   모르겠어요.

괴츠   (그녀에게로 가서) 그들이 당신을 금방 사랑했소?

힐다   금방이었죠, 그래요.

괴츠   (혼잣말로) 내가 그럴 줄 알았어, 금방이거나 절대 아
       니거나지. 이기거나 지는 것은 미리 정해져 있어, 시
       간이나 노력은 아무 소용없는 거고. (갑자기) 신이 그
       걸 원하실 리가 없어, 불공평해. 저주받은 채 태어나
       는 사람들이 있다는 말이잖아.

힐다   있죠, 예를 들어 카트린 같은.

괴츠   (아랑곳없이) 그들한테 어떻게 한 거지, 이 마녀야? 내
       가 실패했던 걸 성공시키려면 그들한테 뭔가 했어야
       했을 텐데?

힐다   그러는 당신은, 카트린을 홀리기 위해 무슨 짓을 했던

거예요?

(그들은 서로에게 빠져 마주 본다.)

괴츠   (그녀를 계속 쳐다보면서) 당신은 내게서 그들의 사랑을 훔쳐 갔소. 당신을 바라보면 내 눈엔 그들의 사랑이 보이오.

힐다   난, 당신을 바라보면 카트린의 사랑이 보이고 소름이 돋아요.

괴츠   내가 뭘 잘못했소?

힐다   내가 카트린의 이름으로 당신을 비난하는 것은 그녀를 절망에 빠뜨렸다는 거예요.

괴츠   당신이 상관할 바 아니오.

힐다   내가 저 여자들과 저 남자들의 이름으로 비난하는 것은 당신의 땅을 우리 위에 수레째 쏟아부어서 그 속에 파묻히게 했다는 거고.

괴츠   꺼져 버려! ……내가 여자 하나 앞에서 변명할 필요는 없지.

힐다   내가 나 자신의 이름으로 당신을 비난하는 것은 억지로 나와 잠자리를 같이했다는 거고.

괴츠   (놀라며) 당신하고 잤다고?

힐다   닷새 밤을 연속해서, 당신은 술수와 폭력을 써서 날 가졌죠.

괴츠   (웃으며) 꿈속에서 그랬겠지!

힐다   꿈속에서, 맞아요. 꿈속이었어요. 그녀의 꿈속, 그 속
      으로 그녀가 날 끌어들였어요. 나는 저들의 아픔을 같
      이 아파하듯이 그녀의 아픔 속에서 아파 보고 싶었는
      데, 그게 함정이었죠. 내가 그녀의 사랑으로 당신을
      사랑했어야 했으니까. 천만다행이에요, 내가 당신을
      보다니. 대낮에 당신을 봐서 이젠 벗어났어요! 낮에
      는, 당신은 당신일 수밖에 없으니까.

괴츠   좋소, 그래, 깨어나요, 모든 건 당신 머릿속에서 일어
      났으니까. 난 당신을 안 건드렸고, 오늘 아침까지 당
      신을 본 적도 없소, 당신한테는 아무 일 없었어요.

힐다   아무 일 없었죠. 절대 아무 일 없었어요. 그녀가 내 팔
      에 안겨 소리 질렀지만 그거야 상관없죠. 나한테는 아
      무 일도 없었어요, 당신은 내 가슴도 내 입술도 건드
      리지 않았으니까. 물론이죠, 잘생긴 나의 대장님, 당
      신은 부자들처럼 혼자이고 남한테서 입은 상처가 아
      니면 결코 아파 본 적도 없지요, 그게 당신의 불행이
      에요. 난 나의 몸을 잘 못 느껴요, 나는 나의 생명이 어
      디서 시작하고 어디서 끝나는지도 모르고 사람들이
      나를 불러도 대답하지 않을 때가 있어요, 그만큼 가끔
      은 내가 이름을 가지고 있다는 것이 놀라운 거죠. 그
      런데 나는 모든 몸들 속에서 아파요, 나는 모든 뺨들
      을 통해 얻어맞고, 모든 죽음들 속에서 죽어 가요. 당
      신이 강제로 범했던 모든 여자들, 그들을 당신은 내
      살 속에서 강간했어요.

괴츠   (의기양양하여) 드디어! (힐다가 놀라서 그를 쳐다본다.)
       당신이 처음이야!

힐다   처음?

괴츠   처음으로 나를 사랑할 사람.

힐다   내가? (웃는다.)

괴츠   당신은 이미 날 좋아해. 나는 당신을 닷새 밤 동안 품
       었고 당신한테 자국을 남겼어. 당신은 나에게서 카트
       린이 내게 품었던 사랑을 사랑하고, 나는 당신에게서
       저들의 사랑을 사랑하는 거지. 당신은 날 사랑하게 될
       거야. 또 당신 말대로 저들이 당신 거라면 그들도 당
       신을 통해서 나를 사랑할 수밖에 없을 거야.

힐다   언젠가 내 두 눈이 당신을 정답게 바라보게 된다면 난
       바로 눈을 파 버릴 거야. (그가 그녀의 팔을 잡는다. 갑자
       기 그녀가 웃음을 멈추고 그를 차갑게 쳐다본다.) 카트린
       은 죽었어요.

괴츠   죽었다고! (그 소식에 넋을 잃는다.) 언제?

힐다   조금 전에.

괴츠   그녀……고통스러워했소?

힐다   그녀는 지옥을 봤어요.

괴츠   (비틀거리며) 죽었다고!

힐다   그녀가 당신 손아귀에서 빠져나가지요, 그렇죠? 가서
       어디 그녀 목덜미를 애무해 봐요.

(침묵, 이어서 교회 안쪽에서 비명 소리. 농부들이 일어나서 교회 입

구 쪽을 돌아본다. 잠시 기다림.

웅성거림이 커지더니, 하인리히와 나스티가 카트린을 들것에 싣고 나타난다.)

5장

같은 인물들, 하인리히, 나스티와 카트린.

카트린　(이제 소리 지르지 않는다. 몸을 반쯤 일으킨 채 중얼거린다.) 안 돼! 안 돼! 안 돼! 안 돼! 안 돼!

괴츠　(소리치며) 카트린! (힐다에게) 못된 년! 나한테 거짓말 했어!

힐다　난……난 거짓말 안 했어요, 괴츠, 그녀 심장이 멈췄었단 말이에요. (그녀가 카트린을 들여다본다.)

하인리히　그녀가 길에서 소리치는 걸 들었어, 악마가 자기를 지켜보고 있다더군. 우리한테 자기를 십자가 밑에 데려다 달라고 애원했어.

(군중이 그들 앞을 위협적으로 막아선다.)

목소리　안 돼! 안 돼! 그 여자는 저주받았어! 여기서 나가! 어서 나가! 당장 여기서 나가!

괴츠　물론이지, 개 같은 것들, 기독교의 자비가 어떤 건지 내가 보여 주지!

힐다   입 다물어요, 당신은 해만 끼치는군요. (농부들에게)
      이건 시체예요. 악마들한테 둘러싸이는 바람에, 영혼
      이 거기에 달라붙어 있는 거예요. 당신들도 마찬가지
      예요, 악마가 당신들을 감시하고 있어요. 당신들이 이
      여자를 동정하지 않으면 누가 당신들을 동정해 주겠
      어요? 가난한 사람들이 서로 사랑하지 않으면 도대체
      누가 가난한 사람들을 사랑해 주겠어요? (군중이 조용
      히 길을 터 준다.) 원하는 대로 그녀를 예수님의 발밑에
      데려다 주세요.

(하인리히와 나스티가 십자가 밑으로 들것을 가져간다.)

카트린 여기 있어?
힐다   누가?
카트린 신부님.
힐다   아직.
카트린 신부님을 찾아와! 어서! 올 때까지 버틸 테니까.
괴츠   (다가가며) 카트린!
카트린 그분이야?
괴츠   나야, 내 사랑.
카트린 당신? 아아! 난 신부님인 줄 알았는데. (그녀가 소리 지
      르기 시작한다.) 나는 사제가 필요해, 어서 가서 찾아
      와, 고해성사도 못 한 채 죽고 싶지 않단 말이야!
괴츠   카트린, 걱정할 것 하나도 없어, 그들은 너를 해치지

않을 거야, 넌 이승에서 너무 고통을 많이 겪었잖아.

카트린   그들이 보인다니까.

괴츠   어디에?

카트린   사방에. 저것들한테 성수를 뿌려요. (다시 소리 지르기 시작한다.) 구해 줘요, 괴츠, 구해 줘. 다 당신이 한 거잖아, 난 죄가 없어. 날 사랑한다면, 구해 줘!

(힐다가 그녀를 두 팔로 안고 들것에 다시 눕히려고 한다. 카트린이 소리 지르며 몸부림친다.)

괴츠   (애원하며) 하인리히!

하인리히   난 더 이상 교회 사람이 아니라니까!

괴츠   그녀는 그걸 몰라. 네가 이마에 성호를 그어 주면 그녀를 공포에서 구할 수 있어.

하인리히   그게 무슨 소용이야, 죽음 저편에서 다시 두려워질 텐데.

괴츠   하지만 그것은 다 헛소리잖아, 하인리히!

하인리히   그렇게 생각해? (웃는다.)

괴츠   나스티, 넌 모든 사람이 다 사제라고 했으니까…….

(나스티는 어깨를 으쓱하고 말도 안 된다는 의미의 손짓을 한다.)

카트린   (그들의 말을 못 들은 채) 정말 내가 죽어 가는 게 안 보여요? (힐다가 다시 그녀를 눕히려 한다.) 날 놔둬요! 놔두라고!

괴츠 (혼잣말로) 내가 할 수만 있다면……. (그가 갑자기 마음
을 굳히고 군중 쪽으로 돌아선다.) 이 여자는 내 잘못으
로 망가졌으니 나로 인해 구원받을 것이오. 다들 가시
오. (그들이 천천히 나간다. 나스티는 하인리히를 끌고 간
다. 힐다는 머뭇거린다.) 당신도, 힐다.

(힐다가 괴츠를 바라보다가 나간다.)

6장

괴츠, 카트린, (잠시 후에) 군중.

괴츠 잘 걸렸소! 당신이 아무리 기적에 인색하다 해도 이번
만은 날 위해 하나 해 주셔야겠습니다.

카트린 다들 어디 가는 거야? 날 혼자 두지 마.

괴츠 아니야, 카트린, 아니야, 내 사랑, 내가 널 구할 거야.

카트린 당신이 어떻게? 당신은 사제가 아니잖아.

괴츠 예수님께 네가 지은 죄들을 나한테 달라고 부탁할 거
야. 내 말 들려?

카트린 들려요.

괴츠 내가 너 대신 그 죄를 짊어질 거야. 너의 영혼은 태어
나던 날처럼 깨끗해지지. 사제가 죄를 사해 준 것보다
더 깨끗해질 거야.

카트린　당신의 기도가 통했는지 내가 어떻게 알죠?

괴츠　기도하러 갈 거야, 내가 문둥병이나 괴사로 얼굴이 썩어서 돌아오면, 날 믿어 주겠어?

카트린　그래요, 내 사랑, 믿을게요.

(그가 자리를 뜬다.)

괴츠　그 죄들은 내 겁니다, 아시잖아요. 내 것을 돌려주시오. 당신은 이 여자를 지옥에 보낼 권리가 없습니다, 죄인은 나뿐이니까요. 자! 내 팔이 여기 있습니다, 내 얼굴과 내 가슴이 여기 있어요. 내 뺨을 썩게 해요, 그녀의 죄가 내 눈과 내 귀의 고름이 되게 하고, 그것이 내 등과 내 허벅지와 내 성기를 염산처럼 태우기를. 나를 문둥병, 콜레라, 페스트에 걸리게 하시오, 대신 그녀를 구해 줘요.

카트린　(훨씬 약하게) 괴츠! 도와줘요!

괴츠　내 말 듣고 있습니까, 귀머거리 신이여? 내가 제안하는 거래를 거절하지 마십시오, 정당하니까요.

카트린　괴츠! 괴츠! 괴츠!

괴츠　아아! 저 목소리를 더는 못 듣겠어. (그가 설교단을 기어오른다.) 당신은 인간들을 위해 죽었잖소, 그래요, 안 그래요? 그렇다면 보시오, 인간들이 고통스러워해요. 다시 죽기 시작해야 돼요. 주시오! 나에게 당신의 상처를 주시오! 당신 허리의 찢어진 곳도 주시고, 당신 손의 두 구멍도 내게 주시오. 한 분의 신이 그들을 대신해서 고통을 짊어질 수 있었다면, 한 사람의 인간은 왜 안 됩니까? 나를 질투하는 겁니까? 당신의 성흔을 주시오! 그걸 달라고! (그가 예수 앞에서 두 팔을 십자로 벌린다.) 그걸 주시오! 그걸 주시오! 그걸 주시오! (마치 주술 노래처럼 "그걸 주시오!"를 반복한다.) 귀가 먹은 거요? 그럴 줄 알았지, 내가 너무 멍청했어, 하늘은 스스로 돕는 자를 돕는 법이지! (허리춤에서 칼을 꺼내서 오른손으로 왼손을, 왼손으로 오른손을 찌르고, 자기 옆구리를 찌른다. 그러고 나서 단도를 제단 뒤로 던지고 몸을 기울여 예수의 가슴 위에 피를 묻힌다.) 모두들 와 보시오! (그들이 들어온다.) 예수님이 피를 흘리시오. (웅성거림. 그가 두 손을 든다.) 보시오, 신께서 자비를 베푸시어 내게 성흔을 남겨 주셨소. 예수님의 피가, 형제들이여, 예수님의 피가 내 손에서 흐르고 있소. (그가 설교단을 내려와서 카트린에게 다가간다.) 더 이상 아무것도 두려워 마, 내 사랑. 내가 우리 주 예수의 피로 너의 이마와 눈과 입을 만지고 있어. (그녀의 얼굴에 피를 묻힌다.) 아직도 그것들이 보여?

카트린 아니오.

괴츠 편히 눈 감아.

카트린 당신의 피, 괴츠, 당신의 피. 나를 위해 그걸 주었어.

괴츠 예수님의 피야, 카트린.

카트린 당신의 피…….

(그녀는 죽는다.)

괴츠 모두들 무릎 꿇으시오. (군중이 무릎을 꿇는다.) 당신의
      사제들은 개 같은 놈들이오. 하지만 걱정하지 마시오.
      내가 당신들 한가운데 있으니까. 예수님의 피가 이 손
      에 흐르는 한 그 어떤 불행도 당신들을 건드릴 수 없
      을 것이오. 집으로 돌아가서 즐기시오, 잔치니까. 오
      늘, 신의 통치가 우리 모두를 위해 시작되고 있소. 우
      리는 태양의 마을을 건설할 것이오.

(사이. 군중은 아무 말 없이 천천히 빠져나간다. 한 여자가 괴츠의 곁
을 지나가면서 그의 손을 잡고서 자기 얼굴을 그의 피로 마구 문질러
바른다. 힐다가 뒤에 남아 있다가 괴츠에게로 다가간다. 그러나 괴츠
는 그녀를 보지 못한다.)

힐다 저들에게 나쁜 짓 하지 말아요.

(괴츠는 대답이 없다. 그녀가 간다. 괴츠가 비틀거리고 기둥에 기댄다.)

괴츠 저들은 내 거야. 드디어.

                                        (막)

3막

7경

(알트바일러의 한 광장)

1장

(교사 역할을 하고 있는) 한 여자 농부, (주위에 모여 있는) 농부들, (조금 후에) 카를과 젊은 여자.

교사   (부드러운 인상의 젊은 여성이다. 막대기를 하나 들고서 땅
        에 써 놓은 글자들을 가리킨다.) 이 글자는 뭐지요?
한 농부   A요.
교사   그리고 이건요?

다른농부 M이오.

교사   그리고 이 세 글자는?

농부   O S R.

교사   아니죠.

다른농부 O U R.

교사   단어 전체는?

한농부   Amour.[17]

모든 농부들 Amour, Amour…….

교사   힘내요, 형제들! 곧 읽을 줄 알게 될 거예요. 선과 악을
       구분하고 진짜와 가짜를 구별할 수 있을 거예요. 자,
       이제 대답해 봐요, 당신, 거기…… 우리의 첫 번째 천
       성은 뭐죠?

한 여자 농부 (교리문답을 하듯이) 우리의 첫 번째 천성은 우리
       가 괴츠를 알기 전에 지니고 있던 천성입니다.

교사   그것은 어땠죠?

한농부   (똑같은 태도로) 나빴습니다.

교사   우리의 첫 번째 천성을 어떻게 이겨 내야 하지요?

한농부   제2의 천성을 만들어서요.

교사   어떻게 우리 안에서 제2의 천성을 만들어 내지요?

한 여자 농부 몸으로 사랑의 몸짓을 배워서요.

교사   사랑의 몸짓들은 사랑인가요?

한 여자 농부 아니오, 사랑의 몸짓은 그게 아니…….

---

17) '사랑'이라는 뜻의 프랑스어.

(힐다가 들어온다. 농부들이 그녀를 가리킨다.)

교사   뭐요? (돌아다본다.) 아! 힐다! ……(사이) 자매님……
       우리를 방해하시는군요.

힐다   내가 어떻게 당신들을 방해한다는 거죠, 아무 말도 안
       하는데.

교사   아무 말 안 해도 우리를 쳐다보고 있잖아요, 또 우리도
       알아요, 당신이 우리와 의견이 같지 않다는 걸.

힐다   내 마음대로 생각도 못 하나요?

교사   안 돼요, 힐다. 여기선 백일하에 다 들리게 생각해요.
       각자의 생각은 모두의 것이죠. 우리한테 안 오겠어요?

힐다   안 가요!

교사   그러니까 우리를 사랑하지 않는 거예요?

힐다   사랑해요, 하지만 내 방식이 있어요.

교사   우리가 행복하면 좋지 않아요?

힐다   난…… 아아! 형제들, 당신들은 너무 고생했어요, 당
       신들이 행복하다면 나 역시 그래야 하죠.

(카를이 눈에 붕대를 두른 채 젊은 여자의 손에 이끌려 들어온다.)

교사   거기 가는 사람 누구죠?

젊은 여자   우린 태양의 마을을 찾아요.

한농부   태양의 마을, 당신들이 서 있는 곳이오.

젊은 여자   (카를에게) 그럴 줄 알았다니까. 당신이 이 사람들

얼굴이 얼마나 좋은지 못 보는 게 정말 유감이에요,
참 좋아할 텐데.

(농부들이 그들에게 환심을 사려고 애쓴다.)

농부들   가엾은 사람들! 목 안 마르시오? 배고프지요? 좀 앉아
       요!
카를   (앉으며) 아아! 정말 좋은 분들이시군요.
한 농부 여긴 모든 사람들이 다 좋아요. 모두가 행복하지요.
다른 농부 하지만 요새처럼 혼탁한 시절엔 거의 여행을 하지
       않지요. 게다가 우린 우리끼리 사랑할 수밖에 없는 처
       지라. 그래서 당신의 도착에 우리가 이렇게 기뻐하는
       거예요.
한 여자 농부 이방인을 환대해 줄 수 있다는 건 기분 좋은 일이
       죠. 뭐하러 오셨소?
젊은 여자 손에서 피 흘리시는 분을 뵙고 싶어요.
카를   그분이 기적을 행한다는 게 정말입니까?
한 여자 농부 그것만 하시죠.
카를   그분 손에서 피가 흐른다는 것도 진짜요?
한 농부 하루도 피가 안 흐르는 날이 없소.
카를   그럼 내가 시력을 찾을 수 있게 그분이 내 이 불쌍한
       두 눈에 피를 조금 묻혀 주면 좋겠소만.
한 여자 농부 아! 아! 그게 바로 그분 일이오. 당신을 낫게 해
       줄 겁니다!

카를　　당신들은 얼마나 좋을까, 그래, 그런 분이 옆에 있으
　　　　니. 한데 당신들은 이제 악이 될 짓도 안 하시는 거요?

한농부　아무도 술 마시지 않고, 아무도 도둑질하지 않죠.

다른농부　남편이 아내를 때리는 것도 금지되어 있소.

한농부　부모가 자기 자식을 때리는 것도 금지예요.

카를　　(벤치에 앉으면서) 그렇게 계속되기만 한다면.

한농부　신이 원하시는 한 계속될 거요.

카를　　하아! (한숨을 쉰다.)

교사　　왜 한숨을 쉬세요?

카를　　저 애가 사방에서 무기를 든 사람들을 봤대요. 농민들
　　　　과 제후들이 서로 싸울 모양이오.

교사　　하이덴슈탐 땅에서요?

카를　　아뇨, 하지만 그 주변에서 다요.

교사　　그 경우는 우리랑 상관없어요. 우리는 아무에게도 해
　　　　를 끼치고 싶어 하지 않으며, 우리의 임무는 사랑을
　　　　온 세상에 퍼뜨리는 거니까요.

카를　　브라보! 그들을 그러니까 서로 죽이도록 내버려 둡시
　　　　다. 증오, 살육, 타인의 피야말로 당신들 행복의 필수
　　　　불가결한 영양분이니까.

한농부　당신 무슨 말을 하는 거야? 미쳤군.

카를　　정말이오, 나는 사방에서 하는 소리를 따라 한 거요.

교사　　뭐라고 하는데요?

카를　　그들은 당신들의 행복이 자기들의 고통을 더 견딜 수
　　　　없게 만들었고 그로 인한 절망 때문에 자기들이 극단

적인 결심을 하게 되었다고 말하고 있소. (사이) 쳇! 그런 거 신경 안 쓰길 잘했소, 당신들의 행복을 위해 몇 방울의 피라, 훌륭한 거래지! 그다지 비싼 값을 치르는 건 아니니까!

교사 우리들의 행복은 신성한 겁니다. 괴츠가 그렇게 말했어요. 왜냐하면 우리가 행복한 것은 우리 자신만의 이득을 위해서가 아니라 모두의 이득을 위해서니까요. 우리는 모두에게 그리고 모두의 앞에서 행복이 가능하다는 것을 증명하고 있지요. 이 마을은 성소입니다. 마치 기독교인들이 성지로 눈을 돌리듯이 모든 농민들이 우리들 쪽으로 그렇게 할 것입니다.

카를 내가 마을로 돌아가게 되면 사방에 이 좋은 소식을 알리겠소. 일가족 전체가 배고파서 죽어 가지만, 당신들이 행복한 건 다 그들 잘되라고 그러는 거라고 하면 아주 기뻐할 집들을 내가 알고 있으니까. (농부들의 거북한 침묵) 그런데 당신들은 무엇을 할 겁니까, 착한 사람들, 만일 전쟁이 일어나면?

한 여자 농부 우린 기도할 겁니다.

카를 아! 난 당신들이 결단을 내릴 수밖에 없지 않을까 걱정했소.

교사 그거라면, 아니오!

모든 농부들 아니오! 아니오! 아니오!

카를 인간이 되고 싶어 하는 노예들의 전쟁이라면 성스러운 전쟁 아닙니까?

교사 　모든 전쟁은 다 불순한 거지요, 우리는 사랑의 수호자
　　　와 평화의 순교자로 남을 겁니다.

카를 　군주들이 당신들의 성문에서 당신들의 형제를 약탈
　　　하고 강간하고 죽이는데 당신들은 그들을 증오하지
　　　않습니까?

한 여자 농부 　우리는 악독한 그들을 불쌍히 여겨요.

모든 농부들 　우리는 그들을 불쌍히 여기고 있소.

카를 　만일 그들이 악독하다면, 그들의 희생자들이 반항하
　　　는 것은 정당하지 않소?

교사 　폭력은 어디서 유래하든 의롭지 못한 겁니다.

카를 　만일 당신들이 당신 형제들의 폭력을 규탄한다면, 그
　　　럼 제후들의 폭력에는 찬동하는 거네요?

교사 　아니죠, 절대로.

카를 　분명히 그럴 수밖에 없어요, 당신들은 그들의 폭력이
　　　멈추기를 원하지 않잖아요.

교사 　우리는 제후들 스스로의 의지로 폭력이 멈추길 원합
　　　니다.

카를 　그럼 그 의지를 누가 그들에게 주지요?

교사 　우리가요.

모든 농부들 　우리요! 우리요!

카를 　그럼 지금 이 상태에선 농민들이 뭘 해야 하지요?

교사 　복종하고 기다리고 기도해야지요.

카를 　배신자들, 드디어 당신들 정체가 밝혀졌소, 당신들에
　　　겐 당신들을 위한 사랑밖에 없어. 하지만 조심하시오,

만일 전쟁이 터진다면 당신들한테도 해명을 요구할 것이고, 당신 형제들이 목 잘리는 동안 아무것도 안 했던 것을 결코 용인하지 않을 것이오. 만일 농민들이 승리를 거둔다면 자기들을 배신했던 당신들을 응징하기 위해 태양의 마을을 불질러 버릴지도 모르오. 군주들의 경우엔, 그들이 승리한다면 귀족의 땅 하나가 농노들의 수중에 남아 있는 것을 용납하지 못할 것이고. 무기를 드시오, 친구들, 무기를 드시오! 동지애 때문까지는 아니더라도, 적어도 행복이라는 이해관계 때문에서라도 싸우시오, 그것은 일리가 있는 것이오.

한농부 우린 싸우지 않을 거외다.

카를 그렇다면 당신들은 얻어맞을 것이오.

교사 우리는 우리를 때린 손에 입 맞출 것이고, 우리를 죽이는 자들을 위해 기도하며 죽을 것입니다. 우리가 살아 있는 한 당신들은 우리를 파멸시킬 수 있겠지만, 우리가 죽게 되면 우리는 당신들 영혼 속에 자리 잡게 될 것이고 우리의 목소리가 당신들 귓속에서 울릴 겁니다.

카를 그렇겠지, 당신들은 배운 대로 아는 거지! 아아! 제일 죄 많은 자는 당신들이 아니라, 당신들의 눈에 이 정신 나간 온화함을 집어넣은 그 가짜 예언자야.

농부들 저 사람이 우리의 괴츠를 모욕한다!

(그들이 카를에게 덤벼든다.)

젊은 여자 맹인을 때릴 참이에요, 사랑하기 위해 산다고들 하
시는 당신들이?

한 농부 (카를의 붕대를 뜯어내면서) 맹인 좋아하네! 보시오, 이
자는 카를이오, 저택의 시종, 그의 심장은 증오로 썩
어 문드러져서 불화와 반란을 설파하면서 돌아다닌
지가 벌써 몇 주일째요.

농부들 그를 목매답시다!

힐다 이런, 착한 양들, 당신들이 드디어 분노하는 거예요?
카를은 개 같은 자예요, 당신들을 전쟁으로 몰아넣고
있으니까. 하지만 그가 한 말은 진실이고, 그가 어디
서 왔든 진실을 말한 자를 때리는 것은 내가 용납하
지 못해요. 형제들이여, 당신들의 태양의 마을이 다른
사람들의 비참함 위에 세워진 것은 사실이에요. 제후
들이 이 도시를 용납하기 위해서는 대신 그들의 농민
들이 노예 상태에서 체념하고 있어야 하니까. 형제들,
당신들의 행복을 비난하는 것은 아니지만, 그래도 우
리가 다 같이 불행했을 때가 난 더 편했어요, 왜냐하
면 우리의 불행은 모든 인간의 불행이었으니까. 피 흘
리고 있는 이 땅 위에서 모든 기쁨은 음탕한 것이고
행복한 사람들은 외로운 거예요.

한 농부 이봐! 당신은 비참함만 좋아하지만, 괴츠는 건설하고
싶어 한다고, 그분은!

힐다 당신들의 괴츠는 사기꾼이야. (웅성거림) 어때? 어서
날 때리고 목매달지 않고 뭘 기다려요?

(괴츠가 들어온다.)

2장

같은 인물들, 괴츠.

괴츠　이 위협적인 표정들은 뭐요?

한농부　괴츠, 그건…….

괴츠　입 다무시오! 나는 미간에 인상 쓰고 있는 것을 보고 싶지 않소. 일단 미소부터 짓고 그다음에 말하시오. 자, 웃어요!

(농부들이 미소 짓는다.)

한농부　(미소 지으며) 이 작자가 우리한테 와서 반란을 권하는 군요.

괴츠　잘됐군, 그것은 시련이오. 증오의 말도 들을 줄 알아야 됩니다.

한여자농부　(미소 지으며) 그가 당신을 모욕했어요, 괴츠, 가짜 예언자 취급하면서.

괴츠　나의 착한 카를, 그토록 날 증오하나?

카를　물론이지, 아주 많이.

괴츠　그러니까 내가 나를 좋아하게 만들 줄 몰랐다는 소리로구먼, 날 용서하게. 그를 마을 입구까지 배웅하고,

먹을 양식을 주고, 평화의 입맞춤을 해 주시오.

카를   이 모든 게 결국 학살로 끝나고 말 걸세, 괴츠. 이 사람
        들의 피가 네 머리 위로 쏟아지기를.

괴츠   그대로 이루어지리다.

(그들이 나간다.)

3장

같은 인물들.
(카를과 젊은 여자만 없다.)

괴츠   그들을 위해 기도합시다.

교사   괴츠, 고민되는 게 좀 있습니다.

괴츠   말해 보시오.

교사   힐다와 관련된 겁니다. 우리는 그녀를 매우 좋아하지
        만 당신하고 의견이 같지 않은 건 거북합니다.

괴츠   알고 있어요.

힐다   그게 무슨 문제가 되겠어요, 난 갈 건데?

괴츠   (놀라며) 간다고?

힐다   곧.

괴츠   왜?

힐다   저 사람들은 행복하니까.

괴츠   그런데?

힐다 행복한 사람들한테는 내가 필요 없어요.

괴츠 저들은 당신을 좋아하는데.

힐다 물론이에요, 물론. 하지만 자기들끼리 서로 위로할 거예요.

괴츠 저들에겐 아직 당신이 필요해.

힐다 그렇게 생각해요? (그녀가 농부들 쪽으로 몸을 돌린다.) 아직도 당신들한테 내가 필요해요? (농부들의 어색한 침묵) 거 보세요. 저들에게 내가 뭘 해 주겠어요, 당신이 있는데. 잘 있어요.

괴츠 (농부들에게) 당신들 한 마디 말도 없이 그녀가 떠나가게 내버려 둘 거요? 배은망덕한 인간들, 당신들이 불행했을 때 절망에서 구해 준 게 도대체 누구였소? 남아요, 힐다, 저들의 이름으로 내가 부탁하는 거요. 그리고 당신들, 그녀에게 당신들의 사랑을 돌려주길 요청하오.

힐다 (갑자기 난폭하게) 다 가져요, 당신은 내 지갑을 훔쳤어요, 하지만 내 돈으로 내게 적선을 하진 마요.

교사 남아요, 힐다, 그가 원하잖아요. 우린 그의 말에 복종할 겁니다, 약속하지요, 그 성자가 우리에게 요구하는 대로 우린 당신을 사랑할 거예요.

힐다 쉿! 쉿! 당신들은 자연스럽게 마음이 동해서 날 사랑했었죠. 이젠 끝났어요, 더 말하지 맙시다. 날 잊어요, 날 빨리 잊어요, 빨리 잊을수록 좋은 거예요.

괴츠 (농부들에게) 둘이서 얘기 좀 해야겠소.

(농부들이 나간다.)

4장

괴츠, 힐다.

괴츠　어디로 갈 거지?

힐다　아무 데나. 천지에 널린 게 비참인데요, 뭐.

괴츠　언제나 비참 타령! 언제나 불행 타령! 다른 건 없는
　　　거요?

힐다　나한테는 없어요. 그게 내 삶이에요.

괴츠　허구한 날 그들의 고통으로 괴로워해야 한단 말이오?
　　　그들의 행복을 보며 기뻐할 수는 없는 거요?

힐다　(격앙되어) 나는 그렇게 못 해요! 행복 좋죠! 저 사람
　　　들 새끼 양들처럼 울어요. (절망하며) 오, 괴츠, 당신이
　　　우리와 같이 있은 후부터 나는 내 마음과 싸우고 있어
　　　요. 내 마음이 말을 하면 난 그 말 때문에 부끄러움을
　　　느껴요. 저들이 더 이상 배고프지 않고 일도 덜 힘들
　　　게 한다는 거 알아요. 저들이 그 새끼 양의 행복을 원
　　　한다면 나도 저들과 더불어 그걸 원해야지요. 근데 난
　　　안 돼요, 난 그걸 원할 수 없어요. 내가 괴물이 되어야
　　　해요, 그들의 고통이 덜어진 이후로 그들에 대한 내
　　　사랑 역시 작아지고 있어요. 하지만 나도 고통이 지긋
　　　지긋해요. (사이) 내가 나쁜 인간인가요?

괴츠   당신이? 아니오, 당신은 질투하는 거지.

힐다   질투. 그래요. 질투로 죽을 것 같아요. (사이) 보다시피
         내가 가야 할 때인 거예요. 당신이 날 썩어 가게 하잖
         아요. 내가 어디 있든 간에, 당신이 무얼 하든 간에 당
         신은 사람들 마음속에서 악을 걷어 내야 돼요. 잘 있
         어요.

괴츠   잘 가오. (그녀가 안 가고 있다.) 뭐지? 뭘 기다리는 거
         요? (그녀가 나가려 한다.) 힐다, 제발, 날 버리지 마. (그
         녀가 웃는다.) 왜 그래?

힐다   (악의 없이) 당신이, 나한테서 모든 걸 다 가져간 당신
         이 나한테 버리지 말아 달라며 매달리는 거예요?

괴츠   그들이 날 사랑하면 할수록 난 외롭소. 나는 그들의
         지붕이지만 내 지붕은 없소. 나는 그들의 하늘이지만
         나에겐 하늘이 없어. 아니, 하나 있지, 이 하늘, 하지만
         얼마나 멀리 있는지 보시오. 나는 내가 기둥이 되어서
         하늘의 궁륭을 떠받치고 싶었소. 그러나 사실은 그렇
         지 않아, 하늘은 구멍이거든. 신이 도대체 어디 사는
         지 의문이 들 정도요. (사이) 난 저들을 충분히 사랑하
         지 않소, 모든 문제가 거기서 오는 거요. 나는 사랑을
         흉내 냈지만 사랑은 오지 않았소. 내게 재능이 없다고
         봐야지. 왜 날 쳐다보는 거요?

힐다   당신은 저들을 사랑하지조차 않았군요. 그냥 이유 없
         이 나를 털어 갔던 거네요.

괴츠   아아! 당신한테서 가져갔어야 했던 것은 저들의 사랑

이 아니라, 바로 당신의 사랑이었어. 당신의 심장으로 저들을 사랑해야 했거늘. 이런, 나는 당신의 질투마저 부럽소. 당신은 거기서 저들을 쳐다보고, 저들을 만지고, 당신은 열기이고 광명이지만 당신은 내가 **아니지**, 그것이 견딜 수 없소. 나는 우리가 왜 둘인지 이해 못하겠어, 난 나 자신인 채로 당신이 되고 싶소.

(나스티가 들어온다.)

5장

괴츠, 힐다, 나스티.

나스티 (잘 들리지 않는 목소리로) 괴츠! 괴츠! 괴츠!

괴츠 (돌아보며) 누구지? ……나스티!

나스티 사람들이 귀가 먹었어.

괴츠 귀가 먹어? 네 목소리에 귀가 먹었다는 거야? 새롭군.

나스티 그래. 새롭지.

괴츠 신께서 너를 다른 사람들처럼 시험에 들게 하신 건가? 네가 어떻게 헤쳐 나오는지 봐야겠군.

나스티 신께서 원하신다면 나를 얼마든지 시험에 들게 하시길. 나는 그분도, 내 사명도 의심하지 않을 거야, 그래도 신이 나를 의심하신다면 그것은 그분이 미쳤기 때문이지.

괴츠   이제 용건을 말해 봐.

나스티   (힐다를 가리키며) 그녀를 내보내게.

괴츠   그녀는 나야. 말하든가 아니면 가.

나스티   좋아. (사이) 폭동이 터졌어.

괴츠   무슨 폭동? (갑작스럽게) 나 아니야! 그건 내 잘못이
        아니야! 그들이 서로 죽인다 해도 난 아무 책임 없어!

나스티   그들을 억제할 수 있었던 건 교회에 대한 두려움뿐이
        었어. 그런데 네가 그들에게 사제가 필요 없다는 것을
        증명했잖아. 지금은 예언자들이 우글거리지. 바로 그
        분노의 예언자들이 복수를 설파하고 있어.

괴츠   그래서 모든 게 내 작품이란 말이야?

나스티   그래.

괴츠   에잇! (나스티를 때린다.)

나스티   쳐! 치라고!

괴츠   하아! (그가 스스로 몸을 돌린다.) 악이란 게 얼마나 달
        콤했던가, 죽일 수도 있었는데 말이야! (걷는다. 사이)
        좋아! 나한테 요구하려는 게 뭔가?

나스티   너는 최악의 사태를 막을 수 있어.

괴츠   내가? (메마른 웃음) 나는 저주가 붙은 사람이야, 멍청
        한 놈. 어떻게 날 이용할 생각을 하지?

나스티   선택의 여지가 없어…… 우리에겐 무기도 없지, 돈도
        없지, 지휘관들도 없지, 게다가 우리 농민들이 좋은
        군인이 되기엔 너무 규율이 없어. 며칠 있으면 우리의
        패배가 시작될 거야. 몇 달 후엔 살육이 있을 거고.

괴츠　그래서?

나스티　한 번의 기회가 남아 있어. 오늘은 내가 폭동을 막을 수 없지만, 석 달 후엔 그럴 수 있을 거야. 만일 우리가 전열을 정비한 한 번의 전투에서 이긴다면, 단 한 번이면, 제후들이 우리를 가만히 내버려 둘 거야.

괴츠　내 역할은 뭔데?

나스티　넌 독일 최고의 장수잖아.

괴츠　(나스티를 쳐다보다가 돌아선다.) 아아! (침묵) 다시 고치는 일! 언제나 다시 고치는 일이군! 당신네들은 내 시간을 허비하게 만들어, 당신들 모두. 제기랄, 난 달리 할 일이 있단 말이야, 난.

나스티　그래서 넌 세상 전체가 서로의 목을 베도록 놔두겠다는 거야, 너의 그 장난감 마을, 네 모범 도시를 건설하려고?

괴츠　그 마을은 하나의 방주야, 난 그 속에 사랑을 안전하게 넣어 놨지, 사랑을 구원할 수 있다면 대홍수 같은 건 상관없어.

나스티　미친 거 아냐? 넌 전쟁을 피하지 못해, 전쟁은 널 찾아 여기까지 올 거야. (괴츠의 침묵) 어때? 승낙하는 거지?

괴츠　그렇게 빨리는 아냐. (그가 나스티에게로 되돌아온다.) 규율이 없다, 그렇다면 내가 그걸 만들어야 할 거야. 그게 무슨 말인지 알지? 교수형 말이야.

나스티　알아.

괴츠　나스티, 가난한 자들을 목매달아야 한다고. 그냥 되는 대로 목매다는 거야, 시범 케이스로. 결백한 자도 죄 있는 놈들과 함께. 아니 그게 아니라, 그들은 모두 결백해. 오늘은 내가 그들의 형제이고 그들의 결백을 알고 있어. 내일, 만일 내가 그들의 대장이 된다면 죄인들밖에는 없고 난 더 이상 아무것도 이해해 주지 않아. 그냥 목매다는 거지.

나스티 좋아. 그렇게 해야 돼.

괴츠 또한 난 도살자로 변신해야 돼. 당신네들은 무기도 전술도 없어, 그러니 인원수가 유일한 카드지. 목숨들을 허비해야 할 거야. 역겨운 전쟁!

나스티 너는 십만 명의 목숨을 구하기 위해 이만 명을 희생하는 거야.

괴츠 확신만 할 수 있다면야! 나스티, 내 말을 믿어도 돼, 난 전투가 무엇인지 알아. 만일 우리가 전투를 벌인다면 질 확률이 99퍼센트라는 거지.

나스티 그러니까 난 그 1퍼센트의 기회를 잡을 거야. 자! 신의 계획이 무엇이든 간에 우리는 그가 선택한 사람들이야, 나는 그의 예언자고 너는 그의 도살자. 더는 주저할 시간이 없어.

(사이)

괴츠 힐다!

힐다 뭘 어쩌라고요?

괴츠   나 좀 도와줘. 당신이 나라면 어떻게 했겠소?

힐다   난 절대 당신을 대신할 수 없을 거예요, 그러고 싶지
       도 않고. 당신들은 당신네 남자들의 주동자들이지만,
       난 한낱 여자일 뿐이에요. 당신들한테 난 아무것도 줄
       게 없어요.

괴츠   내가 믿는 사람은 당신뿐이야.

힐다   나를?

괴츠   나 자신보다도 더.

힐다   왜 날 당신의 공범으로 끌어들이고 싶어 하는 거죠?
       왜 나한테 당신 대신 결정하기를 강요하는 거예요?
       왜 나한테 내 형제들의 생사여탈권을 주려는 거죠?

괴츠   내가 당신을 사랑하니까.

힐다   입 닥쳐요. (사이) 아아! 당신이 이겼어, 당신이 나를
       울타리 이쪽으로 건너오게 했어. 난 고통 받는 사람들
       하고 같이 있었는데, 이제는 고통을 좌지우지하는 사
       람들하고 같이 있다니. 오, 괴츠, 난 이제 결코 잠을 이
       룰 수 없을 거예요! (사이) 피를 흘려서는 안 돼요. 거
       절하세요.

괴츠   우리 함께 결정하는 건가?

힐다   그래요. 함께.

괴츠   그리고 그 결과도 함께 감당하는 거고?

힐다   무슨 결과가 나와도 함께.

나스티   (힐다에게) 당신이 뭔데 끼어드는 거야?

힐다   나는 가난한 자들의 이름으로 말하는 거예요.

나스티 나 말고는 아무도 그들의 이름으로 말할 권리가 없어.

힐다 아니 왜요?

나스티 왜냐하면 난 그들 중 한 사람이니까.

힐다 당신이, 가난한 사람이라고? 당신은 이미 오래전부터 가난한 사람이 아니었어요. 당신은 지도자잖아.

(괴츠는 자기 생각에 잠겨 듣고 있지 않다. 그가 갑자기 머리를 든다.)

괴츠 왜 그들에게 진실을 말해 주지 않지?

나스티 무슨 진실?

괴츠 그들이 싸우는 법을 모른다는 사실과 전쟁을 시작하면 질 것이라는 걸.

나스티 자기들에게 그 말을 해 주는 사람을 죽일 테니까.

괴츠 그럼 만일 내가 그것을 그들에게 말해 준다면?

나스티 네가?

괴츠 난 그들에게 쌓아 놓은 신용이 있지, 예언자이고 내 재산도 줬으니까. 한번 써 보지도 않을 거면 그 신용을 뒀다 뭐 하겠어?

나스티 성공할 확률이 0.1퍼센트도 안 돼.

괴츠 0.1퍼센트의 가능성이라, 좋아! 네가 그걸 거절할 권리가 있어?

나스티 없어. 권리가 없지. 가자.

힐다 가지 마요.

괴츠 (그녀의 양어깨를 잡으며) 걱정하지 마, 이번엔 신이 우리 편이니까. (그가 소리친다.) 모두들 오시오! (농부들이 무대 위로 다시 나온다.) 사람들이 사방에서 싸우고 있소. 내일, 독일 땅 전체가 불탈 것이오. 내가 평화를 구하러 그 사람들에게로 내려갑니다.

모든 농부들 안 돼요, 괴츠, 우리를 버리지 마세요. 당신이 없으면 우리는 어쩌라고요?

괴츠 돌아올 것이오, 형제들. 여기에 나의 신이 있고, 여기에 나의 행복이, 여기에 나의 사랑이 있소. 난 돌아올 것이오. 힐다가 여기 있소. 당신들을 그녀에게 맡기겠소. 만일 내가 없는 동안 누가 여러분들을 이쪽 편이나 저쪽 편에서 징집하려 하면 싸움을 거부하시오. 그리고 혹시 여러분들을 협박한다면, 협박에는 사랑으로 답하시오. 잊지 마시오, 형제들, 잊지 마시오, 사랑이 전쟁을 물리친다는 걸.

(괴츠와 나스티가 나간다.)

6장

같은 인물들.
(괴츠와 나스티만 없다.)

농부들 그가 안 돌아오면?

(침묵)

힐다　기도합시다. (사이) 사랑이 전쟁을 물리칠 수 있도록
　　　기도합시다.

농부들　(무릎을 꿇는다.) 신이시여, 사랑이 전쟁을 물리치게 하
　　　소서.

힐다　(서서) 나의 사랑이 전쟁을 물리치게 하소서. 그렇게
　　　될지어다.

(무대가 어둠 속으로 가라앉고 8경의 첫 대사들이 힐다의 마지막 대
사에 바로 이어진다.)

8경, 9경

(농민들의 진영.
어둠 속에서 웅성거림, 고함 소리)

1장

괴츠, 나스티, 카를, 농부들.

목소리　우우! 우우! 우우!

괴츠의목소리　(소란을 압도하며) 당신들은 다 죽을 거요!

목소리　죽여 버려! 죽여 버려! (조명. 숲 속의 한 공터. 밤이다. 몽
　　　　둥이와 쇠스랑을 든 농부들. 몇몇은 칼을 차고 있다. 다른
　　　　몇몇은 횃불을 받치고 있다. 괴츠와 나스티가 튀어나온 바
　　　　위 언덕 위에 서서 군중들을 굽어보고 있다.) 우우! 우우!
　　　　우우!

괴츠　　불쌍한 사람들, 당신들은 진실을 정면으로 바라볼 용
　　　　기조차 없단 말이오?

한목소리　진실은 네놈이 배신자라는 거야.

괴츠　　진실은, 나의 형제들이여, 명명백백한 진실은 바로 당
　　　　신들이 싸울 줄 모른다는 거요.

(덩치가 헤라클레스 같은 농부 한 사람이 앞으로 나온다.)

거구의 사내　내가 싸울 줄 모른다고? (군중들의 폭소) 어이, 친
　　　　구들, 내가 싸울 줄 모른단다! 내가 너한테 황소 뿔을
　　　　잡아다가 목을 비틀어 보이지.

(괴츠가 아래로 뛰어내려 그에게 다가간다.)

괴츠　　겉보기엔, 덩치 큰 노형, 당신이 나보다 세 배는 더 힘
　　　　이 세지?

거구의 사내　내가, 동생?

(그가 툭 밀치자 괴츠가 다섯 발짝 정도 밀려난다.)

괴츠 좋았어. (한 농부에게) 그 몽둥이를 줘 봐. (헤라클레스에게) 그리고 당신, 이걸 잡아. 준비. 자, 찌르고 베고 자르고, 급소 찌르기. (괴츠가 공격을 막고, 피한다.) 이것 봐! 이것 봐! 이것 봐! 네 힘을 어디다 쓰겠어? 넌 공기의 정령들이나 신음하게 하고 바람이나 찌를 뿐이야. (그들이 서로 싸운다.) 이제, 형제, 날 용서하게, 내가 당신을 조금 아프게 해야겠으니까. 다 공동의 이익을 위한 거야. 여기! (괴츠가 그를 가격한다.) 자비하신 주여, 용서하십시오. (농부가 쓰러진다.) 이제 다들 알아듣겠소, 이자는 가장 힘센 자였고 나는 가장 솜씨 좋은 사람에 비하면 저 밑이었소. (사이. 농부들은 놀란 채, 아무 말 못 하고 있다. 괴츠는 잠시 자신의 승리를 즐기더니 다시 말을 잇는다.) 당신들이 왜 죽음을 겁내지 않는지 내가 말해 드릴까? 당신들 각자가 죽음은 옆 사람에게 올 거라고 생각하기 때문이오. (사이) 하지만 내가 우리 하느님 아버지께 이제 말씀드리겠소, 그래서 이렇게 묻겠소, 신이시여, 제가 이 사람들을 돕기 원하신다면 누가 이 전쟁에서 지게 될 것인지 알 수 있도록 제게 징조로 보여 주십시오. (갑자기 그가 공포에 질린 시늉을 한다.) 이런! 이런! 이런! 이런! 내가 뭘 보는 거지? 아야, 형제들이여, 당신들에게 무슨 일이 일어나는 거지? 끔찍한 광경이로고! 아아! 당신들 정말 큰 봉변을 당했군!

한 농부 (걱정스럽게) 무슨 일이오? 그게 뭐요……?

괴츠   신께서 당신들의 살을 불에 녹인 밀랍처럼 녹아내리
       게 했소, 당신들의 뼈밖에는 안 보여! 오, 성모마리아
       여! 이 많은 해골들!

한농부 그래 당신 생각엔 그게 무슨 의미인 것 같소?

괴츠   신께서 폭동을 원치 않으시오, 그리고 거기 가서 그들
       의 가죽을 남길 자들을 내게 가리켜 보이고 계시오.

한농부 누구요, 예를 들자면?

괴츠   누구? (괴츠가 그를 손가락을 가리키고, 끔찍한 목소리로)
       너! (침묵) 그리고 너! 또 너! 또 너! 참으로 음산한 죽
       음의 춤이구나!

한농부 (떨면서, 그래도 아직 의심이 남아) 당신이 예언자라는
       걸 누가 증명해 주지?

괴츠   믿음 없는 인간들이여, 그대들이 증거를 원한다면, 이
       피를 보시오. (그가 두 손을 든다. 침묵. 나스티에게) 내가
       해냈어.

나스티 (입속으로) 아직 아니야. (카를이 앞으로 나선다.) 저자
       를 조심해, 제일 질긴 놈이거든.

카를   오, 이렇게 순진한 형제들을 봤나, 도대체 언제나 경
       계심을 배우려나? 당신들은 너무 유순하고 정이 많아
       서 증오하는 법을 알지도 못해! 오늘도 또, 한 사람이
       주님의 목소리로 말해 주는 것만으로도 당장 머리를
       조아리잖아. 도대체 저게 뭔데? 저 사람 손에 피가 조
       금 흐른다 이건가? 대단한 일이군! 당신들을 설득하
       기 위해 피를 흘려야 한다면 나도 피를 흘려 주지.

(그가 두 손을 위로 들어 올리자, 손에서 피가 흐르기 시작한다.)

괴츠   넌 누구냐?

카를   너와 같은 예언자다.

괴츠   증오의 예언자로군!

카를   그것이 사랑으로 인도하는 유일한 길이야.

괴츠   하지만 난 널 알아. 넌 카를이지, 나의 시종.

카를   분부만 내리시게.

괴츠   시종 예언자라, 그건 어릿광대지.

카를   장군 예언자만큼은 아니야.

괴츠   (계단을 내려와서) 네 손을 좀 보자! (괴츠가 그의 손을
      뒤집는다.) 이럴 줄 알았지, 이자는 소매 속에 피를 담
      은 가죽 주머니를 숨기고 있었어.

카를   네 것도 좀 보자. (괴츠의 손을 본다.) 이자는 자기 손톱
      으로 지난 상처들을 긁어서 고름 몇 방울이 흘러나오
      게 하고 있소. 자, 형제들, 우리를 시험해 보시오, 그래
      서 우리 둘 중에 누가 예언자인지 결정하시오.

웅성거림   그래……그래…….

카를   넌 이것 할 줄 아나? (그가 막대기에서 꽃이 피게 한다.)
      그리고 이건? (자기 모자 속에서 토끼 한 마리를 끄집어
      낸다.) 그리고 이건? (자신을 연기로 감싼다.) 네가 할 줄
      아는 것을 보여 봐.

괴츠   그런 것은 길거리 광장에서 만날 보는 요술이잖아. 나
      는 광대가 아니야.

카를	한낱 광대도 하는데 예언자라면 이 정도는 할 줄 알아야지.
괴츠	나는 내 방 시종과 기적을 행하는 시합을 벌이진 않을 거요. 형제들이여, 나는 예언자가 되기 전에 장군이었소. 이것은 전쟁의 문제요, 예언자를 못 믿겠으면 장군이라도 믿어 주시오.
카를	저 장군이 자기가 배신자가 아니라는 걸 증명하거든 그때 믿으시오.
괴츠	배은망덕한 놈! 내가 너와 네 형제들에 대한 사랑으로 내 재산을 포기했건만.
카를	나에 대한 사랑이라고?
괴츠	그래, 날 증오하는 너에 대한.
카를	네가 날 사랑한다는 거야?
괴츠	그래, 형제, 널 사랑해.
카를	(의기양양하게) 이자의 속셈이 드러났소, 형제들! 이자는 우리한테 거짓말을 하고 있어! 내 면상을 보시오, 어떻게 나를 사랑할 수 있단 말이오. 그리고 여보게 친구들, 당신들 모두, 당신들이 사랑스럽다고 생각하오?
괴츠	바보 같은 놈! 내가 저들을 사랑하지 않는다면 왜 내 땅을 저 사람들한테 줬겠어?
카를	사실 그래. 왜지? 모든 문제가 거기에 있어. (갑자기) 신이여! 오장육부를 다 꿰뚫어보시는 신이여, 도와주소서! 제 몸과 제 입을 빌려 드립니다, 왜 사생아 괴츠가 자기 땅을 내쳤는지 말해 주소서.

(카를이 끔찍한 비명을 지르기 시작한다.)

농부들　신이 오셨다! 신이 말씀하신다!

(그들이 무릎을 꿇는다.)

괴츠　신이라! 정말 가관이로군.

카를　(눈을 감고 있다가, 자기 목소리 같지 않은 이상한 목소리로 말한다.) 어이, 이런! 이런! 땅이네!

농부들　어이, 이런! 어이, 이런!

카를　(같은 태도로) 여기는 신, 내 너희들이 보인다, 인간들아, 너희들이 보여!

농부들　저희를 불쌍히 여기소서!

카를　(같은 태도로) 괴츠가 여기 있느냐?

한농부　예, 아버지시여, 오른쪽으로, 당신 약간 뒤쪽에 있습니다.

카를　(같은 태도로) 괴츠, 괴츠! 너는 왜 저들에게 네 땅을 내주었느냐? 대답하거라.

괴츠　누구신지요?

카를　(같은 태도로) 나는 스스로 있는 자니라.

괴츠　그럼, 만약 당신이 스스로 있는 분이시라면 당신은 당신이 아는 것을 아시는 분이고, 내가 행한 일의 이유를 아실 텐데요.

농부들　(위협적으로) 우우! 우우! 대답해라! 대답해!

괴츠   당신들한테 대답해 주겠소, 형제들이여. 당신들한테,
       저자에게가 아니라! 나는 모든 사람들이 평등해지라
       고 내 땅을 내주었던 거요.

(카를이 웃는다.)

농부들   신께서 웃으신다! 신께서 웃으셔!

(나스티가 계단을 내려와서 괴츠 뒤에 자리 잡는다.)

카를   (같은 태도로)
       거짓말하는구나, 괴츠, 너는 너의 신에게 거짓말을 하
       고 있어.
       그리고 너희, 나의 아들들아, 잘 들어라!
       영주는 무슨 일을 하든 결코 너희들과 평등해질 수 없
       느니라.
       바로 그 때문에 그자들을 모두 죽이라고 너희에게 명
       하는 것이다.
       이자는 자신의 땅을 너희들에게 내주었다.
       하지만 너희들은, 저자에게 너희의 땅을 내줄 수가 있
       었느냐?
       저자는 내주거나 가지고 있거나 선택할 수가 있었다.
       하지만 너희들은, 거절할 수 있었더냐?
       입맞춤을 하거나 주먹질을 하는 자에게는

입맞춤과 주먹질을 되돌려 주라.

하지만 너희들이 되돌려 줄 수 없게 자기 것을 내주는 자에게는

너희들 가슴에서 나오는 모든 증오를 바치라.

그 이유는 너희가 노예였고 그가 너희를 부렸기 때문이요,

그 이유는 너희가 모욕당했고 그가 너희를 더욱 모욕하고 있기 때문이다.

아침의 선물은 슬픔이요!

정오의 선물은 근심이요!

저녁의 선물은 절망이라!

괴츠 아아! 아름다운 설교로군! 당신들에게 생명과 광명을 주신 이가 누구요? 바로 신이시지, 기부는 그분의 법이라서, 무엇을 하시든 간에 그분은 내주시지 않소. 그런데 당신들이 그분한테 무엇을 돌려드릴 수 있소, 한낱 티끌에 불과한 당신들이? 아무것도 없는 거요! 결론은 당신들이 증오해야 할 대상이 바로 신이란 말이지.

농부 신은 다르오.

괴츠 그분이 왜 우리를 당신 모습대로 창조하셨겠소? 만일 신이 너그러움과 사랑이라면, 그분의 창조물인 인간도 사랑과 너그러움이 되어야 하는 거요! 나의 형제들이여, 제발 간청하오, 나의 기부와 나의 우정을 받아주시오. 내가 여러분에게 요구하는 것은, 절대 고마워

해 달라는 것이 아니오. 나는 단지 여러분이 나의 사랑을 악덕이라 단죄하지 말 것과, 내 선물들을 범죄라고 비난하지 말라는 것뿐이오.

한농부   마음대로 지껄여라, 그래도 난 적선은 싫어.

카를   (자기 본래 목소리를 되찾아서 거지를 가리키며) 저기 말귀를 알아먹은 사람이 하나 있네. 땅은 여러분들 것이오, 당신들한테 그걸 내준다고 하는 자는 여러분을 기만하는 것이오, 왜냐하면 그는 자기 것이 아닌 걸 주는 거니까. 그 땅을 가지시오! 가지시오, 그리고 죽이시오, 여러분이 인간이 되고 싶다면. 폭력을 통해서 우리는 단련될 것이오.

괴츠   증오밖에 없는 것이오, 형제들? 나의 사랑은…….

카를   너의 사랑은 악마에게서 온 것이야, 닿는 것마다 다 썩게 하지. 아아! 친구들, 당신들이 알트바일러의 사람들을 한번 봤어야 하는 건데, 저이가 석 달 만에 그들을 죄다 고자로 만들어 버렸소. 저 사람은 당신들을 너무 지독히 사랑해서 이 고장 모든 불알들을 다 따 버리고 대신 가지 꽃들로 채워 놓을 것이오. 당하고 있지 마시오, 당신들은 짐승이었는데 증오가 당신들을 사람으로 바꿔 준 거요, 당신들이 증오를 제거당한다면 다시 네발로 기어 다닐 것이고 짐승들의 말 못하는 불행을 다시 맛볼 것이오.

괴츠   나스티! 도와줘.

나스티   (카를을 가리키며) 논의는 끝났소. 신이 저 사람과 함께 계시오.

괴츠　나스티!

농부들　꺼져! 꺼지라고! 악마에게나 가 보셔!

괴츠　(격노에 휩싸여) 간다, 걱정들 마. 죽으러들 달려가 보시지, 너희들이 돼지면 난 춤이나 출 테니까. 추잡한 것들! 망령과 원귀의 속물들, 너희들의 영혼을 보게 해 주신 신께 감사드린다, 내가 잘못 생각하고 있었다는 걸 알았으니까. 귀족들이 땅을 소유하는 것은 정당해, 그들은 자랑스러운 영혼을 지녔으니까. 너희 촌놈들이 네발로 기어 다니는 것도 정당해, 너희들은 한낱 돼지 새끼들이니까.

농부들　(그에게로 덤벼들려고 하면서) 죽여라! 죽여라!

괴츠　(한 농부에게서 칼을 낚아채며) 잡으러 와 보시지!

나스티　(손을 들며) 그만들 둬. (쥐죽은 듯한 고요) 이자는 당신들의 약속을 믿었소. 그걸 지킬 줄 알아야 하오, 비록 적일지라도.

(무대는 점점 비어 가고 다시 어둠에 잠긴다. 마지막 횃불이 바위에 꽂혀 있다. 나스티가 그것을 손에 들고 떠나려고 한다.)

나스티　어서 가, 괴츠, 빨리 가라고!

괴츠　나스티! 나스티! 왜 날 버렸어?

나스티　네가 실패했으니까.

괴츠　나스티, 저것들은 늑대야. 어떻게 저들하고 있겠다는 거야?

나스티 이 땅의 모든 사랑이 저들 속에 있어.

괴츠 저들 속에? 네가 저 똥 덩어리들 속에서 지푸라기 하나만큼의 사랑이라도 찾아냈다면 그것은 네가 눈이 좋기 때문이겠지, 난 아무것도 못 봤어.

나스티 맞아, 괴츠. 넌 아무것도 못 봤어.

(그가 나간다.

밤.

웅성거림이 멀어지고, 여자의 비명 소리가 멀리서 들리더니 희미한 조명이 괴츠에게 비친다.)

2장

괴츠. (혼자서)

괴츠 다 뒈져 버려, 개 같은 것들! 잊지 못할 만큼 훼방을 놔 주마. 악한 마음이여, 내게로 와서 나를 가볍게 해 다오! (사이) 농담이야. 선이 나의 영혼을 깨끗이 씻어 놨군, 한 방울의 독도 없으니 말이야. 좋았어, 선을 위해 길을 떠나는 거야, 알트바일러로 길을 떠나자, 목매 죽어 버리든지, 아니면 선을 행해야 해. 나의 자식들이 나를 기다리고 있어, 나의 거세당한 수탉들, 나의 고자들, 내 사육장의 천사들, 그들이 나를 뜨겁게 맞아 줄 거야. 제기랄, 참 따분한 자들이야. 내가 좋아하는 건 다른 축들이지, 늑대들. (걷기 시작한다.) 뭐 해요, 주님, 이제 당신이 나를 어두운 밤길에서 인도해 주셔야죠. 실패에도 불구하고 버텨야 하니까, 모든 실패가 제게는 하나의 징조요, 모든 불행이 하나의 기회요, 모든 실총(失寵)이 하나의 은총인 이상, 저의 역경을 어디에 쓰는 것이 좋은지 알려 주셔야죠. 주여, 믿습니다, 믿고 싶습니다, 당신께서 저를 세상 밖으로 굴리시는 것이 저를 온전히 다 쓰고 싶으셔서 그러는 것임을.

이리하여, 신이여, 우리는 또 얼굴을 맞대고 있습니다, 제가 악을 행하던 그때 그 그리운 옛날처럼. 아아! 제가 인간들 일에 신경을 쓰는 게 아니었습니다, 정말 거추장스러워요. 당신께 가려니 가시덤불을 헤쳐 나가야 됩니다. 제가 당신께 가고 있습니다, 주님, 가고 있어요, 당신의 밤 속을 걷고 있습니다, 그러니 제게 손을 뻗어 주십시오. 아, 당신이 바로 밤이죠, 그렇죠? 밤, 가슴을 찢는 만물의 부재 말입니다! 왜냐하면 당신은 모든 것이 부재할 때 존재하는 분, 만물이 침묵할 때 들리는 분, 아무것도 안 보일 때 보이는 분이시니까. 태고의 밤, 존재들 이전의 위대한 밤, 앎이 없는 밤, 실총과 불행의 밤이여, 저를 숨겨 주소서, 저의 추악한 육신을 뜯어 먹으시고, 제 영혼과 저 자신 사이에 드셔서, 저를 갉아 먹으소서. 저는 헐벗음과 수치

심과 모욕의 고독을 원합니다, 인간이란 그 자신으로
서의 인간을 허물고 암컷처럼 밤의 위대한 암흑의 육
체에 몸을 열도록 되어 있으니까요. 모든 것을 맛보기
전까지 전 더 이상 아무것도 맛보지 않으렵니다, 모
든 것을 소유하기 전까지 전 더 이상 아무것도 소유하
지 않으렵니다. 모든 것이 되기 전까지 전 그 어떤 일
에서도 더 이상 아무것도 아니렵니다. 저는 모든 이들
의 밑으로 저를 낮추겠습니다, 그러니 주님, 당신께서
는 당신의 밤의 그물로 저를 건지시어 저를 그들 위로
올려 주소서. (번뇌에 찬 목소리로 크게) 신이시여! 신이
시여! 이것이 당신의 뜻이옵니까? 인간에 대한 이 증
오, 나 자신에 대한 이 멸시, 이것들은 이미 제가 찾은
것들 아닙니까, 제가 악인이었을 때? 선의 고독, 이걸
어떻게 제가 악의 고독과 구별해야 하지요? (날이 차츰
밝아 온다.) 날이 밝았습니다, 제가 당신의 밤을 건너
왔습니다. 저에게 당신의 빛을 주시니 다행입니다, 똑
똑하게 볼 수 있겠습니다. (그가 몸을 돌리자 폐허가 된
알트바일러가 보인다. 힐다가 돌무더기 잔해 위에 앉아 머리
를 두 손으로 감싸고 있다. 그가 소리친다.) 허어!

3장

괴츠, 힐다.

힐다   (머리를 들고 쳐다본다.) 이제야!

괴츠   다른 사람들은 어디 있어? 죽었어? 왜? 싸우기를 거
       절했다고?

힐다   그래요.

괴츠   나의 밤을 돌려주소서. 저에게 인간들이 안 보이게 해
       주소서. (사이) 어쩌다 그리 됐소?

힐다   농부들이 발샤임에서 왔어요, 무기를 들고. 그들은 우
       리에게 자기들한테 합류하라고 요구했고 우리는 원
       하지 않았죠.

괴츠   그래서 그들이 마을을 불질러 버렸군. 훌륭해. (웃음을
       터뜨린다.) 당신은 왜 다른 사람들하고 같이 죽지 않았
       지?

힐다   아쉬워요?

괴츠   물론이야! 생존자가 없다면, 그럼 그만큼 훨씬 더 간
       단했겠지.

힐다   저도 역시 아쉬워요. (사이) 그들은 우리를 한집에 가
       두고서 거기에 불을 질렀어요. 잘했죠.

괴츠   그래, 잘했군, 아주 잘했어.

힐다   결국 창문이 하나 열렸어요. 난 뛰어넘었죠. 죽는 건
       상관없었지만, 당신을 다시 보고 싶었어요.

괴츠   뭐하러? 하늘나라에서 다시 봤을 텐데.

힐다   우린 하늘나라에 못 갈 거예요, 괴츠, 설사 우리 둘 다
       거기 들어간다고 해도 우리에겐 서로를 바라볼 눈이
       없을 거고, 서로를 만질 손도 없을 거예요. 저 위에서

는 신에게만 전념하죠. (그녀가 와서 괴츠를 만진다.) 당신은 여기 있어요, 야위고 꺼칠하고 미천한 약간의 살, 하나의 생명, 하나의 불쌍한 생명이죠. 내가 사랑하는 것이 이 살과 이 생명이에요. 사랑은 땅 위에서 신에 거슬러서만 할 수 있는 거예요.

괴츠   나는 신만을 사랑하오, 땅 위에는 더 이상 내가 없소.

힐다   그럼 당신은 날 사랑하지 않아요?

괴츠   사랑하지 않아. 그리고 당신도 아니오, 힐다, 당신 역시 날 사랑하지 않아. 당신이 사랑이라고 생각하는 것은 바로 증오요.

힐다   내가 왜 당신을 증오하겠어요?

괴츠   왜냐하면 당신은 내가 당신 사람들을 죽였다고 생각하니까.

힐다   그들을 죽인 것은 나였어요.

괴츠   당신이라고?

힐다   안 된다고 말한 사람은 나예요. 난 살인자인 그들보다 죽은 그들을 더 사랑했어요. 오오, 괴츠, 내가 무슨 권리로 그들을 대신해서 선택했던 걸까요?

괴츠   허 참! 나처럼 해! 당신 손에서 이 모든 피를 씻어 내요. 우리는 아무것도 아니야, 우리는 아무 일도 아무것도 할 수 없소. 인간은 자기가 움직이고 있다고 믿지만 인간을 조종하는 것은 신이오.

힐다   아네요, 괴츠, 아니에요. 내가 없었더라면 그들은 아직 살아 있을 거예요.

괴츠 그럼, 그렇다고 치지. 당신이 없었더라면 아마도. 나는 그 일과 아무 관련 없어.

힐다 "우리는 함께 결정한 거고 그 결과도 함께 감당할 거야." 생각 안 나요?

괴츠 우리는 함께가 아냐. 당신 날 보고 싶어 했지? 자, 날 봐, 만져요. 좋아, 이젠 가시오. 내 생전에 다시는 인간의 얼굴을 안 볼 거야. 내 눈엔 흙과 돌 들만 보일 거야. (사이) 제가 당신께 여쭙지 않았습니까, 신이여, 그리고 당신께서 응답하셨지요. 다행입니다, 당신께서 인간들의 못된 점을 제게 알려 주셨으니까요. 제가 그들의 과오를 제 살 위에서 응징하겠습니다, 제가 이 육신을 배고픔과 추위와 채찍으로 괴롭히겠습니다, 작은 불로, 아주 작은 불로 말입니다. 제가 인간을 파괴하겠습니다, 당신께서 애초부터 인간은 파괴되도록 만드셨으니까요. 그들은 저의 백성이었습니다, 몇 안 되는 백성, 단 하나의 마을, 거의 가족 같은 자들이었어요. 저의 백성들은 죽었고 저는 살아서, 세상에서 죽어 갑니다, 저는 남은 생을 죽음에 대해 명상하며 지낼 겁니다. (힐다에게) 당신 아직 거기 있구려. 가요. 다른 데 가서 비참과 생명을 찾아.

힐다 가장 비참한 사람은 당신이에요, 그래서 여기가 내 자리죠. 여기 있겠어요.

10경

(폐허가 된 마을, 육 개월 후)

1장

힐다, (이어서) 하인리히.

(앞 장과 같은 자리에 앉아 있는 힐다가 길 쪽을 쳐다본다. 갑자기 누군가 도착하는 것이 그녀 눈에 띄었음을 짐작할 수 있다. 그녀가 반쯤 일어서서 기다린다.
하인리히가 모자에 꽃을 꽂고 손에 꽃다발을 든 채 들어온다.)

하인리히   우리가 왔소. (그가 보이지 않는 누군가를 향해 몸을 돌린다.) 모자 벗어. (힐다에게) 내 이름은 하인리히요. 예전엔 미사를 올렸는데 요새는 동냥을 하며 살아가죠. (악마에게) 너 어디 가? 이리 와. (힐다에게) 죽음의 냄새만 나면 이놈 전문이라서. 하지만 파리 한 마리 해치지 않을 거요.

힐다   일 년하고 하루 됐죠, 그렇죠? 일 년하고 하루, 보름스 이후에?

하인리히   누가 말해 줬소?

힐다   내가 날짜를 셌어요.

하인리히   나에 대한 이야기를 들었소?

힐다　　그래요. 예전에.

하인리히　날씨 좋다, 응? 길에서 꽃을 좀 땄소, 일주년 축하 꽃
　　　　다발. (그녀에게 건넨다.)

힐다　　싫어요. (그녀는 꽃다발을 옆에 내려놓는다.)

하인리히　행복한 사람들을 겁낼 필요까진 없는데.

힐다　　당신은 행복하지 않아요.

하인리히　축제라니까 그러네, 지난밤에 난 잠을 잤소. 자, 누이
　　　　동생, 나한테 웃어 줘야 돼, 나는 한 사람만 빼곤 모든
　　　　사람을 사랑하니까, 그리고 난 모두가 흡족해하길 바
　　　　라오. (갑자기) 그를 찾아오시오. (그녀는 움직이지 않는
　　　　다.) 어서! 그를 기다리게 하지 마.

힐다　　그는 당신 안 기다려요.

하인리히　그가? 믿기지 않는군. 우리는 단짝 친구라서 분명히
　　　　지금 날 맞으려고 몸단장을 했을 거요.

힐다　　그를 놔둬요. 당신 꽃다발 챙겨 들고 돌아가요.

하인리히　(악마에게) 너 들었어?

힐다　　악마 놀음 그만해요, 난 안 믿어요.

하인리히　나도 안 믿소.

힐다　　잘됐네, 그럼?

하인리히　(웃으며) 하! 하! 하! 당신은 어린애군.

힐다　　당신을 모독했던 사람은 이제 없어요, 그는 이 세상
　　　　에서 죽었어요. 그는 당신을 알아보지도 못할 거예요,
　　　　당신도, 내가 확신하건대, 그를 못 알아볼 거예요. 당
　　　　신은 어떤 사람을 찾고 있지만 결국 완전히 다른 사람

을 만나게 될 거예요.

하인리히　난 내가 찾게 될 것을 취할 거요.

힐다　그를 놔둬요, 제발. 왜 당신한테 아무 짓도 안 한 나한
테 해코지를 하려는 거지요?

하인리히　당신한테 해코지할 생각은 없소, 나는 당신이 아주
마음에 들거든.

힐다　당신이 그에게 입힐 모든 상처들을 통해서 내가 피 흘
리게 될 거예요.

하인리히　그를 사랑하오?

힐다　네.

하인리히　그를 사랑할 수도 있단 말이오? 재미있군. (그가 웃는
다.) 나도 그렇고, 몇몇 사람이 시도는 했었지. 하지만
성공하지 못했소. 그도 당신을 사랑하오?

힐다　자기 자신을 사랑했던 만큼은 날 사랑했었죠.

하인리히　그가 당신을 사랑한다면, 당신을 고통스럽게 하는
게 내 마음에 덜 걸리겠군.

힐다　그가 한 모독을 용서하세요, 그러면 신도 당신이 한
모독을 용서하실 거예요.

하인리히　그런데 난 신께서 날 용서해 주셨으면 하는 마음이
전혀 없소. 천벌은 좋은 점도 있어요, 중요한 건 거기
에 익숙해지는 거지. 난 익숙해졌소. 아직은 지옥에
있지 않지만 난 벌써 거기를 자주 들락거렸거든.

힐다　불쌍한 사람!

하인리히　(화내며) 아니! 아니! 아니라고! 난 불쌍한 사람이 아

니야. 나는 행복해, 나는 행복하다고. (사이) 자! 그를 불러요. (그녀가 잠자코 있다.) 당신이 부르는 게 더 나아, 그가 깜짝 놀랄 테니까. 싫소? 그럼 내가 직접 부르지, 뭐. 괴츠! 괴츠! 괴츠!

힐다   그는 여기 없어요.

하인리히   어디 있는데?

힐다   숲 속에. 어쩔 때 몇 주일 동안 가 있어요.

하인리히   여기서 멀어?

힐다   십 킬로미터.

하인리히   (악마에게) 너는 저 말 믿어? (그가 눈을 감고 악마가 자기에게 속삭이는 것을 듣는다.) 그래. 그래. 그렇지. (그가 야릇한 미소를 짓는다. 그러고 나서,) 좋소, 어떻게 하면 그를 찾을 수 있지?

힐다   찾아보세요, 착한 신부님, 찾아보세요. 당신 동료가 잘 인도해 주겠죠.

하인리히   신의 가호를 비오, 수녀님. (악마에게) 자, 가자, 너는.

(그가 사라진다. 힐다가 혼자 남아 그를 눈으로 좇는다.)

2장

힐다, 괴츠.

(괴츠가 오른손에는 채찍을, 왼손에는 손잡이 달린 물 항아리 하나

를 들고 들어온다. 그는 탈진한 기색이다.)

괴츠 누가 나를 부르지? (힐다는 대답하지 않는다.) 누가 나
      를 불렀는데. 목소리를 들었어.

힐다 당신은 금식할 때면 언제나 목소리를 듣잖아요.

괴츠 이 꽃들은 어디서 났소?

힐다 내가 꺾었어요.

괴츠 당신이 꽃을 따는 게 흔한 일은 아닌데. (사이) 오늘이
      무슨 요일이지? 날짜가 어떻게 돼?

힐다 그걸 왜 나한테 물어요?

괴츠 이번 가을에 누가 오기로 했어.

힐다 누가요?

괴츠 이젠 모르겠어. (사이) 말해 봐. 며칠이야? 몇 월 며칠
      이지?

힐다 내가 날짜 가는 것을 세고 있겠어요? 이젠 하나의 날
      밖에 없어요, 그게 언제나 다시 시작되죠. 새벽에 주
      어졌다가 밤이면 우리한테서 거두어지는 날. 당신은
      언제나 똑같은 시간만 가리키는 멈춰 버린 시계예요.

괴츠 멈췄다고? 아니, 나는 전진하고 있소. (항아리를 흔든
      다.) 들려? 찰랑거리잖아. 물이 천사의 노래를 부르지.
      내 목구멍은 지옥인데 내 귀는 천국이야.

힐다 물을 안 마신 지 얼마나 됐어요?

괴츠 사흘. 내일까지 버텨야 돼.

힐다 왜 내일까지?

괴츠   (바보 같은 표정으로 웃으며) 하! 하! 그래야 돼! 그래야
      돼! (사이. 항아리를 흔든다.) 찰랑! 찰랑! 어때? 목말라
      서 죽어 가는 사람한테 이보다 더 불쾌한 소리는 없을
      거야.

힐다   즐겨요, 당신 욕망하고 잘 놀아 봐요. 목마르다고 마
      셔 버리면, 그건 너무 쉽죠! 당신 마음속에 어떤 유혹
      을 끊임없이 유지하지 않으면 당신은 자기 자신을 잊
      어버릴 테니까.

괴츠   나를 시험하지 않고서 어떻게 내가 나를 극복할 수 있
      겠소?

힐다   오, 괴츠, 이 하루를 처음 살아 보는 날이라고 믿는다
      는 게 말이 돼요? 항아리, 물소리, 당신 입술 위의 하
      얗게 튼 살, 나는 속속들이 다 알고 있어요. 이제 어떻
      게 될지 당신은 모른다는 거예요?

괴츠   내일 아침까지 버틸 거야, 그뿐이야.

힐다   당신은 한 번도 끝까지 못 버텼잖아요, 자신한테 지나
      치게 긴 시련을 가하니까. 당신은 쓰러질 때까지 이
      항아리를 흔들고 있겠죠. 그리고 당신이 쓰러지면 내
      가 물을 먹일 테고.

괴츠   새로운 걸 원해? 여기 있지. (그가 항아리를 기울인다.)
      꽃들이 목이 말라. 마셔라, 꽃들아, 내 물을 마셔, 천
      국이 너희들의 황금 목구멍으로 찾아오도록. 이것 봐,
      꽃들이 다시 태어나고 있어. 대지와 식물들은 나의 선
      물을 받아 주지. 그걸 거부하는 건 인간들이야. (그가

항아리를 뒤집는다.) 이런, 이제는 마실 방법이 없네. (웃더니 힘들게 되풀이한다.) 더 이상 방법이…… 방법이 없어…….

힐다   당신이 망령 든 게 신의 뜻인가요?

괴츠   물론이지. 인간을 파멸시켜야 하는 거야, 안 그래? (항아리를 내던진다.) 자, 마시게 해 줘, 지금!

(그가 쓰러진다.)

힐다   (그를 차갑게 쳐다보다가 웃기 시작한다.) 당신은 내가 언제나 따로 물을 마련해 둔다는 걸 잘 아는 거죠, 난 당신을 알아요. (그녀가 물 항아리를 찾으러 간다. 돌아와서 괴츠의 고개를 받쳐 준다.) 자, 마셔요.

괴츠   내일 전에는 안 마셔.

힐다   신은 당신이 망령 들고 좀스러워지는 걸 바랄지 몰라도, 죽는 걸 바라시진 않아요. 그러니까 마셔야 돼요.

괴츠   독일 땅을 흔들던 내가 마치 유모 손의 갓난아이처럼 여기 등 대고 누워 있군. 만족하십니까, 주님, 어디서 또 나보다 더 비천한 놈을 보셨습니까? 힐다, 당신은 모든 것을 내다보니까, 내가 갈증을 풀고 나면 다음에 어떻게 될지 알지?

힐다   그럼요, 알죠, 한판의 멋진 육체의 유혹, 즉 나하고 자고 싶어 할 테죠.

괴츠   그런데도 내가 마시길 원하는 거요?

힐다   그래요.

괴츠   만일 내가 당신한테 달려들면?

힐다   지금 이 상태로요? 자, 모든 순서는 미사 드릴 때처럼 정해져 있어요. 당신은 욕설과 음탕한 말을 퍼붓고는 결국 자신을 채찍질할 거예요. 마셔요.

괴츠   (항아리를 받으며) 또다시 패배군! (마신다.) 육체는 파렴치한 거야. (마신다.)

힐다   육체는 좋은 거예요. 파렴치한 것은 당신 영혼이죠.

괴츠   (항아리를 내려놓으며) 갈증이 떠나 갔소. 공허하군. (사이) 졸려.

힐다   자요.

괴츠   안 되지, 왜냐하면 난 지금 졸리니까. (그녀를 쳐다본다.) 가슴을 보여 줘. (그녀가 움직이지 않는다.) 어서, 보여 줘, 날 유혹해 봐. 욕망 때문에 미치게 해 봐. 싫어? 아! 못된 것, 왜지?

힐다   당신을 사랑하니까.

괴츠   네 사랑을 벌겋게 달궈서 내 심장 속에 담가 봐, 얼마나 지글거리고 얼마나 연기가 나는지! 만일 네가 나를 사랑한다면 나를 고문해야 돼.

힐다   나는 당신 거예요, 그러니 내가 왜 내 몸을 고문 도구로 만들겠어요?

괴츠   당신이 내 속을 들여다봤다면 내 면상을 짓뭉개 버렸을 거야. 내 머릿속은 온통 마녀 굿판이야, 당신이 그 마녀들이고.

힐다   (웃으며) 퍽이나요.

괴츠   난 네가 무슨 짐승이었으면 좋겠어, 짐승처럼 올라타게 말이야.

힐다   인간인 걸 어지간히도 고통스러워하네요!

괴츠   나는 인간이 아니야, 나는 아무것도 아니야. 신이 계실 뿐이지. 인간, 그건 시각적 환상이야. 내가 역겹지, 응?

힐다   (침착하게) 아니오, 난 당신을 사랑해요.

괴츠   내가 널 깎아내리려고 한다는 거 잘 알지?

힐다   그래요, 왜냐하면 나는 당신의 가장 소중한 재산이니까요.

괴츠   (화가 나서) 장난하는 게 아니야!

힐다   예, 장난 안 해요.

괴츠   당신이 내 가까이 있는 이상, 나는 내가 완전히 추잡하다고 느끼진 않을 거야.

힐다   그래서 내가 있는 거예요.

(괴츠가 힘들게 몸을 일으킨다.)

괴츠   만약 내가 너를 품에 안으면, 날 밀어낼 건가?

힐다   아뇨.

괴츠   내 마음속에 오물이 가득한 채로 다가가도?

힐다   당신이 나를 만진다면, 그건 당신 마음이 깨끗하다는 거예요.

괴츠   힐다, 어떻게 수치심 없이 서로 사랑할 수 있지? 음욕

악마와 선한 신   295

의 죄가 제일 천한 건데.

힐다 　날 봐요, 나를 잘 보세요, 봐요, 내 눈, 내 입술, 내 가슴
　　　과 내 팔을. 내가 죄악인가요?

괴츠 　너는 예뻐. 아름다움이란 악이지.

힐다 　확실해요?

괴츠 　나한테 확실한 건 이제 아무것도 없어. (사이) 만일 내
　　　가 욕망들을 채운다면 나는 죄를 짓지만 욕망에서는
　　　해방되지, 만일 그걸 거부한다면 욕망이 온 영혼을 감
　　　염시키고……. 밤이 오는군. 황혼 녘에 선한 신을 악마
　　　로부터 구분하려면 시력이 좋아야지. (그가 다가와 힐
　　　다를 만지다가 갑자기 멀어진다.) 신이 보는 앞에서 너하
　　　고 잔다고? 안 돼, 나는 난교 파티는 싫어. (사이) 그의
　　　시선에서 우리를 숨길 수 있을 만큼 깊은 밤을 알고
　　　있다면…….

힐다 　사랑이 바로 그런 밤이에요, 서로 사랑하는 사람들, 신
　　　은 그들을 못 봐요.

(괴츠가 머뭇거리다가 뒤로 펄쩍 물러선다.)

괴츠 　　저에게 보이오티아 살쾡이의 눈[18]을 주십시오, 저 속

---

18) 가죽을 뚫고 내면을 투시하는 능력이 있다고 알려진 '보이오티아 살쾡이
의 눈'과 관련된 이 표현은, 살쾡이(lynx)라는 동물의 시력에서 유래했다기보
다, 그리스 신화에서 '땅속까지 볼 수 있는 자'라는 명성을 지닌 영웅 린케우스
(Lynceus)와 관련된 것으로 보는 해석이 많다.

을 내 시선으로 꿰뚫어 볼 수 있게. 저 콧구멍 속에, 저 귓구멍 속에 무엇이 숨겨져 있는지 보여 주십시오. 더러운 것에 손끝 하나도 닿기 싫어하는 내가 어떻게 똥자루를 품고자 욕망할 수 있단 말입니까?

힐다 　(격렬하게) 당신 영혼 속에 더러운 것이 없듯이 내 몸 속에도 없어. 육체의 추함과 더러움이 있는 곳은 바로 당신 영혼 속이야. 나에겐 살쾡이의 눈 같은 건 필요 없어, 난 당신을 간호하고 씻겨 주고 당신 열병의 냄새를 다 알았지. 그렇다고 내가 당신을 그만 사랑했었나? 매일같이 당신이 시체처럼 되어 가도 난 당신을 언제나 사랑해. 만일 당신이 죽으면 난 당신 옆에 누워서 거기서 끝까지 있을 거야, 먹지도 마시지도 않고. 당신은 내 품에서 썩어 갈 거고 난 당신의 썩은 몸을 사랑할 거야, 전부를 사랑하는 게 아니면 아무것도 사랑하지 않는 거니까.

괴츠 　(그녀에게 채찍을 내밀며) 날 후려쳐. (힐다가 어깨를 으쓱한다.) 자, 후려쳐, 후려치라고, 죽은 카트린과 잃어버린 너의 젊음과 내 잘못으로 불타 죽은 그 모든 사람들의 복수를 나한테 해.

힐다 　(웃음을 터뜨리며) 그래, 후려쳐 주지, 더러운 수도사, 당신을 후려치는 건 당신이 우리 사랑을 망쳐 버렸기 때문이야. (그녀가 채찍을 잡는다.)

괴츠 　눈에다가 후려쳐, 힐다, 눈에다.

3장

같은 인물들, 하인리히.

하인리히   후려쳐요! 후려쳐! 나는 여기 없는 셈치고 하세요. (그가 앞으로 나온다. 힐다에게) 친구가 나한테 살짝 말해 줬소, 한 바퀴 둘러보고서 슬그머니 돌아오면 된다고. 그를 속일 수는 없거든, 아시다시피. (괴츠에게) 저 여자가 우리 둘이 만나는 걸 방해하려 했었지. 네가 날 기다리지 않았다는 게 정말이야?

괴츠   내가? 나는 날짜를 세고 있었어.

힐다   당신이 날짜를 세고 있었다고? 오오! 괴츠, 당신은 나한테 거짓말한 거야. (그녀가 괴츠를 쳐다본다.) 왜 그래, 당신? 눈이 초롱초롱해졌어, 아까까지의 당신이 아니야.

괴츠   그를 다시 만나니 기뻐서 그래.

힐다   기쁘기도 하겠네, 그 사람은 당신한테 자기가 할 수 있는 모든 악을 행할 텐데.

괴츠   그것이 그가 날 사랑한다는 증거야. 질투 나는 거지, 응? (그녀는 대답하지 않는다. 괴츠는 하인리히 쪽으로 몸을 돌린다.) 저 꽃들, 네가 꺾어 온 거야?

하인리히   그래. 너 주려고.

괴츠   고마워. (꽃다발을 주워 든다.)

하인리히   일주년 축하해, 괴츠.

괴츠　　일주년 축하해, 하인리히.

하인리히　아마도 자넨 오늘 밤에 죽을 거야…….

괴츠　　정말? 왜?

하인리히　농민들이 자넬 죽이려고 찾고 있어. 그들보다 먼저 오려고 내가 뛰어왔잖은가.

괴츠　　나를 죽인다고, 이런! 나로서는 정말 영광스러운 일인데, 완전히 잊힌 줄 알았거든. 그런데 그들이 왜 날 죽이고 싶어 하지?

하인리히　지난 목요일, 군스바흐 평원에서 제후들이 나스티의 군대를 산산조각 내 버렸지. 이만오천이 죽었어, 싸움에서 진 거야. 지금부터 두세 달만 있으면 봉기는 진압될 걸세.

괴츠　　(격하게) 이만오천이 죽었다고! 시작하질 말았어야지, 이 전투는. 바보 같은 것들! 일을 할 거면 차라리…….
(진정한다.) 그러거나 말거나. 인간은 누구나 태어나면 죽는 거니까. (사이) 전부 다 나한테 뒤집어씌우겠지, 당연히?

하인리히　그들은 네가 부대의 지휘를 맡았으면 살육을 피했을 거라고 말하지. 기뻐해, 네가 독일 땅에서 가장 증오받는 사람이니까.

괴츠　　나스티는? 도망쳤나? 잡혔어? 죽었어?

하인리히　맞혀 봐.

괴츠　　꺼져 버려. (생각에 잠긴다.)

힐다　　이 사람이 여기 있는 걸 그들이 알아요?

하인리히 알지.

힐다   그걸 누가 말했죠? 당신이?

하인리히 (악마를 가리키며) 난 아니야, 저 애.

힐다   (부드럽게) 괴츠! (그의 팔을 건드린다.) 괴츠!

괴츠   (깜짝 놀라며) 응! 뭐?

힐다   당신 여기 있으면 안 돼요.

괴츠   아니 왜? 값을 치러야지, 안 그래?

힐다   값을 치를 게 없어요, 당신은 잘못한 게 없으니까.

괴츠   당신 일이나 알아서 해.

힐다   나도 상관있죠. 괴츠, 떠나야 돼요.

괴츠   어디로 떠나?

힐다   어디든지, 피할 곳만 있다면. 당신은 자기를 죽일 권
       리가 없어요.

괴츠   없지.

힐다   그건 사기예요.

괴츠   아, 그렇지, 사기지……. 그런데 뭐가? 나란 놈은 평생
       동안 사기 치고 살았잖아? (하인리히에게) 넌, 너의 논
       고를 시작해 봐, 지금이 적기야, 내가 마침 딱 준비됐
       거든.

하인리히 (힐다를 가리키며) 저 여자는 가라고 해.

힐다   나 있는 데서 말하면 돼요, 그를 떠나지 않을 거니까.

괴츠   그가 옳아, 힐다. 이 공판은 비공개로 진행돼야 해.

힐다   공판이라니?

괴츠   나에 대한 공판.

힐다   왜 이런 공판을 받아요? 저 신부를 쫓아 버리고 이 마
       을을 떠나자고요.

괴츠   힐다, 난 누군가의 판결이 필요해. 매일, 매시간, 나는
       스스로를 처벌하지만 나를 납득시킬 수가 없어, 나 자
       신을 믿기엔 내가 날 너무 잘 아니까. 내 눈에는 더 이
       상 내 영혼이 안 보여, 그게 바로 내 코밑에 있거든. 그
       러니 누가 눈을 좀 빌려 줘야 해.

힐다   내 눈을 빌려요.

괴츠   너도 날 못 봐, 넌 날 사랑하잖아. 하인리히는 날 증오
       해, 그러니까 그는 내 유죄를 입증할 수 있어, 내 생각
       들이 그의 입을 빌어 나오면 그걸 믿겠어.

힐다   내가 나가면, 조금 있다가 나하고 같이 도망치겠다고
       약속하겠어요?

괴츠   그러지, 내가 이 공판에서 이긴다면.

힐다   당신은 이미 지기로 결심했잖아요. 잘 있어요, 괴츠.

(그녀가 괴츠에게로 가서 그를 안아 주고 나간다.)

4장

괴츠, 하인리히.

괴츠   (꽃다발을 던지며) 빨리, 시작하지! 네가 할 수 있는 모
       든 악을 나한테 행해 봐.

하인리히 (그를 쳐다보며) 내가 생각했던 너는 이렇지 않았는데.

괴츠 힘내, 하인리히, 쉬운 일이야. 나의 반쪽은 나머지 반쪽에 대항해서 너하고 공범이야. 자, 나를 파헤쳐서 존재까지 내려가 봐, 문제가 되는 게 나의 존재니까.

하인리히 그러니까 네가 지고 싶어 한다는 게 사실이군?

괴츠 전혀 아니야, 겁내지 마. 나는 그냥 불확실한 것보다는 절망이 더 낫다고 생각할 뿐이야.

하인리히 그럼…… (사이) 잠깐만, 기억이 잘 안 나서. 내가 이렇게 기억상실증에 걸릴 때가 있어, 곧 회복될 거야. (그는 동요하며 걷는다.) 그래도 이럴까 봐 미리 조심했는데, 오늘 아침에도 머릿속으로 전부 다시 그려 봤고……. 너 때문이야, 네가 원래 있어야 할 모습대로 있지 않아서 그래. 너는 의기양양한 눈으로 장미 화관을 쓰고 있어야 했어, 그래야 내가 그 화관을 헝클어뜨리고 네 승리를 망가뜨리고, 결국엔 네가 무릎을 꿇게 되는 거였는데……. 너의 오만은 어디 갔지? 너의 불손함은 어디 갔느냐고? 이미 거의 반 죽어 있는 널 내가 끝장내 봐야 무슨 기쁨이 있겠어? (화를 내며) 아아! 내가 아직도 충분히 못돼 먹질 못한 거야!

괴츠 (웃으며) 긴장하고 있네, 하인리히, 편하게 해, 시간은 많아.

하인리히 단 일 분도 허비할 시간이 없어. 그들이 바로 내 뒤를 따라오고 있다니까 그러네. (악마에게) 좀 알려 줘 봐, 좀 알려 줘, 저놈을 엄중히 증오하게 좀 도와줘.

(구슬프게) 필요할 때는 한 번도 옆에 있은 적이 없어.

괴츠   내가 살짝 알려 줄게. (사이) 땅.

하인리히   땅?

괴츠   내가 그걸 준 게 틀린 거야?

하인리히   아아! 땅…… 하지만 너는 그걸 준 게 아니야, 자기가 가지고 있는 것만 줄 수 있는 거야.

괴츠   말 잘했어! 소유란 인간과 사물 사이의 우정이지. 하지만 바로 내 손 안에서 사물들이 아우성치고 있었어. 나는 아무것도 주지 않았어. 내가 증여 증서를 공개적으로 읽었지, 그게 다야. 그렇지만 신부, 내가 내 땅들을 주지 않은 게 사실이라 해도, 농민들 역시 그걸 받은 게 사실이야. 이건 어떻게 대답할래?

하인리히   그들이 그걸 지킬 수 없는 이상 그들은 그걸 받은 게 아니야. 제후들이 영지에 쳐들어와서 하이덴슈탐의 성에 콘라드의 어린 사촌을 앉혀 놓으면, 이 환상 놀음에서 남는 게 뭔가?

괴츠   마침맞군. 주지도 않고 받지도 않은 거지, 그게 더 간단하네. 악마가 준 금화들이, 그걸 쓰려니까 낙엽으로 바뀌어 버렸지, 내가 베푼 호의들이 딱 그 꼴이네, 그걸 손대자마자 다 시체가 돼 버렸으니. 하지만 의도라는 게 있었잖아, 어쨌든? 안 그래? 내게 정말 좋은 일을 하려는 의도가 있었다면, 신이든 악마든 나한테서 그걸 뺏을 수는 없을 거야. 의도를 공략해 봐. 그걸 물어뜯어 봐.

하인리히 그건 어렵지 않지, 네가 그 재산들을 즐길 수 없었기 때문에 너는 그것들을 포기하는 척하면서 그들 위로 너를 높이고 싶었던 거야.

괴츠 오, 우렁찬 목소리여, 널리 알려 줘, 내 생각을 널리 알려 줘. 네 말을 듣고 있는 게 나인지, 아니면 말하고 있는 게 나인지 더 이상 모를 지경이야. 그러니까 모든 게 다 거짓말이고 코미디였다는 거군? 나는 움직인 게 아니고 제스처만 한 거고. 아아, 신부, 자넨 내 가려운 곳을 긁어 주는군. 그다음엔? 그다음엔? 그 뜨내기 배우가 뭘 했나? 이런, 자넨 빨리도 숨이 가빠지는군!

하인리히 (괴츠의 열광에 덩달아 따라가며) 넌 파괴하려고 췄던 거야.

괴츠 그렇지! 상속자만 죽이는 걸로는 성에 안 찼던 거야…….

하인리히 (같은 태도로) 너는 유산을 낱낱이 흩어 버리고 싶었던 거지.

괴츠 내가 하이덴슈탐의 오랜 영지를 양팔로 들어 올려서는…….

하인리히 (같은 태도로) 땅바닥에 내던져서 산산이 조각내 버린 거지.

괴츠 나는 나의 선의가 내 악덕들보다 더 파괴적이길 바랐던 거야.

하인리히 그리고 넌 성공했지, 이만오천의 시체라니까! 덕을 베푼 하루 사이에 악랄했던 삼십오 년 동안보다 더 많은 사람을 죽였으니까.

괴츠   그 죽은 자들이 가난한 사람들이라는 것도 덧붙여야
       지, 내가 콘라드의 재산을 내주는 척했던 바로 그들
       말이야!

하인리히 물론이지, 넌 그들을 언제나 증오했잖아.

괴츠   (주먹을 쳐들며) 개자식! (동작을 멈추고 웃기 시작한다.)
       내가 널 치고 싶어졌다는 건, 네 말이 다 맞다는 징조
       지. 하! 하! 이게 바로 내 약점이야. 계속해! 내가 가난
       한 자들을 증오했고 그들을 노예로 만들기 위해 그들
       이 가진 감사의 마음을 착취했다고 비난하라고. 예전
       에 난 고문을 통해 영혼들을 짓밟았는데 이제는 선을
       통해 그걸 능욕하는 거지. 내가 이 마을을 시든 영혼
       들의 꽃다발로 만들었지. 가난한 자들, 그들은 날 흉
       내 냈고, 나는 미덕을 흉내 냈지, 그랬더니 그들은 이
       유도 모른 채 죽어서 아무 데도 쓸데없는 순교자가 되
       어 버렸어. 들어 봐, 신부, 나는 모든 사람들과 내 형을
       배신했지만 배반에 대한 나의 식욕은 채워지질 않았
       지, 그래서 어느 날 밤, 보름스의 성벽 아래에서, 나는
       악을 배신하기로 마음먹었어, 거기에 모든 이야기가
       다 담겨 있는 거야. 다만 악이 그렇게 쉽게 배신당하
       고 있지는 않았지, 주사위 주머니에서 나온 것은 선이
       아니었어, 최악의 악이지. 게다가 그게 뭐가 중요해,
       괴물이든 성인군자든 난 상관없었어, 나는 비인간적
       이고 싶었거든. 말해, 하인리히, 나는 미치도록 창피
       했었고 인간들의 조롱을 피하기 위해 하늘을 놀래고

싫어 했다고 말이야. 자, 어서! 뭘 기다려? 말하라고! 아, 그렇지, 넌 말할 수가 없지, 너의 목소리를 내가 내 입 속에 넣고 있으니까. (하인리히를 흉내 내며) 너는 껍데기를 바꾼 게 아니야, 괴츠, 너는 언어를 바꿨지. 너는 인간들에 대한 네 증오를 사랑이라 이르고 파괴에 대한 네 집착을 관대함이라고 불렀어. 하지만 너는 너 자신과 똑같은 모습으로 남아 있어, 똑같아, 한낱 사생아일 뿐이야. (자연스러운 자기 목소리로 돌아와서) 신이여, 나는 그가 진실을 말하고 있음을 증언합니다, 나, 피고는, 유죄를 인정합니다. 내가 재판에 졌다, 하인리히. 만족해?

(그는 비틀거리다가 벽에 기댄다.)

하인리히   아니.

괴츠   참 까다롭군.

하인리히   오오, 신이시여, 이게 저의 승리입니까? 어쩜 이렇게 슬플 수가 있나.

괴츠   내가 죽고 나면 넌 뭘 할 거지? 내가 보고 싶어질 텐데.

하인리히   (악마를 가리키며) 이 작자가 할 일을 엄청 많이 만들어 줄 거야. 널 생각할 시간은 없을 것 같아.

괴츠   그들이 날 죽이고 싶어 하는 것은 확실하지, 어쨌든?

하인리히   확실해.

괴츠   용감한 자들이야. 그들한테 목을 내밀어 주겠어, 그러면 다 끝나겠지, 모든 사람들한테 속 시원한 일이지.

하인리히 아무것도 결코 끝나지 않아.

괴츠 아무것도? 아, 그렇지, 지옥이 있지. 그렇다면 거기가
날 변하게 할 거야.

하인리히 거기도 널 변하게 하지 않을 거야, 여기가 거기니까.
이 친구가 나한테 알려 준 건데 (악마를 가리키며) 땅은
허울뿐이래, 하늘과 지옥이 있고, 그게 전부라는 거
지. 죽음이란 것도 가족들을 위한 멍청한 속임수고,
죽은 사람한테는 모든 게 계속돼.

괴츠 나한테 모든 게 계속될 거라고?

하인리히 모두 다. 넌 영원토록 너 자신을 누리게 될 거야.

(사이)

괴츠 선이라는 것이 얼마나 가깝게 느껴졌는지 몰라, 내가
악인이었을 때는. 팔만 뻗으면 닿을 것 같았지. 팔을
뻗으니 그게 바람처럼 사라졌어. 그러니까 그건 신기
루인 거지? 하인리히, 하인리히, 선이란 것이 가능한
거야?

하인리히 일주년 축하해. 딱 일 년하고 하루 전에 너는 나한테
똑같은 질문을 했지. 그리고 내가 대답했잖아, 아니라
고. 밤이었지, 넌 나를 보고 웃으면서 이렇게 말했어.
"넌 쥐덫에 걸렸어." 그러고 나서 너는 주사위 놀이로
궁지에서 빠져나갔지. 자, 이제 한번 보자, 지금도 밤,

그때하고 똑같은 밤인데, 쥐덫에 걸린 쪽이 누구지?

괴츠 (익살을 떨며) 나야.

하인리히 빠져나갈 건가?

괴츠 (익살을 멈추고) 아니. 난 빠져나가지 않을 거야. (걷는
다.) 주여, 저희들에게 선을 행할 방도를 주지 않으실
거면, 어째서 저희들에게 그에 대한 가혹한 갈망을 주
셨습니까? 제가 선해지는 것을 허락하지 않으셨다면,
저에게서 악해지려는 욕구를 뺏어 가신 것은 어찌 된
일입니까? (걷는다.) 어쨌든 출구가 없다는 것이 신기
하군.

하인리히 왜 그에게 말하는 척하는 거지? 그가 대답하지 않을
거라는 거 잘 알잖아.

괴츠 이 침묵은 또 왜지? 예언자의 암탕나귀한테는 모습을
보이셨던[19] 그분이 어째서 나한테는 모습을 보여 주지
않으시지?

하인리히 왜냐하면 넌 중요하지 않으니까. 약자들을 고문하건
너 자신을 학대하건, 창녀의 입술에 입을 맞추건 나병
환자의 입술에 입을 맞추건, 굶어 죽건 방탕으로 죽건
간에, 신께서는 신경 안 써.

괴츠 그럼 누가 중요해?

하인리히 아무도. 인간은 무(無)야. 놀란 얼굴 하지 마, 넌 언제
나 그걸 알고 있었잖아. 네가 주사위를 던졌을 때 너

---

19) 구약성서의 「민수기」에 나오는 발람과 나귀의 일화.

는 그걸 알고 있었어. 안 그러면 왜 네가 속임수를 썼겠어? (괴츠가 말하려고 한다.) 너는 속였어, 카트린이 봤지. 너는 신의 침묵을 덮으려고 네 목소리를 높였던 거야. 네가 받았다고 주장한 그 명령들, 실은 너 스스로가 너한테 내린 거지.

괴츠　(생각해 보면서) 내가, 그랬지.

하인리히　(놀라며) 그렇지, 그래. 너 자신이야.

괴츠　(같은 태도로) 나 혼자.

하인리히　그래, 내가 말하잖아, 그렇다니까.

괴츠　(고개를 들면서) 나 혼자야, 신부, 네 말이 맞아. 나 혼자. 나는 애원하기도 했고, 징조를 애걸해 보기도 했고, 하늘에 메시지를 보내 보기도 했지만, 대답은 없었어. 하늘은 내 이름조차 몰라. 나는 매 순간 신의 눈에 내가 어떤 **존재**일 수 있을까 자문했지. 이제는 내가 그 답을 알아, 아무것도 아닌 거야. 신에게는 내가 안 보여, 신은 내 말을 듣지도 않고, 나를 알지도 못해. 우리 머리 위에 저 허공이 보여? 저게 신이야. 문짝에 나 있는 저 틈새가 보이나? 저것이 신이야. 땅에 있는 이 구멍이 보여? 저것도 신이야. 침묵, 이게 신이야. 부재, 이게 신이지. 신이란 인간들의 고독이야. 나밖에 없었던 거지, 나 혼자 악을 결정했고, 내가 혼자서 선도 만들어 냈어. 속인 것도 나였고, 기적을 행한 것도 나였고, 오늘 나를 심판하는 것도 나야, 나 혼자만이 내 죄를 사할 수 있지, 나, 인간인 내가 말이야. 만일 신이

존재한다면 인간은 무(無)이고, 만일 인간이 존재한
다면…… 어딜 가?

하인리히 난 갈 거야, 너하고는 더 이상 볼일이 없어.

괴츠 잠깐, 신부, 내가 웃겨 줄게.

하인리히 입 닥쳐!

괴츠 아니, 넌 내가 무슨 얘기를 할지도 아직 모르잖아. (하
인리히를 쳐다보다가 갑작스럽게) 너 아는구나!

하인리히 (소리치며) 아니, 그렇지 않아! 난 아무것도 몰라, 아
무것도 알고 싶지 않아.

괴츠 하인리히, 내가 아주 엄청난 장난거리 하나 알려 줄
게. 사실 신은 존재하지 않아. (하인리히가 괴츠에게 달
려들어 그를 때린다. 괴츠는 주먹질을 받으면서 웃고 소리
지른다.) 그는 존재하지 않아. 환희, 환희의 눈물![20] 할
렐루야. 미친놈! 때리지 마, 내가 우리들을 해방한 거
라고. 더 이상 하늘도 없고, 더 이상 지옥도 없어, 이
땅뿐이야.

하인리히 아아! 날 백 번 천 번 지옥에 보내도 상관없어, 그분
이 계시기만 하다면. 괴츠, 인간들은 우리를 배신자요
사생아라고 불렀지, 그리고 그들은 우리를 처벌했어.
만일 신이 존재하지 않는다면, 더 이상 인간들에게서
벗어날 방법도 없어. 오오 신이여, 이자가 당신을 모

---

20) 파스칼(Blaise Pascal, 1623~1662)이 옷에 꿰매어 늘 지니고 다니던 종이
쪽지에서 발견된, 자신의 신비 체험을 기록한 글 속에 나오는 유명한 문구다.

독했습니다, 저는 당신을 믿습니다, 저는 믿어요! 하늘에 계신 우리 아버지, 저는 제 동류들한테서 심판받느니 무한한 존재에게서 심판받고 싶습니다.

괴츠   누구한테 말하는 거야? 그는 귀머거리라고 방금 네 입으로 말했잖아. (하인리히가 그를 조용히 쳐다본다.) 더 이상 인간들에게서 벗어날 방도는 없어. 괴물들이여 안녕히, 성인들도 안녕히. 자만심도 안녕히. 인간들밖에 없는 거야.

하인리히   그 인간들이 너를 원하지 않아, 사생아.

괴츠   흥! 내가 알아서 해. (사이) 하인리히, 난 재판에 지지 않았어, 판관이 없어 공판이 성립하지 않았거든. (사이) 모든 걸 다시 시작하겠어.

하인리히   (펄쩍 뛰며) 뭘 다시 시작한다는 거야?

괴츠   삶.

하인리히   그건 지나치게 편한 해결책이잖아. (괴츠를 덮친다.) 너는 다시 시작하지 못해. 끝났어, 오늘로 종지부를 찍어야 해.

괴츠   나를 놔줘, 하인리히, 놓으라고. 모든 게 바뀌었어, 나는 살고 싶어.

(괴츠가 발버둥 친다.)

하인리히   (괴츠의 목을 조르며) 힘은 다 어디 갔어, 괴츠, 너의 힘은 어디 갔느냐고? 네가 살고 싶어졌다니 나로선 정말 행운이군, 넌 절망 속에서 뒈질 거야! (괴츠는 힘이 빠져서 그를 밀쳐 내려 하지만 잘 안 된다.) 네 모든 지옥의 몫이 이 마지막 순간에 들어 있길.

괴츠   이거 놔. (발버둥 친다.) 아무렴, 만일 우리 중 하나가 죽어야 한다면, 네가 죽는 게 낫지!

(그가 하인리히를 칼로 내려친다.)

하인리히   허어! (사이) 나는 증오를 멈추고 싶지 않아, 괴로움을 멈추고 싶지 않아. (그가 쓰러진다.) 아무것도 없을 거야, 아무것도, 아무것도. 그렇지만 넌, 내일, 해가 뜨는 걸 보겠지.

(그가 죽는다.)

괴츠   네가 죽어도 세상은 여전히 충만하지, 너는 아무한테도 아쉬움을 주지 못할 거야. (꽃다발을 집어서 시체 위에 던진다.) 선의 코미디가 살인으로 종결되었군, 잘됐어, 더 이상 되돌릴 수 없을 테니까. (소리쳐 부른다.) 힐다! 힐다!

5장

힐다, 괴츠.

(밤이 되었다.)

괴츠 신이 죽었어.

힐다 죽었든 살았든 상관없어요! 신경 안 쓴 지 이미 오래니까. 하인리히는 어디 있죠?

괴츠 갔어.

힐다 당신 재판은 이겼어요?

괴츠 재판은 없었어, 신이 죽었다고 했잖아. (힐다를 품에 안는다.) 우리한테는 이제 증인도 없어, 너의 머리카락과 네 이마를 보는 건 나 혼자야. 그가 없어지고 나니까 당신이 얼마나 **진짜** 같은지 모르겠군. 날 쳐다봐, 단 한순간도 멈추지 말고 날 쳐다봐, 세상이 장님이 되어 버렸거든. 만일 네가 머리를 돌려 버리면 내가 사라져 버릴까 봐서 겁나. (그가 웃는다.) 드디어 우리뿐이야!

(빛. 횃불들이 다가온다.)

힐다 그들이에요. 가요.

괴츠 난 그들을 기다리겠어.

힐다 그들은 당신을 죽일 거예요.

괴츠 흥! 누가 알아? (사이) 남아 있자고, 난 인간들을 봐야겠어.

(횃불들이 다가온다.)

11경

(농민들의 진영)

1장

카를, 마녀, 두 농부, (이어서) 나스티.

(마녀가 농부들을 나무손으로 문질러 주고 있다.)

나스티　(들어오며) 뭐 하는 거야?

마녀　　내가 나무손으로 문질러 준 사람들은 다치질 않아요,
　　　　타격을 가하기는 해도 타격을 받지는 않죠.

나스티　그 손을 버려! (마녀 쪽으로 걸어간다.) 어서! 그걸 버리
　　　　라니까! (마녀는 카를의 뒤로 피한다.) 카를! 너도 연관
　　　　되어 있는 거냐?

카를　　그래. 그냥 하게 내버려 둬.

나스티　내가 지휘하는 이상, 대장들이 자기 부대원들한테 거
　　　　짓말하는 건 용납 못 해.

카를　　그러면 부대원들이 자기 대장들하고 같이 뒈질걸.

나스티　(농부들에게) 내 앞에서 꺼져.

(그들이 나간다. 사이. 카를이 나스티 쪽으로 온다.)

카를   넌 주저하고 있어, 나스티, 네가 꿈꾸고 있는 동안 탈
      영병들이 몇 배로 늘었다고! 부상자가 피를 쏟듯이 부
      대에서 병사들이 새어 나가고 있잖아. 출혈을 멈춰야
      해. 게다가 우린 더 이상 수단에 있어서 까다롭게 굴
      권리가 없어.

나스티 뭘 하고 싶은 거야?

카를   모두 이 예쁜 아이한테 와서 나무손에 문지르고 가라
      고 명령을 내리려고. 자기들이 다치지 않을 거라 믿게
      되면, 남아 있을 테니까.

나스티 내가 인간들로 부대를 만들어 놨더니 너는 그들을 짐
      승들로 바꿔 버리는구나.

카를   전장에서 죽어 나가는 짐승들이 탈영하는 인간들보
      다는 나아.

나스티 오류투성이 가증스러운 예언자 같으니라고!

카를   뭐, 그렇지, 난 가짜 예언자지. 그런 너는, 너는 뭔데?

나스티 난, 나는 이 전쟁을 원하지 않았어…….

카를   그럴 수도 있지, 하지만 네가 그걸 막을 수 없었던 것
      은 신이 너와 함께하지 않았기 때문이야.

나스티 나는 가짜 예언자는 아니야, 주님이 속여 넘긴 한 인
      간이지. 네가 원하는 대로 해. (카를이 마녀와 함께 나간
      다.) 그래요, 신이시여, 당신이 나를 속였지요, 내가 당
      신에게 선택받은 자라고 믿고 있게 했으니까. 하지만

내가 어떻게 자기 피조물들에게 거짓말을 했다고 당신을 비난할 수 있겠으며, 어떻게 당신의 사랑을 의심하겠습니까? 지금 그들을 사랑하는 대로 내 형제들을 사랑하고, 그들에게 거짓말하는 대로 그들에게 거짓말하고 있는 내가 말입니다.

2장

나스티, 괴츠, 힐다, (무장한) 세 명의 농부.

나스티 (놀라지 않은 채) 이제들 오는군!

한농부 (괴츠를 가리키며) 저자의 목을 따려고 조금 찾아다녔죠. 그런데 옛날 그자가 아니네요, 자기 잘못들을 다 시인하고 우리 편에서 싸우고 싶다고 합니다. 그래서 이렇게 우리가 대장한테 데리고 왔소.

나스티 나가들 봐. (그들이 나간다.) 우리 편에서 싸우고 싶다고?

괴츠 그래.

나스티 왜?

괴츠 난 당신들이 필요해. (사이) 나도 인간들 사이의 한 인간이고 싶어.

나스티 그것뿐이야?

괴츠 나도 알아, 그게 제일 어렵다는 걸. 바로 그래서 나는 시작점에서부터 시작해야 해.

나스티   시작점이 뭔데?

괴츠   죄악. 오늘날 인간들은 죄인으로 태어나니까, 내가 그
       들의 사랑과 그들의 미덕에서 내 몫을 원한다면 그들
       의 죄악에서 내 몫을 요구해야 하는 거지. 나는 순수
       한 사랑을 원했어, 어리석은 짓이었지. 서로 사랑한다
       는 건 같은 적을 증오하는 거야. 따라서 난 당신들의
       증오를 따르려고. 나는 선을 원했지, 멍청했어. 이 땅
       위에서 그리고 이 시간에 선과 나쁜 것은 분리가 안 돼,
       그래서 착해지기 위해 나쁜 놈이 되기로 했어.

나스티   (그를 쳐다보며) 너 변했구나.

괴츠   희한할 정도로! 난 내게 소중했던 사람을 잃었어.

나스티   누구?

괴츠   자네가 모르는 사람이야. (사이) 자네 명령 하에 일개
       병사로 복무하기를 요구하네.

나스티   거절하겠네.

괴츠   나스티!

나스티   하루에 오십 명씩 잃는 판국에 병사 하나 가지고 내가
       뭘 하겠나?

괴츠   이전에 내가 어떤 갑부처럼 오만한 채로 당신들한테
       왔을 때, 당신들은 날 배척했지, 그리고 그건 정당했
       어, 왜냐하면 그땐 당신들한테 내가 필요하다고 우겼
       으니까. 하지만 오늘은 나한테 당신들이 필요하다고
       말하고 있잖아, 그리고 만일 당신들이 나를 배척한다
       면 그건 부당해, 왜냐하면 구걸하는 사람을 내쫓는 것

은 부당하니까.

나스티 난 널 배척하지 않아. (사이) 일 년 하루 전부터 네 자리가 너를 기다리고 있어, 그 자리를 맡아. 자네가 부대를 통솔하는 거야.

괴츠 아냐! (사이) 나는 명령 체질이 아니야. 나는 복종하고 싶어.

나스티 잘됐군! 그럼, 우리의 우두머리가 되기를 너한테 명령한다. 복종해.

괴츠 나스티, 나는 죽이는 걸 체념하고 받아들이고, 필요하다면 내가 죽어 줄 수도 있어. 하지만 난 그 누구도 사지로 내몰지는 않을 거야. 이젠 죽는다는 게 어떤 것인지 알거든. 거기엔 아무것도 없어, 나스티, 아무것도. 우리에게 있는 건 우리의 삶뿐이야.

힐다 (그에게 침묵을 강요하면서) 괴츠! 입 다물어요!

괴츠 (힐다에게) 알았어. (나스티에게) 우두머리들은 혼자야, 난 사방에 사람들이 있길 원해. 내 주변에, 내 위에, 그래서 그들이 나에게 하늘을 가려 주길. 나스티, 내가 평범한 보통 사람이 될 수 있게 해 줘.

나스티 하지만 자넨 보통 사람이잖아. 어떤 우두머리가 다른 우두머리보다 훨씬 더 가치가 있다고 생각하나? 지휘하고 싶지 않다면, 떠나게.

힐다 (괴츠에게) 수락해요.

괴츠 아니야. 삼십육 년간의 고독, 그것으로도 충분해.

힐다 내가 당신과 함께 있을게요.

괴츠   넌, 바로 나야. 우리는 함께 고독할 거야.

힐다   (나지막이) 만일 당신이 병사들 사이의 일개 병사라면,
그들한테 신이 죽었다고 이야기할 건가요?

괴츠   아니.

힐다   당신도 잘 아네요.

괴츠   내가 뭘 안다는 거지?

힐다   당신이 결코 그들과 같아지지 않으리라는 것을. 더 잘
난 것도 더 못난 것도 아니고, 다른 거지요. 그리고 만
일 그들과 의견 일치를 본다 해도 그것은 오해에 의한
걸 거예요.

괴츠   내가 신을 죽인 것은 그가 나를 인간들로부터 갈라놔
서 그랬던 건데, 이젠 그의 죽음이 더 확실하게 나를
고립시키는군. 그 거대한 시체가 나의 인간적 우애들
을 독살하는 것을 보고만 있진 않을 거요. 여차하면
털어놔 버릴 테니까.

힐다   그들의 용기를 그들한테서 뺏어 버릴 권리가 당신한
테 있어요?

괴츠   조금씩 조금씩 할 거야. 한 일 년 참아 본 다음에…….

힐다   (웃으며) 일 년 후엔, 이봐요, 우린 다 죽어 있을 거예요.

괴츠   신도 없는데 내가 왜 혼자겠어, 모든 이들과 함께 살
고 싶어 하는 내가 말이야?

(농부들이 마녀를 앞세우고 들어온다.)

마녀   절대로 아프게 하지 않는다니까. 이 손으로 당신들을
         문지르면, 모두들 천하무적이 될 거란 말이에요.
농부들   나스티가 자기한테도 문지르게 하면 우리도 너를 믿
         어 주지.

(마녀가 나스티에게로 다가간다.)

나스티   저리 꺼져!
마녀   (나지막이) 카를이 시킨 거예요, 내가 하게 해 줘요, 안
         그러면 모든 게 끝장이니까.
나스티   (목소리를 높여서) 좋아. 빨리 해.

(그녀가 그를 문지른다. 농부들이 환호한다.)

한농부   수도사도 문질러 줘야지.
괴츠   빌어먹을!
힐다   (부드럽게) 괴츠!
괴츠   문질러 줘, 예쁜 애야, 아주 세게 문질러.

(그녀가 문지른다.)

나스티   (격렬하게) 다들 나가!

(그들이 가 버린다.)

괴츠　　나스티, 너 이렇게 돼 버렸어?

나스티　그래.

괴츠　　그러니까 그들을 경멸하는 거야?

나스티　나는 나를 경멸할 뿐이야. (사이) 이보다 더 괴상하고
　　　　웃긴 짓을 본 적이 있나? 내가, 거짓말을 증오하는 내
　　　　가, 내 형제들에게 거짓말을 해서, 내가 증오하는 전
　　　　장에 나가 죽음을 맞을 수 있도록 용기를 준다는 게
　　　　말이야.

괴츠　　그럼 그렇지, 힐다, 이 작자도 나만큼이나 고독해.

나스티　그보다 더해. 너야, 넌 언제나 고독했잖아. 난 말이야,
　　　　난 십만이었어, 그런데 이젠 나밖에 없는 거야. 괴츠,
　　　　나는 고독도 몰랐고, 패배도 번민도 몰랐는데, 이젠
　　　　그것들을 어찌해 볼 도리가 없어져 버렸어.

(한 병사가 들어온다.)

병사　　대장들이 할 말이 있답니다.

나스티　들어오라고 해. (괴츠에게) 신뢰가 죽었고, 자기들이
　　　　더 이상 권위가 없다고 말할 거야.

괴츠　　(큰 소리로) 안 돼. (나스티가 그를 쳐다본다.) 고통, 번
　　　　민, 회한, 나한테는 상관없어. 하지만 넌, 만일 네가 괴
　　　　로워하면 마지막 촛불이 꺼져, 그러면 밤이야. 내가
　　　　부대의 지휘를 맡지.

(대장들과 카를이 들어온다.)

한대장　나스티, 전쟁을 끝낼 줄도 알아야 돼. 내 부하들이…….

나스티　내가 발언권을 주거든 말해. (사이) 여러분들에게 승리에 버금가는 소식을 알려 주겠소, 우리가 한 장군을 모시게 되었는데 그분은 독일에서 가장 명성 높은 지휘관이오.

한대장　이 수도사가?

괴츠　　다른 건 몰라도 수도사는 아니지!

(그가 수도복을 내던지고 군인의 모습을 드러낸다.)

대장들　괴츠!

카를　　괴츠! 정말이군…….

한대장　괴츠! 그럼 얘기가 다르지!

다른대장　무슨 얘기가 달라, 엉? 뭐가 바뀌느냐고? 저자는 배신자야. 그가 당신네들을 기억에 남을 함정에 빠뜨리지 않을지나 두고 봐야지.

괴츠　　가까이 나와! 나스티가 나를 대장이자 지휘관으로 명했다. 나에게 복종하겠는가?

다른대장　차라리 뒈지고 말지.

괴츠　　그럼 죽어라, 형제여! (그를 단검으로 찌른다.) 그리고 제군들, 들으시오! 나는 마지못해 지휘권을 잡았지만 그걸 놓진 않겠소. 장담컨대 이 전쟁에서 단 한 번이라도 이길 수 있는 기회만 온다면 나는 반드시 이기고 말 것이오. 지금 당장부터 탈영을 시도하는 모든 병사는 교수형에 처한다고 공포하시오. 오늘 저녁까지 부대원과 무기와 군량에 대한 완전한 보고서를 원하오, 모두들 자신의 목을 걸고 남김없이 보고하시오. 여러분의 부하들이 적보다 나를 더 두려워하게 될 때 우리는 승리를 확신할 수 있을 것이오. (대장들이 말을 하려 한다.) 아니오. 한 마디도 하지 마시오, 가 보시오. 내일 내 계획을 알려 주겠소. (그들이 나간다. 괴츠는 발로 시체를 밀어낸다.) 드디어 인간의 통치가 시작되는군. 훌륭한 출발이야. 자, 나스티, 나는 사형집행인이자 도살자가 될 걸세.

(그가 잠깐 혼절한다.)

나스티 (그의 어깨에 손을 얹으며) 괴츠…….
괴츠   염려 말게, 나는 약해지지 않을 테니. 나는 그들을 공포에 떨게 할 걸세, 그들을 사랑할 다른 방도가 없으니까, 그들에게 명령을 내릴 걸세, 복종할 다른 방도가 없으니까, 머리 위에 저 텅 빈 하늘을 이고 혼자 있을 걸세, 모두와 함께 있을 다른 방도가 없으니까. 치러야 할 이 전쟁이 있으니 내가 그것을 치르겠네.

(막)

작품 해설

1 사르트르의 희곡 작품

지금의 독자들에게 '극작가'라는 수식이 붙은 사르트르는 다소 낯선 호칭일 수도 있겠다. 그의 이름은 주로 『존재와 무』, 『구토』, 『문학이란 무엇인가』 등의 철학서와 소설, 문학 비평서의 저자로 우리에게 친숙하고, '대표적인 실존주의 사상가', '참여문학의 기수' 혹은 '노벨 문학상 거부', '시몬 드 보부아르와의 계약 결혼' 등의 문구와 더 어울려 알려져 있기 때문이다.

그렇지만 사실 사르트르의 이름이 국내에 본격적으로 알려진 것은 바로 연극 작품을 통해서였다. 해방 후 실존주의 철학이 국내에 막 소개되기 시작하던 시기에 한국전쟁이 발발했고, 전쟁이 한창이던 1951년 부산에서 극단 '신협'이 사르트르의 「더러운 손」(1948년 작)을 「붉은 장갑」[1]이라는 제목으로 무대에 올려 대성황을 이루었던 것이다. 당시 공연의 연출을 맡았던 이진순의 증언[2]에 의하면 "「붉은 장갑」은 전시 피난 수도임에도 불구하고 극장 밖까지 인산인해로 관중이 몰릴" 정도로 연일 초만원이었고 각 일간지에서 호평을 받았을 뿐만 아니라, 그 이듬해 극단 측에서는 국내외 내빈 다수가 참석한 가운데 사르트르에게 "춘향과 이 도령의 인형을 주한 불란서 공사 대리 '제섭스키' 씨를 통하여 전달하였고 동시에 사르트르에게 인사 편지"까지 보냈다고 한다. 이상과 행동 사이에서 주저하는 한 지식인 사상가의 갈등을 다룬 사르트르의 실존주의 연극이 전쟁이라는 특수한 상황에서 반공 의식을 고취하는 정치극으로 소개되어 큰 성공을 거두면서 이후 반공을 국시로 삼은 한국에서 사르트르의 초기 이미지는 다소 왜곡되어 정착된 면도 있다.

생전에 철학서, 소설, 전기, 문학비평, 정치 평론, 시나리오 등 온갖 장르의 작품들을 발표한 사르트르였지만, 프랑스에서도 그를 '대중에게 친숙한' 작가로 만들었던 것은 정작 그의 희곡 작품들이다. 사르트르는 1940년 겨울 독일군에게 잡혀 있던 포로수용소에서 「바리오나」라는 연극을 만들어 공연한다. 이때 처음 동료 포로들과의 집단적인 일체감을 경험한

---

1) 「더러운 손(Les Mains Sales)」은 파리에서 초연이 이루어지던 그해에 미국 뉴욕에서 「붉은 장갑(Red Gloves)」이라는 제목으로 번안되어 백 회 이상 상연되었는데, 사르트르는 이 미국판 각색본에 대해 항의의 뜻을 전달하기도 했다.
2) 이진순, 「한국연극사 2(제3기 1945~1970년)」, 『한국연극』, 1978.2, 52쪽.

그는 이후 작가와 관객이 하나의 의미를 만들어 내기 위해 능동적으로 참여하여 일시적으로나마 합일의 상태를 이루어 내는 연극 공연의 매력에 사로잡힌다. 포로수용소에서 풀려난 후 사르트르는, 1943년 「파리 떼」를 시작으로 1965년까지 이십삼 년 동안 두 편의 각색 작품을 포함하여 모두 열 편의 희곡 작품을 정식으로 발표한다. 이를 연도별로 정리하면 다음과 같다.

번호	작품 제목	출간 연도	초연 연도	상연 극단	연출자
1	파리 떼	1943	1943	시테 극장	샤를 뒬랭
2	닫힌 방	1945	1944	비유콜롱비에 극장	레몽 룰로
3	무덤 없는 주검	1947	1946	앙투안 극장	미셸 비톨드
4	공손한 창녀	1947	1946	앙투안 극장	줄리엥 베르토
5	더러운 손	1948	1948	앙투안 극장	피에르 발드
6	악마와 선한 신	1951	1951	앙투안 극장	루이 주베
7	킨(각색)	1954	1953	사라베르나르 극장	피에르 브라쇠르
8	네크라소프	1956	1955	앙투안 극장	장 메이어
9	알토나의 유폐자들	1960	1959	르네상스 극장	프랑수아 다르봉
10	트로이의 여인들(각색)	1965	1965	국립민중극장	미셸 카코야니스

(1) 사르트르의 공식적인 첫 극작품 「파리 떼」는 포로수용소에서 풀려난 사르트르가 독일 점령 아래 있던 파리에서 적극적인 저항운동이 여의치 않자 일종의 예술적 저항으로 내놓은 작품이다. 비록 독일 군 당국의 검열을 통과할 수 있었다는 사실이 후에 논란이 되기는 했지만 고대 그리스의 오레스테스 신화를 각색한 이 작품 자체가 담고 있는 메시지는 매우 분명하다. 독일에게 점령당한 당시의 파리를, 부당하게 권력

을 갈취한 왕이 다스리는 아르고스에 비유하면서, 부역자와 점령자가 공모하여 강요하는 집단적 패배주의에 맞설 것을 주장한 것이다. 주변의 증언에 의하면 사르트르는 포로수용소에서 풀려난 직후인 1941년 여름 그리스 비극 작가 아이스킬로스의 「제주를 바치는 여인들」을 관람하고서 「파리 떼」를 쓰기로 결심했으며, 『존재와 무』를 한창 집필할 시기임에도 약 육 개월 만에 작품을 완성했다. 「파리 떼」는 우여곡절 끝에 샤를 뒬랭이 연출을 맡아 그가 관리하던 시테 극장에서 약 25회에 걸쳐 상연되었는데, 당시 관객들과 비평가들은 작품 내용보다는 뒬랭의 연출에 더 깊은 인상을 받았다고 한다. 갈리마르 출판사에서 나온 단행본은 초연 시점보다 삼 개월 앞선 1943년 4월부터 판매가 시작되었다. 「파리 떼」에 대한 당시 반응은 미온적이었다. 초연 이후 1948년과 1951년 한두 차례 재상연되었으나 외면받았다가, 1998년에 와서야 다시 파리의 무대에 올랐다.

(2) 1943년 가을에 집필된 「닫힌 방」3)은 사르트르 연극 중에서 가장 유명한 작품이다. 1944년 5월 당시 떠오르던 신예

---

3) 작품의 원제목 Huis clos에서 huis의 본래 의미는 '문'이라는 뜻의 프랑스 고어다. 아래쪽은 안 열리고 위쪽만 열리는 문을 huis coupé라고 쓰기도 했고, 현대에서 법정 용어로 주로 쓰이는 à huis clos라는 표현은 청중이 참관할 수 없게 비공개로 진행되는 법정을 의미한다. 따라서 이 작품의 제목을 단어의 원래 의미대로 옮기면 '닫힌 문'이 더 정확하겠으나 극이 진행되는, 지옥이라는 닫힌 공간의 이미지를 살려서 「닫힌 방」으로 옮긴다. 영어 번역의 경우 No Way Out이나 No Exit로 옮겨졌고, 국내에서는 「출구 없는 방」이라는 제목으로 번역되어 상연된 적이 있다.

연출가 레몽 룰로에 의해 무대에 올려진 이후 지금도 프랑스는 물론 세계 각지에서 지속적으로 상연되고 있다. 연구자 미셸 리발카의 말에 따르면 1982년 무렵 미국의 한 도시에서는 한 해 동안 서로 다른 「닫힌 방」이 무려 다섯 편(프랑스어 공연 두 편과 영어 공연 세 편)이나 상연되었다고 한다. 1944년 3월 한 문학잡지에 「타인들」이라는 제목으로 처음 실렸던 이 작품은 1945년 갈리마르 출판사에서 출간되었고, 2004년 집계에 의하면 이후 약 240만 부가 팔렸다고 한다. 지옥에 갇힌 세 사람의 갈등을 그린 「닫힌 방」은 사르트르의 작품 중 가장 연극적이면서도 가장 참여적이지 않다는 평가를 받는데, 시사 문제보다는 사르트르의 철학과 밀접한 작품이기에 비평계에서도 큰 호평을 받았다.

(3) 「무덤 없는 주검」은 1946년 11월에 앙투안 극장에서 초연되었으며, 작품에 나오는 심한 고문 장면 때문에 사르트르의 극작품 중에서 가장 논란을 많이 일으켰다. 나치 독일이 패퇴할 무렵 대독 협력 민병들에게 붙들린 레지스탕스의 이야기를 다룬 이 작품은 웅장한 무대 장치나 아름다운 대사 하나 없이 고문자와 희생자의 관계를 시선의 문제를 중심으로 풀어 간다. 형식적인 면에서는 사르트르의 극작품 중에서 가장 잘 구성된 축으로 분류되지만 작가 스스로가 잘 만들어진 작품이 아니라고 평했고, 비평계의 반응도 냉담해서 이후 파리의 큰 연극 무대에서는 한 번도 다시 상연되지 못했다.

(4) 「공손한 창녀」는 1946년 「무덤 없는 주검」을 앙투안 극장에서 상연하기로 했을 때 단일 공연용으로는 그 작품의 길

이가 짧아서, 사르트르 자신이 직접 프로그램 2부용으로 단 며칠 만에 완성한 작품이다. 「닫힌 방」과 더불어 사르트르의 희곡 중 가장 실존주의적인 작품으로 평가받는 「공손한 창녀」 는, 열차 안에서 우연히 흑인 피살 장면을 목격한 창녀가 백인 살인범의 부친인 상원 의원으로부터 거짓 진술을 강요받으며 벌어지는 에피소드를 줄거리로 한다. 외설적이고 반미적이라 는 이유로 파문을 일으켰으나 프랑스는 물론 특히 라틴아메 리카 쪽에서 성공적인 반응을 얻었다. 애초에 나겔 출판사에 서 1946년 처음 나왔다가 이듬해 갈리마르 출판사에서 재출 간되었다.

(5) 「더러운 손」은 사르트르를 위대한 극작가의 반열에 올 려놓은 작품이다. 사르트르가 1947년 연말에 착상하여 몇 달 만에 집필을 마친 이 작품은 1948년 4월에 앙투안 극장에서 피에르 발드의 연출로 초연되었다. 작품 배경은 2차 세계 대 전 말기 중부 유럽의 한 가상 국가 일리리이다. 프롤레타리아 당 과격파의 명령으로 당수 외드레르를 살해한 부르주아 출 신 청년 당원 위고가 출옥하면서 이야기가 시작된다. 극이 진 행되면 위고가 수감 생활을 하던 사이에 당이 과격파에서 노 선을 선회하여 위고가 죽인 외드레르의 방침을 채택하고 있 음이 드러난다. 따라서 그를 살해한 위고는 숙청 대상이 된 다. 초연 당시 비평계의 반응은 뜨거웠다. 「더러운 손」에서 보 여 준 극 구성의 엄격함과 감탄스러운 연극 언어는 평론가들 이 이 작품을 전후 최고의 희곡으로 치켜세울 정도로 열광적 인 찬사를 이끌어 냈다. 좌우 진영 언론으로부터 반공주의적

인 연극으로 취급받으며 지극히 정치적으로 읽히고 해석되는 이 작품은 새로운 연출이 이루어질 때마다 매번 다양하고 열정적인 반향을 일으켰다. 1951년과 1978년 두 차례에 걸쳐 영화화되기도 했다.

(6) 「악마와 선한 신」은 사르트르가 장 주네에 대한 글을 쓰던 1951년 초에 집필을 시작한 작품이다. 샤를 뒬랭이 관리하던 극단에서 연극을 가르치던 시절 세르반테스의 연극 「행복한 건달」(1615)에서 영감을 얻었다고 한다. 이 작품에서 사르트르는 16세기 독일 농민전쟁을 배경으로, 신과 내기를 벌여서 악당에서 사제로 변신했다가, 마지막에는 다시 인간과 함께 행동하는 주인공을 그려 보인다. 1951년 6월 앙투안 극장에서 루이 주베의 마지막 연출로 무대에 올려졌는데 사르트르가 집필을 마치기 전에 이미 연습이 시작되었다는 것과, 정상적인 공연 시간을 초과하는 작품 길이 때문에 공연 관계자와 사르트르 사이에 언쟁이 잦았다는 이유로 유명세를 탔다. 이듬해 3월까지 거의 일 년 동안 성황리에 상연되면서 대중적으로 성공을 거두었으나 좌파와 기독교 세력으로부터는 좋은 평가를 받지 못했다. 읽기 위한 작품인지 공연을 위한 작품인지 규정짓기 애매한 이 작품은 사르트르의 희곡 중에서 가장 해석의 여지가 많은 작품으로 꼽힌다. 1968년 재공연 이후 연극계에서는 문제극(pièce à thèses)으로 취급되면서 다소 방치되었다가 2001년 다시 무대에 올려졌다.

(7) 1953년 11월 무대에 올려진 「킨」은 19세기 초 영국 배우 킨의 생애를 소재로 한 5막극으로서, 알렉상드르 뒤마의

「킨 또는 광기와 천재」(1836)를 각색한 작품이다. 연극배우의 존재론적 지위를 성찰하는 이 작품은 사르트르의 각색이 많은 문제점을 드러냈음에도 육 개월 동안 성공적으로 공연되었다. 1956년에는 이탈리아에서 영화화되었고 이후 수차례 재상연되었으며, 1987년에는 배우 장폴 벨몽도가 킨의 역할을 맡으며 연극 무대로 복귀해서 화제가 되기도 했다.

(8) 1955년에 집필한 「네크라소프」는 사르트르가 처음으로 파리에서 실패를 맛본 작품이다. 정치적 시사성이 가장 두드러졌던 이 작품에서 사르트르는 소련을 방문했을 때 받은 인상과 소비에트 공산주의에 대한 열정을 간접적으로 드러냈다. 사르트르는 "반공주의 선전을 일삼는 몇몇 언론에 대한 풍자극"이라고 밝힌 바 있다. 모두 여덟 장으로 구성되었으며, 작품의 주인공인 사기꾼 조르주 드 발르라는, 인간이란 언제나 남에게 보여지는 존재로서만 존재한다는 사르트르의 메시지를 전달하는 또 한 명의 인물이다. 1955년 6월 장 메이어의 연출로 앙투안 극장에서 언론계의 혹평을 받으며 60회 공연되었다. 반대로 사회주의 진영, 특히 소련에서는 1955년 8월에 이 작품이 「오로지 진실만을」이라는 제목으로 각색, 번역되었고 이듬해 공연되어 대성황을 이루었다.

(9) 알제리 전쟁이 한창이던 1958년 여름에 착수하여 이듬해 여름까지 수차례 수정을 거쳐 완성된 「알토나의 유폐자들」은 사르트르가 자신의 희곡들 중에서 가장 심혈을 기울인 작품이다. 주인공 프란츠의 마지막 독백 부분은 공연 연습이 시작된 후에 마무리되어, 1959년 9월 르네상스 극장에서 첫 상

연되었다. 함부르크에 사는 한 조선업자의 장남 프란츠는 전후 십삼 년간 나치의 군복을 입고 2층에 갇혀 산다. 사르트르는 나치의 죄를 문제 삼는 형식을 통해서 당시 알제리 전쟁을 비판하는데, 프란츠의 침묵과 갑각류를 상대로 지껄이는 그의 공격적 언사들은 나치에 가담했던 독일 청년의 목소리인 동시에 알제리에서 돌아온 프랑스 군인의 목소리이기도 하다. 네 시간 정도의 공연 시간에도 불구하고 연극은 호평을 받았고, 1963년에는 비토리오 데 시카 감독이 영화로 만들었다. 역사 속에서 인간이 감당해야 할 책임에 대해 밝혀 보려는 작가의 야심만큼이나 길고 복잡하며, 그 의미의 풍부함과 엄밀한 구성으로 인해 「닫힌 방」, 「악마와 선한 신」과 더불어 사르트르의 희곡들 중에서 가장 중요한 작품의 하나로 평가받는다.

(10) 「트로이의 여인들」은 사르트르의 마지막 작품이지만 사르트르 자신이 구상한 것이 아니라 에우리피데스의 동명 작품을 충실히 각색한 것이다. 1965년 3월 국립민중극단이 샤이요 궁 극장에서 공연했으며 당시 진행되던 베트남 전쟁에 대한 고발의 성격을 지녔다. 에우리피데스의 작품 역시 그 시대 식민지 침략 전쟁에 대한 유죄 선고라고 해석한 사르트르는 그의 비극을 충실히 번안하면서 서정시체의 대사에 정치적 알레고리와 대중적 웅변을 접목하고자 했다. 그러나 관객들의 반응은 신통치 않았다.

이상 열 편의 희곡을 통해 사르트르는 극작가로서도 큰 족

적을 남겼다. 2차 세계 대전이 끝날 무렵부터 사르트르가 국제적인 명성을 얻게 된 것도 그의 소설이나 철학서보다는 희곡에 힘입은 바 크다. 딱딱한 철학이나 비평보다는 아무래도 연극이라는 무대 공연을 통해 대중에게 훨씬 쉽게 다가갈 수 있었던 것이다. 사르트르는 1943년부터 당시 프랑스에서는 유일하게 '정치 연극'이라는 문제를 제기한 극작가였다. 1950년대에 들어서면서는 사르트르의 희곡 작품들이 (그가 중도에서 포기해 버리는 소설 작업과는 달리) 그의 사상의 핵심을 총체적으로 잘 드러내 보여 주는 장르로 기억되면서, 그는 당대의 위대한 극작가 서너 명 중 한 사람으로 평가받기에 이른다. 그러나 1960년대부터 사르트르의 작품들은 관람하거나 상연하는 연극이라기보다 오히려 읽는 연극으로 인식된다. 브레히트적 연출 방식이 지배적이던 1955년에서 1965년까지의 시기에, 사르트르 자신이 희곡에 대한 새로운 기법적 혁신을 등한시한 까닭도 있고, 또 당시 관객들에게는 사르트르가 연극에서 다루는 형이상학적 주제들이 구세대적인 요소로 보이기도 했던 것이다. 1968년 5월 혁명의 영향으로 프랑스에서 잠시 정치 연극이 부활했을 때, 「악마와 선한 신」, 「네크라소프」 등이 재상연되어 반향을 일으키기도 했다. 그리고 1980년대 이후 사르트르의 연극들은 정치 연극으로서보다는, 한 위대한 철학자이자 극작가의 작품으로서 고전의 반열에 이름을 올리며 프랑스는 물론 세계 각국에서 상연되고 있다.

2 「닫힌 방」: 타인의 시선

사르트르의 희곡들 중에서 가장 성공적인 작품으로 평가받는 「닫힌 방」은 1944년 독일 점령하의 파리에서 초연되었으며, 그 집필 배경에는 의외로 사사로운 동기가 자리한다. 사르트르의 첫 애인인 시몬 졸리베는 극작가가 되고 싶어 했던 여성이었는데, 사르트르와 헤어진 후 당시 파리 연극계의 중심에 있었던 배우이자 연출가 샤를 뒬랭의 애인이 된다. 이 시몬 졸리베의 소개를 통해서 사르트르는 1930년 무렵(사르트르의 나이 25세 전후) 샤를 뒬랭을 만나게 되고, 이후 그를 연극에서의 스승으로 모시게 된다. 사르트르는 뒬랭과의 만남을 통해서 본격적으로 연극에 대해 진지한 관심을 가지게 되었을 뿐만 아니라 그를 통해서 연극이 만들어지는 메커니즘을 배우게 되었다. 포로수용소에서 풀려난 후에는 1942년에서 1943년까지 뒬랭의 연극예술학교에서 그의 극단 단원들을 위해 마련된 연극사 과목을 강의하면서 그리스 고전극에 대한 지식을 체계적으로 정리했다. 「닫힌 방」은 원래 이 연극 학교의 제자들(그중 한 명은 사르트르와 연인 사이였고 다른 한 명은 이 연극의 재정 지원을 약속한 사업가의 아내였다.)이 쉽게 무대에 올려 순회공연을 할 수 있도록 "단일한 무대 장식에 두세 명의 인물들만 나오는 아주 짧은 드라마"[4]로 구상한 작품이었다. 그래서 사르트르는 세 명의 등장인물이 처음부터 끝까지

---

4) Simone de Beauvoir, *La Force de l'âge*, Gallimard, col. "Folio", 1986, 634쪽.

무대 위에 남아서 어느 한쪽으로 치우침 없는 똑같은 비중의 배역을 맡을 수 있도록 배려하고자 했다. 처음에는 오랜 폭격을 피해 지하실에 갇힌 상황을 생각했다가 곧 영원한 지옥 속에 갇힌 세 주인공들로 주제를 바꿔 잡는다. 당시 집필 중이던 소설 『자유의 길』 작업을 잠시 중단하고 단 이 주 만에 완성한 「닫힌 방」은, 한때 가르생 역을 카뮈가 맡아 연습하기도 했으나 결국 우여곡절 끝에 급사 역을 제외한 나머지 세 주인공들은 애초에 예정되었던 지인이 아닌 다른 연기자들로 대체돼 초연되었다.

「닫힌 방」은 호텔 급사처럼 보이는 수수께끼 같은 인물의 안내를 받아 전혀 지옥처럼 보이지 않는 한 장소(제2제정풍 가구로 장식된 거실)로 세 영혼이 차례로 들어오면서 시작된다. 신문기자였던 가르생과 우체국 직원이었던 이네스, 그리고 부유한 유한마담 에스텔이다. 창문도 출구도 없이 모든 것이 박탈된 상황이 그나마 이들이 지옥의 영벌을 받고 있는 상황임을 드러내 준다. 극이 서서히 진행되면 각자의 고백을 통해서 그들의 과거와 죽은 사연이 밝혀진다. 반전운동 신문을 주간하며 영웅인 척하던 가르생은 탈영하다가 체포되어 총살당했고, 이네스는 여성 동성애자로서 애인의 남편을 자살로 몰아넣고서 그 애인과 함께 가스 사고로 죽었으며, 에스텔은 젊은 애인과 불륜 관계로 얻은 아이를 살해하고 폐렴으로 사망했던 것이다. 이러한 폭로와 더불어, 이네스로부터 비겁자가 아니라는 인정을 받고 싶은 가르생, 가르생의 남성적 손길을 원하는 에스텔, 그리고 에스텔과의 동성애를 갈망하는 이네스 각각이 품은 욕망들이 서로 얽히고 충돌하면서, 출구 없는 방에서 이들의 공존은 지옥 그 자체가 되고 만다. 결국 세 사람은 가르생의 입을 통해 표현되는 "지옥은 바로 타인들"이라는 공식을 재차 확인하면서 막이 내릴 때까지 서로를 마주 본 채 무대 위에 남는다.

「닫힌 방」은 우선 다음과 같은 몇 가지 관점에서 해석할 수 있다. 먼저 사르트르 개인으로 보면 자신이 실제로 경험한 삼각관계의 고통스러웠던 애정 체험을 글쓰기를 통해 해소하고자 한 일종의 카타르시스 작업의 일환이었다. 사르트르와 보부아르 커플이 맺어진 지 오 년째 되던 1934년부터 보부아르의 제자인 올가 코자키에비츠가 두 작가의 삶에 끼어든다. 사르트르는 이 년여 동안 그녀와 함께 열정적이고 파괴적인 정열을 불사르는데, 급기야 보부아르와 함께 시도한 삼각관계의 삶은 파국으로 끝나고 만다. 이때의 아픔과 상처를 보부아르는 『초대받은 여인』(1943) 속에서, 사르트르는 「닫힌 방」속에서 상상의 방식으로 치유하고자 했다. 보부아르가 『초대받은 여인』속에서 질투로 유발된 견딜 수 없는 상태를 극복하고자, 프랑수아즈(보부아르의 이미지)로 하여금 자비에르(올가의 이미지)를 가스로 살해하도록 만들어 버렸다면, 사르트르는 「닫힌 방」에서 올가를 멍청하고 변덕스러운 에스텔의 이미지 속에, 보부아르를 냉철하고 가혹한 레즈비언 이네스의 이미지 속에 그려 넣었다.

또한 1943년 가을부터 집필한 「닫힌 방」은 그해 여름 비시(Vichy) 정부의 교육 당국이 보부아르에게 내린 해직 선고에 대한 응수이기도 하다. 1941년 겨울, 보부아르가 아꼈던 한 여제자의 부모가 보부아르를 상대로 교육부에 탄원서를 제출했는데, 그녀가 수업 시간에 지드와 프루스트의 작품을 읽히는 등 미성년자에 대한 부도덕한 교육을 일삼았다는 것이었다. 그로 인해 1943년 6월 보부아르는 근무하던 학교로부터 해임 통지를 받는다. 「닫힌 방」은 부도덕한 부르주아 집단이 보여 주는 가식적인 가치 기준에 맞서서 동성애자의 도덕성을 복권하려 한 것이었다고 볼 수 있다. 세 명의 등장인물 중에서 가장 명철하고 가장 죄질이 가벼운 이네스가, 돈 때문에 결혼하고 겉으로는 도덕을 내세우면서 뒤로는 간통을 일삼았던 에스텔보다 더 당당하게 그려지는 것도 그 때문이다.

동시에 「닫힌 방」은 독일 점령하에 감금 생활을 하던 프랑스인들의 전시 체험을 극화한 것이기도 하다. 서적의 고갈이라든지, 알 수 없는 '그들'에 의한 지속적인 감시, 그리고 말한 마디만 잘못해도 밀고당하고 취조당하는 숨 막히는 분위기는 당시 파리 시민들이 체험했던 바로 그 시대의 분위기였다. 살아 있는 듯 보이지만 실은 죽어서 지옥에 와 있는 주인공들은 바로 그 당시 프랑스인들의 모습이었고, 이네스가 흥얼거리는 무정부주의자의 노래는 비시 정부와 결탁한 장군이나 성직자 들의 참수를 암시하기도 한다. 그 밖에도 「닫힌 방」은 기독교적인 지옥의 이미지가 지니고 있던 위엄을 희화화하면서 니체의 반기독교적 메시지를 전달하기도 하고, 가르생이라는 인물을 통해 평화주의 노선과 그 이면에 깔린 애매모호함에 대해 다시 한 번 생각하게 하기도 한다.

그러나 무엇보다도「닫힌 방」은 사르트르 철학의 연극적 표현이다. 일반적으로 사르트르 철학은 2차 세계 대전을 기점으로『존재와 무』(1943)로 대변되는 전기 철학과『변증법적 이성 비판』(1960)으로 대변되는 후기 철학으로 나뉜다. 전기의 사르트르가 인간의 문제를 철저히 개인적인 차원에서 사유했다면, 마르크스주의의 영향을 받은 후기의 사르트르는 인간의 집단적이고 사회적인 차원까지 고찰의 대상으로 삼는다. 시기적으로 볼 때「닫힌 방」(1944)은 전기 사르트르의 마지막 작품이라고 할 수 있다. 전쟁이 끝나자 곧 사르트르는 《현대》를 창간(1945)하고『문학이란 무엇인가』(1947)와 같은 글을 발표하면서 참여를 주장하는 행동하는 철학자로 변모하기 때문이다. 전기 철학을 대표하는『존재와 무』에서 사르트르는 인간 현실의 존재론적 구조와 그 실존의 의미를 현상학의 입장에서 재구성하는데,「닫힌 방」은 이러한 철학적 성찰을 바탕으로 한, 특히『존재와 무』에서 주장했던 ‘대타존재로서의 인간’ 개념의 연극적 구현이라고도 볼 수 있다. 사르트르의 철학에 익숙하지 않은 독자들을 위해 간단히 그의 실존 철학을 소개해 보자.

　사르트르가 주장한 실존 철학은 ‘사물 존재’와 ‘인간 존재’의 근본적인 구분으로부터 출발하는데, 그 핵심은 “실존은 본질에 선행한다.”라는 유명한 명제에 잘 드러난다. 사전에서 ‘본질’이라는 말은 ‘실존’이라는 말과 대비되어 ‘본디부터 가지고 있는 사물 자체의 성질이나 모습’으로 정의된다. 사르트르의 주장에 따르면 사물의 경우에는 이러한 ‘본질’이 그것의 '실제 존재함'보다 선행하겠지만, 인간의 경우에는 반대로 '실존이 본질에 선행'한다는 것이다. 가구점에 진열된 의자를 예로 들자면, 그 의자는 본질이 먼저 정해지고 나서 실존한다고 말할 수 있다. 디자이너가 용도에 맞게 미리 재질, 모양, 크기, 색상, 비용 등을 모두 정한 뒤에 제작되고, 그 후에 사용되기 때문이다. 그러나 인간의 경우엔 자신이 살아 보기도 전에 미리 정해진 본질 같은 게 있을 수 없다. 과거의 기독교적 세계관에서는 태어나기도 전에 전능한 신에 의해서 한 인간의 쓰임과 운명이 모두 정해져 있다고 보았지만, 사르트르는, 한 인간의 '본질'은 그가 죽음을 맞이하는 순간에야 비로소 규정될 수 있다고 보았다. 따라서 인간의 본질은 그가 한평생을 살아가면서 계속 수정해야 하는 것이다. 나라는 인간을 규정하는 '나의 본질'은 내가 살아 있는 동안은 언제나 수정 가능한 상태로 열려 있고, 따라서 나는 매 순간 자유로운 선택을 통해서 나의 본질을 만들어 갈 수 있다. 모든 것이 이처럼 절대적으로 자유로운 나 자신의 선택에 달려 있기 때문에, 나는 매 순간 홀로 그 선택의 책임을 무한히 져야 하는 것이다. 그래서 진실한 인간이라면 언제나 번민할 수밖에 없으며, 그 번민의 원인이 되는 자유로부터 도피하고 싶어지는 것이다. 이것이 사르트르가 보는 인간 현실이다.

이러한 추론을 뒷받침하는 사르트르의 존재론[5]은 전통적

---

5) 사르트르 철학을 쉽게 설명한 입문서로는 김화영 편, 『사르트르』(고려대학교 출판부, 1990)에 실린 박이문의 「삶의 구조 — 사르트르의 철학」(166~199쪽)을, 보다 심화된 내용을 찾는다면 신오현의 『자유와 비극 — 사르트르의 인간

이원론에서의 '물질'과 '정신'이라는 개념 구분 대신에 '즉자(卽自, être-en-soi)'와 '대자(對自, être-pour-soi)'라는 개념을 통해 전개된다. '즉자'란 '그 자체로 존재하는 것'이라는 의미이고, '대자'란 '(무엇인가에) 대해서 존재하는 것'이라는 의미이다. 사르트르는 이 세상에 무엇이 존재함을 주장하려면 반드시 누군가에 의해 그것이 경험되었다는 사실을 전제로 해야 한다는 현상학적인 입장에서 자신의 철학을 구축한다. 눈앞에 놓인 이 책상이 존재함을 이야기하려면 그것의 존재를 의식하는 인간이 전제되어야 한다는 것이다. 그리고 이때 전제되는 인간의 의식은 그 자체만으로는 존재할 수 없으며 언제나 '……에 대한 의식'의 형태로 존재한다. 따라서 사르트르의 존재론에서는 이 세상의 모든 존재가 서로 환원될 수 없는 두 가지 존재, 즉 '경험 주체자로서의 인간'과 '그것의 대상', 다시 말해서 '인간의 의식'과 '그 밖의 모든 것'으로 대별된다. 그리고 이것을 각각 '대자'와 '즉자'라고 칭한다.

'즉자'란 의식의 대상으로서 존재하는 것이지만 '대자'에 비해 존재론적으로는 우월하다. 다시 말해서, 즉자는 있는 그대로 존재하는 존재로서, 그것 자체로 충족된 존재인 반면, 대자는 항상 의식되는 대상이 있어야만 존재할 수 있는 존재로서, 항상 '결함'으로서 존재하는 존재다. 나는 이 책상, 고양이, 창문, 나무, 돌, 산, 하늘 등과 같은 사물 혹은 사건 등을 의식한다. 그러한 한에서 이것들은 내 의식의 대상이 되지만, 그

존재론』(문학과지성사, 1979)을 추천한다.

것들의 존재 양식은 나의 의식과 상관없이 그 자체로 충만한 채로 존재한다. 반대로 경험 주체로서의 의식, 인간을 다른 사물들과 구별해 주는 의식은 즉자로서의 존재, 즉 책상, 나무, 하늘 등과 같은 방식으로 존재하지 않는다. 그것은 경험의 주체자이며 따라서 그 경험의 대상이 될 수 없기 때문에 대상으로서 존재할 수 없다. 마치 거울의 표면과 같아서 다른 모든 사물들을 자신의 위에 비춰서 드러내 보이지만 그 자신은 스스로를 비춰 보일 수 없는 존재인 것이다. 어떤 의미에서는 인간의 '의식', 즉 '대자'는 존재하지 않는다고 말할 수 있고, 그래서 사르트르는 이것을 '무(無, néant)'라고 칭한다. '존재'와 '무'는 바로 사르트르 존재론의 두 항인 '즉자'와 '대자'의 다른 표현인 것이다.

하지만 대자를 '무'라고 지칭한 것이 대자가 존재하지 않는다는 의미가 아니라 그 존재 양식의 특수성을 드러내기 위한 표현임을 잊어서는 안 될 것이다. 대자로서의 의식은 '무', 즉 있지 않은 방식으로 있으면서, 동시에 의식 이외의 모든 것들을 있게 만드는 그런 존재이다. 따라서 '무'로서의 대자는 언제나 스스로를 채울 무언가를 필요로 하는, 어딘가 비어 있는 존재이고 항상 '결함'으로 파악되는 존재이다. 사르트르에게 있어서 '인간'은 바로 '의식'이고, '대자'이기에 존재론적으로 항상 채워져야 할 '결함'의 상태로 있고, 그래서 충족한 상태로 있는 '즉자', 즉 '사물'과 같은 상태로 있기를 갈망하게 된다. 우리가 의식이 또렷한 상태를 피곤해하며 멍하게 정신을 놓고 있거나 잠을 자거나 하려는 것도 이러한 갈망의 한 형태라고 볼 수 있다.

그러나 인간존재는 '대자'일 수밖에 없다. 의식으로서의 인간은 매 순간 사물과 같은 무기력한 상태를 벗어나려고 할 때에만 '의식'으로, 즉 '인간'으로 존재한다. 달리 말해서 대자로서의 인간은 누구나 충족된 즉자 상태를 항상 바라겠지만 즉자의 상태란 인간이기를 포기한 상태이다. 언제나 결함의 상태로 있어야 하는 대자로서의 인간이 사물처럼 충만한 즉자의 상태로 만족하게 되면 죽은 시체나 다름이 없는 것이다. 이처럼 대자로서의 인간임을 망각하는 행위를 사르트르는 '자기기만'이라고 부른다. 대자임을 망각하고 자기 자신을 스스로 충족된 상태로 여기는 인간, 깨어 있는 의식으로서 부단히 스스로를 비울 줄 모르는 인간, 사물처럼 굳어진 상태를 자신의 권리인 양 즐기는 인간, 그래서 이미 획득한 기득권에 안주하려는 인간을 사르트르는 자기기만에 빠진 인간으로 규정하고 배척의 대상으로 삼는다. 이러한 자들은 그의 문학작품이나 시사적인 글 속에서 '더러운 놈', '심각한 자', '우두머리', '부르주아' 등으로 등장해 기성세대 혹은 기득권층의 경직된 가치와 윤리를 대변함으로써 사르트르의 격렬한 비판의 대상이 된다.

한편 나는 이 세계 속에서 주체적 의식으로서 내 주변의 대상 사물들과 관계를 맺고 살아가지만, 또한 동시에 나는 내가 아닌 다른 '나', 즉 나와 똑같은 주체적 의식을 지닌 타인들과도 관계를 맺고 살아야 한다. 이 대자-대자의 관계는 즉자-대자의 관계보다 훨씬 복잡한 양상을 띠는데, 내가 바라보는 다른 사람은 그가 아무리 주체적인 의식을 지닌 대자적 존재라

하더라도 나에게는 항상 대상으로서 파악되는 즉자 존재일 수밖에 없기 때문이다. 그것은 나를 바라보는 상대방의 입장에서도 마찬가지이다. 따라서 대자로서의 나의 의식이 타자의 의식과 맺는 관계는 본질적으로 공존이 아니라 갈등이자 투쟁이다. 왜냐하면 서로가 서로에 대하여 주체의 입장에 서서 상대방을 대상으로 객체화하려 하기 때문이다. 내가 남을 판단하는 상황보다 다른 사람에 의해 내가 판단되는 상황을 어느 누가 더 좋아하겠는가? 사르트르는 『존재와 무』에서 인간존재의 이러한 전체적인 모습을 기술하기 위해서 나와 타자의 관계를 설명하는 '대타(對他, être-pour-autrui) 존재'라는 개념을 하나 더 설정한다. '대자 존재' 속에 '대타 존재'가 내포되어 있다는 것이다.

대자 존재로서의 인간의 의식은 바라보는 행위와 밀접한 관련이 있다. 의식으로서의 나는 내가 아닌 것들을 바라봄으로써 그것을 대상화하기 때문에, 대자의 상징은 바로 '시선'이다. 그런데 사르트르에 의하면 '타인'이란 바로 그 시선을 통해 '나를 바라보는 자'로 정의된다. 이러한 타자의 존재를 설명하기 위해 사르트르는 '수치심'을 예로 든다. 가령 내가 질투에 불타서, 혹은 못된 버릇 때문에 문에 귀를 대고 열쇠 구멍으로 안을 들여다보고 있다고 하자. 혼자 있을 때는 들여다보는 주체적 의식으로서 아무런 거북함을 못 느끼다가 갑자기 뒤에서 다른 사람의 인기척이라도 느껴지면 훔쳐보고 있던 나는 갑자기 수치심을 느낀다. 이는 내가 누군가에 의해 바라보임으로써 대자로서의 주체성을 잃고 객체(사물)의 자격으로 전락하고 만 까닭이다. 이처럼 누군가에 의해 바라보이고 나면 나의 존재 내부에서는 일종의 존재론적 '내출혈'이 일어난다. 즉 대자로서의 나를 즉자로 객체화해 버린 타인의 시선은, 내가 중심이 되어 있던 세계에서 그 중심점을 '훔쳐 가는' 어떤 것이고, 그 중심점과 함께 나의 세계를 구성하던 모든 존재들을 자기 쪽으로 빨아들여 와해하는 '구멍'을 만드는 어떤 것이다. 더구나 그의 눈에 보이는 나의 모습이란, 내가 그의 의식을 들여다보지 못하는 이상, 그것이 어떤 것일지 알 도리도 없고 그것에 대해 강제로 권리를 행사할 수도 없는 것이다.

「닫힌 방」에서는 바로 이 타자의 시선이 지옥의 형벌 도구이다.(이네스 당신을 쳐다보는 시선일 뿐 그 외엔 아무것도 아니야, 당신을 생각하는 이 무색의 사유일 뿐이지.(본문 79~80쪽)) 더구나 이미 죽은 자들인 세 주인공들은 지상에 남아 자신들을 판단하는 산 자들 앞에서 스스로를 변호하거나 설명할 수 없다는 사실에 고통을 느낀다. "죽는다는 것은 산 자들의 먹잇감이 된다는 것"[6]이고 "죽음은 삶을 운명으로 변화"[7]시켰기 때문이다. 그들에게는 이제 자유로웠던 과거의 의식과 그 의식으로 행한 행동들이 사물화되어 버렸다. 살아 있는 의식에게는 과거라는 것이 언제든 초극될 수 있는 유예 상태이지만, 죽은 자에게 지난 과거란 새로운 의미를 더해 줄 수 있는 가능성

---

6) J.-P. Sartre, *L'Être et le Néant*, Gallimard, 1943[1973], 628쪽.
7) 같은 책, 625쪽. 사르트르에게서 '삶'과 '운명'은 '실존'과 '본질' 관계다.

이 차단되어 버린 상태다. 사물화된 인생은 돌이킬 수 없이 결정적으로 규정되어 버렸고, 외부 시선에 의한 판단의 대상이 되어 버렸으며, 더 이상 내부에서 변화시킬 가능성이 없어져 버렸다. 고전극에서 비극은 그 주인공이 이미 정해진 운명의 미래를 어쩔 수 없이 따라가야 하는 데 있었다면, 사르트르에게서 비극은 그 주인공이 더 이상 자신의 과거에 손쓸 수 없음으로 해서 생겨난다.

「닫힌 방」의 무대 소품들은 이러한 철학적 메시지를 부각하는 데 일조한다. 극의 시작과 끝 부분에서 언급되는 수수께끼 같은 '청동상'은 그것이 어떤 모양인지는 중요치 않다. 사르트르가 한 인터뷰에서 밝혔듯이 청동상은 그것이 지닌 육중함 때문에 선택된 소품이다. 침묵 속에 버티고 있는 사물 대상으로서, 즉자화되어 버린 굳어진 대자의 육중한 현존을 상징한다고 볼 수 있다. 익사자의 눈앞에 떠오른 '바르브디엔의 청동상'과 마찬가지로 죽어서 지옥에 와 있는 가르생에게도 청동상은 그 자체로 악몽이다. 그래서 가르생은 이미 되돌릴 수 없이 사물화되어 버린 자신의 과거 존재 앞에서 무기력하게 청동상을 쓰다듬으며 이렇게 읊조리는 것이다.

　　가르생　청동상…… (그가 그것을 쓰다듬는다.) 그래, 이제 때가 됐군. 청동상이 여기 있고, 내가 그걸 바라보고 있고 난 내가 지옥에 와 있다는 것을 알겠어.(82쪽)

「닫힌 방」의 무대 장식은 지극히 단순하다. 또 무대 위에 올려진 물건들조차도 유용함이라는 가치가 모두 제거되었다. 종이 자르는 칼 역시 읽을 책 한 권 없는 공간에서는 아무짝에도 쓸모없고 누구를 해치는 흉기도 될 수 없다. 사물들에게서 체계적으로 제거된 유용성은, 극 속에서 등장인물들의 겉치레를 한 꺼풀씩 벗겨 내는, 일종의 의식의 '탈의 과정'과 대구를 이룬다. 마치 죽은 주인공들이 이승에서의 실존을 마치고 굳어진 사물로서 영원히 지옥 생활을 계속해야 하듯이, 이 사물들은 거꾸로 본질이 실존에 자리를 양보한 듯이 자체의 유용성(본질)을 상실한 채 영원히 인간들 옆에 존재(실존)하기만 할 뿐이다. 등장할 때 세 주인공들이 지니고 있던 모든 기득권과 일체의 습관과 허식은 극이 진행될수록 상호 간의 끊임없는 추궁과 취조 속에서 하나씩 벗겨지고, 결국 주인공 각자는 벌거벗겨진 자기 자신과의 대면을 피할 수 없게 된다. 처음부터 지루할 정도로 열거되는 '왜?'라는 물음(왜 잠을 자고, 왜 이를 닦고, 왜 거울을 보는지) 속에서 그들은 자신의 실존 자체를 의문시하도록 강요된 의식으로 남게 된다. 어둠이 존재하지 않는 공간, 꿈과 휴식이 부재하는 공간에서 가차 없는 인간들 사이의 대면, 그리고 죽음이 그들을 무기력한 사물의 상태로 몰아넣었기에 아무리 움직이고 행동해도 주변에 어떠한 영향도 줄 수 없는 처지, 게다가 외부에서 어떤 의미가 도래하기를 기다리지만 그 어떤 신적인 계시도 그들을 정당화해 주지 못하는 상황, 그 닫힌 공간에서 언제까지나 나를 쳐다보면서 나의 존재를 훔쳐 가는 다른 두 사람과 함께하는 곳이라면 그보다 더한 지옥은 없을 법하다.

3 「악마와 선한 신」: 신의 죽음과 인간의 군림

「닫힌 방」이 공연 시간 한 시간 이십 분 정도의 단막극임에 비해, 「악마와 선한 신」은 3막 11경[8]으로 구성되어 공연 시간이 무려 네 시간 삼십 분이나 소요되는 스케일 큰 작품이다. 극 전체 구조는 주인공 괴츠가 윤리적, 신학적 차원에서 변증법적으로 진화해 나가는 과정과 일치한다. 제목에서 드러나듯이 괴츠는 처음에는 절대 '악'에 몰입하다가, 주사위 내기를 통해 절대 '선'을 선택하고, 끝에 가서는 '인간'과 행동을 같이하기로 결심하면서 선악의 절대적 신학에서 해방된다. '악마'와 '선한 신' 사이에서 방황하다가 '인간'에게 몸을 바치면서 그 둘을 초극하는 구조다. 전체 삼 막의 구성이 이러한 변증법적 진행을 담고 있지만 그것이 막의 구분과 단순하게 일치하는 것은 아니다. 신의 죽음을 선언하고 역사 속에서의 실천으로 나아가는 마지막 종합은 3막이 끝날 무렵에야 이루어지기 때문이다. 그 과정에서 개인적 만남과 집단적 사건이 줄거리를 점점 풍부하게 하면서 복잡한 양상을 띠어 간다. 전체적인 극의 진행을 도표로 그려 보면 아래와 같다.

---

8) 극을 '막(幕, acte)'과 '장(場, scène)'으로 구분할 때, 이야기 전개가 바뀌는 '막'에 대해, 각 '장'은 등장인물 중 하나가 퇴장하거나 새로운 인물이 등장할 때까지, 무대에 남아 있는 인물들 간의 행동이 이루어지는 장면 단위다. 이 둘의 중간 단위인 '경(景, tableau)'은 행동이 일어나는 장소와 배경의 변화가 이루어지는 단위라고 할 수 있다.

막	경	진화 과정	시간	장소	주요 등장인물
1	1	1단계: 악의 고독	16세기 독일 농민전쟁 직전의 어느 날 낮	대주교 궁과 보름스 성곽, 보름스 주교 관저 앞	대주교/은행가/나스티/하인리히/주교
	2		같은 날 밤	보름스가 뒤로 보이는 괴츠의 진영	괴츠/카트린/하인리히/장교들
	3		같은 날 밤	괴츠의 막사	괴츠/카트린/헤르만/은행가/나스티/하인리히
2	4	2단계: 선의 고독 (1) 태양의 마을	이 개월 후	괴츠의 하이덴슈탐 저택	괴츠/카를/나스티
	5		며칠 후	마을 교회 입구	괴츠/나스티/테첼/하인리히
	6		이 주 후	교회 내부	나스티/하인리히/괴츠/힐다/카트린
3	7	(2) 사랑의 교리와 폭력에의 저항	삼 개월 후	알트바일러의 광장	카를/힐다/괴츠/나스티
	8-9		밤에서 새벽	농민들의 진영/폐허가 된 알트바일러	괴츠/나스티/카를/힐다/농민들
	10	3단계: 신의 죽음과 참여	육 개월 후(1막 3경 이후 일 년 하루가 지난 날)	폐허가 된 마을	힐다/하인리히/괴츠
	11		같은 날 밤	농민들의 진영	카를/나스티/괴츠/힐다

막이 오르면, (1경) 파렴치함과 잔인함으로 독일 전역을 공포에 떨게 하는 최고의 장수 괴츠와 어쩔 수 없이 손을 잡은 대주교가 자신의 통제를 벗어나 돌아가는 상황을 고민하고 있는 모습이 무대 한쪽에 보인다. 괴츠는 자신의 이익에 방해가 되는 형 콘라드를 배반하고 대주교 편에 붙어서, 반란을 일으킨 보름스를 대주교의 허락도 없이 포위 공격하는 중이다. 조명이 번갈아 비추는 무대의 다른 한쪽에서는 저항 중인 보름스의 성곽 위에서 봉기를 주도하는 나스티가 사태를 지휘하고 있다. 평등주의 기독교 신자인 나스티의 주장은 가난한 자들을 위해 헌신하는 신부 하인리히와 대립한다. 다른 사제

들을 모두 감금해 버린 군중들은 보름스 주교관 앞에 모이고, 주교는 하인리히를 배신자로 몰아세우며 부르주아들에게 도시의 성문을 적에게 열어 줄 것을 부추긴다. 이에 반대하는 나스티가 군중을 선동하여 약탈을 범하게 하고 주교를 살해한다. 주교는 죽어 가면서 도시의 비밀 열쇠를 하인리히에게 쥐여 준다. (2경) 보름스를 포위 공격 중인 괴츠의 진영에서는 장교들 사이에 일종의 공모 분위기가 만연하지만 괴츠는 심리적인 카리스마로 그 반역의 음모를 와해한다. 괴츠는 완전한 자유의지에 따라 악을 선택한다는 생각으로 잔혹한 학살을 계획하고 있다. 그는 자신의 애인 카트린을 창녀처럼 함부로 다루며 등장해서는, 그날 밤 보름스를 공격하겠다고 통지한다. 마침 하인리히가 동료 사제들을 군중의 손에서 구하고자 가난한 자들을 배신하고 도시의 열쇠를 건네주겠다고 제안하며 괴츠를 찾아온다. 괴츠는 하인리히의 분열된 영혼 속에서 자신의 분신과 같은 모습을 본다. (3경) 그런데 우연히 하인리히의 배반을 전해 들은 나스티 역시 괴츠에게 일부러 잡혀 오고, 괴츠에게 그의 사생아 신분을 환기하며 가진 자의 꼭두각시 노릇 대신에 같은 처지의 가난한 자들 편에 서서 도시에 입성할 것을 설득한다. 신의 의지를 놓고 신학적 토론을 벌인 끝에 괴츠는 내기를 하나 제안한다. 만일 주사위를 던져서 자신이 지면 스스로 악을 포기하고 선에 봉사하는 성인의 길을 따르겠다는 것이다. 괴츠가 내기에서 지고 자신의 새로운 운명을 따르기 위해 퇴장한 뒤, 남겨진 카트린이 괴츠가 속임수를 써서 일부러 내기에 졌다는 사실을 알아채면서 1막이 끝난다.

2막에서는 절대 선을 선택한 괴츠의 고독이 그려진다. (4경) 회심한 괴츠가 이제까지의 죄 많은 삶을 포기하고, 형 대신 물려받은 자신의 영지를 모두 농민들에게 나누어 주기로 결심한다. 그러나 선에 대한 이 절대적 선택은 괴츠를 다른 인간들로부터 더 멀어지게 만들어, 농부들에게 여전히 거부당할뿐더러 영주들에게서도 증오의 대상이 된다. 나스티는 급진적인 농민 봉기를 준비하고 있는 카를에게 봉기가 아직은 시기상조라고 주장하며 자신이 명령을 내릴 때까지 기다리라고 설득하는 한편, '태양의 마을'이라는 기독교 공동체를 꿈꾸는 괴츠에게도 자신을 도와 봉기가 무르익을 때까지 기다리도록 종용한다. 하지만 괴츠는 이를 거부한다. (5경) 괴츠는 자신의 땅을 나눠 준 농부들의 마음을 얻고자 하지만, 그들을 미혹해 면죄부를 팔고 있는 사제 테첼의 수완 앞에서 무력하기만 하다. 하인리히가 나타나 괴츠에게 죽어 가는 카트린의 소식을 전하고, 나스티에게는 농민들의 봉기가 임박했음을 알리며 그것을 막을 계책을 제안한다. (6경) 하인리히의 책략이 성공하여 모든 사제들이 주민들을 버리고 숨어 버린다. 분노 대신 겁에 질린 농부들은 모두 교회 안으로 피신하고, 그 속에서 괴츠는 죽어 가는 카트린을 발견한다. 그녀의 용서를 구하고 그녀를 절망에서 구원하고자 하는 괴츠는, 죽어 가며 고해신부를 찾는 카트린을 위해 자기 몸에 스스로 상처를 내어 신으로부터 그리스도의 성흔을 받은 척한다. 이로써 카트린은 평화롭게 죽게 되고, 기적에 탄복한 군중들은 드디어 괴츠를 따르기 시작한다. 단 한 사람 힐다라는 명철하고 순수한 젊은 여인만이 속지 않는다. 그녀는 카트린을 간호하면서 함께 절망하고 괴로워했지만 그 과정에서 괴츠에게 연민을 품게 된다.

3막에서 괴츠는 사랑을 설파하며 폭력에 맞서 보지만 좌절하고 신의 죽음을 확인한다. (7경) 괴츠와 알트바일러 주민들은 '태양의 마을'을 건설하고 사랑을 유일한 교리로 삼는다. 카를이 나타나서 괴츠를 거짓 예언자라고 고발하지만 오히려 주민들에게 위협을 당하고 힐다의 보호를 받는다. 나스티는 괴츠에게 봉기가 시작되었음을 알리며 오합지졸인 농민군의 지휘를 맡아 줄 것을 요청한다. (8~9경) 농민군의 진영에 찾아간 괴츠는 실패할 수밖에 없는 전투를 포기하라고 설득해 보지만 허사로 돌아가고, 폭력에 가담하기를 거부하여 다른 농민들의 원한을 산 '태양의 마을'은 파괴되고 만다. 폐허를 목도한 괴츠는 인간의 악함을 절감하고, 고행과 금식을 통해 인간으로서의 자기 자신을 파괴하기로 결심한다. (10경) 그 후 육 개월이 경과하고 괴츠가 주사위 내기를 통해 절대 선을 선택했던 밤으로부터 일 년이 지난 날 하인리히가 그를 찾아온다. 성스러움의 불가능함을 확인하러 돌아온 하인리히는 고행으로 폐인이 되어 가는 괴츠에게 나스티의 농민군이 패배했음을 전하고 그 책임을 물어 모두가 괴츠를 죽이려 한다는 사실을 알려 준다. 그가 농민군의 지휘를 거절했기 때문에 전투에 졌다는 것이다. 괴츠는 하인리히에게서 자신이 행한 일들에 대해 평가를 듣고자 하고, 이를 계기로 신학적 논쟁이 벌어진다. 괴츠는 자신의 모든 행위가 자기 자신으로부터 나온 것이고 신은 인간의 일에 무관심하며 그래서 신은 존재하지 않는다고 선언한다. 인간에게는 오직 인간만이 중요하다는 사실을 깨우친 괴츠는 다시 새로운 삶을 시작하고 싶어 한다. 하인리히는 자신과 똑같이 증오와 절망 속에 있으리라고 생각했던 괴츠가 그 지옥에서 혼자 벗어나려 하는 것을 보고 그를 교살하려 하지만 오히려 괴츠의 칼에 찔려 죽는다. 신에 대한 집착에서 해방된 괴츠는 힐다를 다시 받아들이고 자신을 잡으러 오는 농민들을 기다린다. (11경) 사기가 저하된 농민들을 미신으로 다독여 보려는 카를과 나스티 앞에 괴츠가 끌려온다. 괴츠는 인간의 불완전성과 타협을 받아들이고 농민들의 분노와 함께할 뜻을 전한다. 힐다와 나스티의 권유로 괴츠는 반란군의 우두머리가 되기로 하고 다음 전투를 준비한다.

이렇게 복잡한 내용을 담은 「악마와 선한 신」은 사르트르가 16세기 독일 농민전쟁을 전후한 여러 역사적 사건을 소재로 삼아 허구적으로 완전히 재구성한 것이다. 1517년 마틴 루터는 당시 로마 가톨릭 교회의 부패와 타락을 비판하는 내용의 95개 조 반박문을 독일 비텐베르크의 한 교회 문 앞에 붙여 놓는다. 이로부터 시작된 종교개혁은 로마 교황청의 면죄부 판매가 그 도화선이 되었는데, 특히 당시 마인츠의 대주교가 독일 최대 은행가 야콥 푸거[9]에게 지고 있던 거액의 빚과 교황청에 납부할 세금의 짐을 덜기 위해 면죄부를 팔아 충당하고자 한 것이 큰 반발을 샀다. 루터가 주장한 교회의 개혁이 순식간에 전 유럽에 영향을 미치게 되자 교황은 루터를 파문

---

9) Jacob Fugger(1459~1525). 작품 속에서는 은행가 푸크르의 이미지.

한다. 교황의 파문에도 불구하고 독일의 영주들은 1521년 라인 강 옆에 위치한 보름스에서 신성로마제국의 의회를 소집하고 루터가 독일 황제 앞에서 자신의 신념을 주장할 수 있게 해 준다. 루터의 이미지는 「악마와 선한 신」에서는 하인리히와 괴츠 속에 분산되어 나타나고, 마인츠의 대주교와 은행가 푸거의 관계도 작품 속에서는 보름스로 배경이 바뀌어 환기된다.

한편 나스티의 모델이 되는 토마스 뮌처[10]는 초창기에 루터와 협력하여 종교개혁을 이끌었다. 그러나 곧 빈부 격차가 없는 사회를 주장하며 루터와 갈라선 후, 1524년 뮐하우젠에서 억압받던 농민들을 이끌고 독일 농민전쟁을 일으킨다. 혁명은 실패하고 뮌처는 체포되어 교수형을 당한다. 그리고 작품 속 괴츠의 직접적인 모델이 되는 괴츠 폰 베를리힝겐은 '철의 손'이라는 별명이 붙은 귀족 출신 기사로, 농민전쟁 때 반군 일파를 이끌었으나 실패로 돌아가자 반군의 강요로 지휘 대장이 되었다고 변명하여 제국 법원으로부터 무죄 판결을 받았다. 괴테가 1773년에 「괴츠 폰 베를리힝겐」이라는 희곡 작품을 남기기도 했다.

그 밖에도 「악마와 선한 신」이 시작되면서 언급되는 콘라드의 반란은 1522년 프란츠 폰 지킹겐이 트리어의 대주교를 상대로 일으킨 '기사전쟁'을 떠올리게 한다. 기사전쟁은 독일

---

10) Thomas Müntzer(1489~1525). 사르트르는 나스티라는 이름 대신 뮈르제라는 이름을 염두에 두기도 했다.

라인 지방 기사들이 루터의 종교개혁 운동에 자극받은 인문주의자 울리히 폰 후텐을 사상적 대변자로 하고, 제국 기사 프란츠 폰 지킹겐의 지휘 아래, 기사 계급의 과거 영광을 회복하고자 일으킨 반란이었으나 이 일은 오히려 기사 계급의 몰락만을 재촉했다.

또 작품 속에서 '보름스'가 포위 공격을 받는 상황이나 괴츠가 건립한 '태양의 마을'은, 종교개혁 당시 급진적 개혁을 따른 종파인 재침례파[11]가 독일의 도시 뮌스터에서 '새 예루살렘' 건립을 목표로 신정정치를 펼치려 했던 시도를 상기시킨다. 뮌스터는 1534년 2월부터 1535년 6월까지 십칠 개월 동안 재침례파의 지배 아래 있었으며 재침례파 반란의 본거지 역할을 했다.

사르트르가 쓴 열 편의 희곡 중 첫 번째 역사극에 해당하는 「악마와 선한 신」은 이처럼 16세기 초 독일 농민전쟁 시기의 여러 인물들과 사건을 배경으로 하지만, 실제 역사적 사실들과는 많은 차이가 있다. 사르트르 자신도 기회 있을 때마다 등장인물들이 역사 속에 위치하는 것은 사실이지만 전혀 역사적 인물이 아닌 순수 창작임을 누차 강조하면서, 샤를 뒬랭의 연극학교에서 강의하던 시절 장루이 바로[12]를 통해서 들은 세

---

11) anabaptisme. '재세례파'라고도 불리는 16세기의 급진적 종교개혁자들을 가리킨다. 아기 때 받은 세례는 자신의 의지로 받은 것이 아니므로 무효라고 주장하면서 다시 세례를 받아야 한다고 주장했다.

12) Jean-Louis Barrault(1910~1994). 샤를 뒬랭의 제자로 배우이자 연출가이며 사르트르와 같은 시기에 뒬랭의 연극예술학교에서 강의를 했다.

르반테스의 연극 「행복한 건달」에서 영감을 받아 쓴 희곡임을 밝혔다.[13] 그가 세르반테스 작품에서 흥미를 느낀 줄거리는 약탈과 도둑을 일삼던 악당이 주사위를 던져 선악의 문제를 결정하고, 선이 이기자 거의 폭력적으로 그 선을 행한다는 내용이지만 실제 세르반테스의 작품에는 주사위 내기 같은 에피소드는 나오지 않는다.

「악마와 선한 신」은 사르트르가 장 주네에 대한 글[14]을 쓰던 1951년 초에 집필을 시작한 작품이다. 보부아르의 증언을 참조하면 사르트르는 「악마와 선한 신」의 원고를 시간에 쫓기며 힘들게 완성한 듯하다. 1951년 5월 중순에 상연이 예정되어 있었음에도 사르트르는 작품의 본격적인 집필을 그해 1월에서야 시작한다. 1월 말 1막을 완성하고, 2월 중순에 주요 배역과 연출가가 결정된다. 언론에는 2월 7일자로 벌써 루이 주베가 연출을 맡을 것이라고 기사가 났지만, 실제로 그가 앙투안 극장의 운영을 맡고 있던 시몬 베리오에게 연출을 승낙한 것은 2월 20일이었다. 4월 1일까지 원고를 완성하기로 했으나 2월 말부터 이 주간은 2월 19일에 사망한 지드의 추도문을 쓰느라고 시간을 빼앗기고, 6월 1일부터 공연에 들어가기 위해서는 늦어도 4월 15일부터 연습이 시작되어야 했기 때문

---

13) Interview par Claudine Chonez, *L'Observateur*, 31 mai 1951.

14) 주네의 작품 전집 서문으로 작성된 "성자 주네, 배우와 순교자(*Saint Genet, comédien et martyr*)"(1952)는 선악의 일반적 가치관이 예술가나 소설가가 창조한 작품 세계에서 완전히 전도되는 부분을 강조하는데, 괴츠와 주네라는 두 인물의 유사점이 많이 눈에 띈다.

에 사르트르는 작품을 완성하기 위해 하루 열 시간씩 강행군을 한다. 그러나 결국 기한 내에 3분의 2밖에 완성하지 못하여 공연 연습이 진행되는 도중에도 계속 집필을 해야 했다. 시몬 베리오는 이십여 개의 대사로 극을 빨리 마무리해 줄 것을 부탁할 정도였고, 사르트르는 특히 10경을 쓰면서 고생을 많이 했다고 전해진다. 우여곡절 끝에 1951년 6월 11일 초연이 이루어져 비평계에서는 좋은 반응을 얻지 못했으나 대중적으로는 큰 성공을 거둔다. 8월 16일 연출을 맡았던 루이 주베가 사망하는 바람에 여름 동안 공연이 중단되었다가, 9월에 피에르 브라쇠르의 지휘 아래 재상연되어, 1952년 3월까지 이백 회 이상 상연되었다.

연극이라는 장르를 그다지 중요하게 여기지 않았던 사르트르였지만, 「악마와 선한 신」은 그 규모나 열정으로 볼 때 그 자신이 대작을 만들고자 의욕을 보인 작품임에 틀림없다. 그러나 그 결과는 성공적이라고 할 수 있을까? 사르트르와 많은 갈등을 겪으며 작품의 연출을 맡았던 주베는 이 점에 대해 시사적인 평가를 남겼다. "이걸 무대에 올리려면 오페라가 필요했던 거였소. 오페라라면 많은 텍스트를 신경 안 써도 되니까. 음악이 다 쓸어 담고 가고, 귀에다 대고 말하듯이 눈앞에 확 안겨 주면 되니까. 바그너, 그래요. 바그너가 필요했던 거였소!"[15]

작품의 초연이 임박했을 무렵 사르트르는, 당대 최고의 연

---

15) "Notice" de Geneviève Idt et Gilles Philippe, in J.-P. Sartre, *Théâtre complet*, Gallimard, col. "Bibliothèque de la Pléiade", 2005, 1420쪽.

출가와 최고의 작가 사이에 불거지던 불화에만 초점을 맞추던 언론의 관심을 작품의 내용 쪽으로 돌리기 위해 많은 노력을 기울인다. 그는 곧 공개될 자신의 작품은 상징적이지도 역사적이지도 않은 작품이니 일반적 의미로 이해해 달라고 줄기차게 주문했다. "만일 신이 존재한다면, 선과 악은 똑같은 것입니다. (……) 신에게 매달려 있는 도덕이라면 그것은 반인간주의로 귀착할 수밖에 없지요. 그러나 괴츠는 마지막 장에 가서 인간의 운명에 맞는, 상대적이고 한계가 있는 도덕을 수용합니다. 절대를 역사로 대체한 것이지요."[16] 혹은 좀 더 종교적인 언어로 이렇게 바꾸어 표현하기도 한다. "그가 선을 행하든 악을 행하든 그 결과는 마찬가지로, 똑같은 재앙이 그를 짓뭉갭니다. (……) 신도, 악마만큼이나 확실하게 인간을 파괴하지요. 그래서 더 근본적인 선택이 괴츠에게 주어집니다. 신이 존재하지 않는다고 결론 내린 것이죠. 그것이 괴츠의 회심인데, 바로 인간 쪽으로의 회심입니다. (……) 악마와 신 사이에서 그는 인간을 선택합니다."[17] 또 한 인터뷰에서는 이 작품에서 주장한 도덕을 기독교적 도덕과 대비해서 정의해 달라고 주문했는데 이에 대해 사르트르는 이렇게 답했다. "우선 모든 사랑은 신에게 맞서는 것입니다. 두 사람이 서로 사랑하자마자 그들은 신에게 맞서서 서로를 사랑하는 겁니다."[18]

---

16) Interview par Claudine Chonez, *L'Observateur*, 31 mai 1951, 21쪽.
17) Interview par Marcel Péju, *Samedi soir*, 2-8 juin 1951, 2쪽.
18) J.-P. Sartre, *Un théâtre de situation*, Gallimard, col. "Folio", 1992, 318쪽. (원다 내가 사랑하는 것이 이 살과 이 생명이에요. 사랑은 땅 위에서만 신에 거

이 작품에서 표현된 신학적 입장은 당시 가톨릭계를 중심으로 격렬한 비판의 대상이 되었다. 시몬 베리오의 증언에 따르면, 작품의 첫 시사회 때 극장의 복도에서는 사람들이 "당신이 신성모독에 박수를 보낸다면, 당신은 하나님을 부인하는 겁니다."라는 전단지를 나눠 주었다고 한다. 그러나 사르트르는 자신이 이 작품을 통해 "신이 존재하지 않는다는 사실을 증명하고자" 했다는 종교계의 해석을 적극적으로 거부하면서, 「악마와 선한 신」은 '인간'이 '절대'와 맺고 있는 관계를 다루었고, "참여 행위에 있어서의 윤리"[19]를 제시해 보려는 시도였다고 주장한다. 사르트르가 관심을 두었던 것은, 그것이 신이든 추상적인 인성(人性)이든 간에 그 어떤 초월적인 것에도 기대지 않은 하나의 윤리를 제시해 보려는 것이었다. 그에게 필요했던 것은 '절대'라는 기성의 가치들 속에 끈적끈적하게 엉겨붙어 있지 않으면서 유아론(唯我論)을 벗어날 수 있게 해 줄 '상황의 윤리' 혹은 '이타성의 윤리'를 구축하는 것이었다. 이러한 윤리학은 사르트르가 『존재와 무』의 결론부에서 예고했던 '실존주의적 도덕'을 발전시킨, 그러나 중도에 포기할 수밖에 없었던 바로 그 윤리학이었다.

어쨌든 그가 「악마와 선한 신」에서 신의 죽음을 증명하려고 했다가 완전히 실패했다는 비난에 대해 사르트르는, 만일 철학자인 자신이 무신론을 증명하고자 했다면, 어떤 증명도

슬러서만 할 수 있는 거예요.)

19) "Notice" de Geneviève Idt, *op. cit.*, 1403쪽.

불가능한 연극 작품을 쓸 일이 아니라 철학 논문을 썼을 거라고 응수하면서, 자기가 이 작품을 통해서 표현하고자 한 바는 신학적인 메시지가 아니라 오히려 정치적인 것이었다고 말한다. 작품 소재를 독일 농민전쟁 시기에서 찾은 이유는 종교개혁이 한창이던 그 시대가 냉전 체제로 양분된 1950년 당시의 시대 상황을 "암시적으로 보여 주기 때문"[20]이고, 16세기 초에는 사회적 투쟁들이 모두 신학적인 용어로 표출되었기 때문에 작품에 종교적인 내용이 많이 언급될 수밖에 없었다는 것이다. 사르트르가 볼 때, 종교개혁과 농민전쟁 시대의 독일은 2차 세계 대전 후 세상이 뒤바뀌고 있음을 불안해하는 프랑스 사회 전반의 분위기를 대변하며, 무너져 가는 봉건제의 결말은 곧 태어날 또 다른 세계를 잉태하고 있는 한 세계에서 행동한다는 것이 과연 어떤 의미를 지닐 수 있는지를 성찰하게 하는 것이다. 그래서 사르트르는 16세기 독일 땅에서의 대귀족과 소귀족, 고위 성직자와 말단 성직자, 부르주아와 농민의 대립을 통해서, 1950년대 프랑스의 사회적 동요, 양극화된 세상의 출현, 핵무기의 공포 등으로 혼란스러운 시대 상황을 담아 내고 그 속에서 참여하고 행동하는 것이 어떤 것인지를 그려 보고자 했다. 그렇다면 2013년 한국 땅에서 이 작품을 읽는 우리는, 또 우리만의 양극화된 시대 상황을 그 속에 비추어 볼 수 있지 않을까. 이 작품 해설을 쓰고 있던 어느 날 한 선배가 트위터에 올린 메시지가 괴츠의 목소리와 자꾸 겹친다.

20) Interview par Christine de Rivoyre, *Le Monde*, 31 mai 1951.

"공적 이유에서든 사적 이유에서든 누군가에게, 또는 어떤 집단에게 '천벌을 받을 놈(들)!' '하늘이 무섭지도 않느냐?'라고 말하고 싶은 순간들이 있겠지만, 천벌이나 하늘은 없음. 그게 세상사의 비극적 이치."

*

　민음사에서 사르트르의 희곡 선집 번역을 한 권 제안받았을 때 번역할 작품을 선별하는 데 많은 고심을 했다. 열 편의 희곡 중 아직 국내에 소개되지 않은 작품들을 먼저 추렸고, 그중에서 가장 작품성이 높은 세 작품 「닫힌 방」, 「악마와 선한 신」, 「알토나의 유폐자들」로 후보군을 압축했다. 세 작품 모두 번역하여 소개하고 싶었으나 여러 가지 여건상 여기 실린 두 작품을 선택하기로 했다. 희곡 작품의 번역이란 것이 무대 상연을 목표로 한 구어체를 고려하지 않을 수 없어서, 논리적인 글을 번역할 때와는 또 다른 차원의 어려움을 겪었지만 그 고심의 과정 자체가 무척 즐거운 작업이었다. 실린 두 작품 중에서 「닫힌 방」은 이미 1963년부터 「출구 없는 방」이라는 제목으로 꾸준히 국내 무대에 올려진 작품으로서, 마침 1977년 양동군이 옮긴 공연 대본을 구할 수 있어서 이 번역에 많은 참고가 되었음을 밝힌다. 아울러 성급한 번역 원고를 꼼꼼하게 검토해 주며 많은 오역을 지적해 준 후학 이상인 양에게도 고마운 마음을 전한다.

　번역에 사용한 판본은 플레이아드 판 『사르트르 연극 전집』(J.-P. Sartre, *Théâtre complet*, Gallimard, col. "Bibliothèque de la Pléiade", 2005)에 실린 두 작품이고, 이 판본에 함께 실린 다양한 자료와 주석들("Notice" de Jean-François Louette pour *Huis clos* ; "Notice" de Geneviève Idt et Gilles Philippe pour *Le Diable et le Bon Dieu*), 그리고 기초적인 두 해설서(François Noudelmann, *Huis clos et Les mouches de Jean Paul Sartre*, *Gallimard*, col. "Folio", 1993 ; Claude Launay, *Le Diable et le Bon Dieu*, *Sartre*, Hatier, 1970)를 참조하여 이 글을 작성했다.

2013년 10월

지영래

작가 연보[21]

1905년   6월 21일 파리에서 출생.

1906년   부친 사망. 24세에 과부가 된 모친과 함께 십 년 동
         안 외가에서 거주.

1910년   "너무나 철저한 배우"였던 할아버지 샤를 슈바이
         체르의 영향으로 네댓 살 때부터 할아버지와 함께
         "가지각색의 장면이 담긴 풍성한 연극"을 꾸몄다
         고 자서전 『말(Les Mots)』에 기록.

1914년   아홉 살 때엔 할아버지가 써 준 "열 명의 등장인물

---

21) 미셸 콩타(Michel Contat)와 미셸 리발카(Michel Rybalka)가 정리한 사
르트르의 생애(J.-P. Sartre, *Théâtre complet*, Gallimard, col. "Bibliothèque de la
Pléiade", 2005, XLV-LVIII쪽) 중에서 극작가로서의 사르트르와 관련된 사항
을 추려서 보충, 정리한 것이다. 더 자세한 내용은 김화영 편, 『사르트르』(고려
대학교출판부, 1990)에 실린 정명환의 해설적 연표(1~48쪽)를 참조할 것.

이 나오는 애국적 희곡"에서 기어코 관객의 마음에 들려는 생각으로 벌인 오버액션으로 가슴 아픈 실패의 추억을 만들기도 했고, 어머니로부터 선물받은 꼭두각시 인형들을 가지고 뤽상부르 공원 의자를 무대 삼아 자신이 지어낸 이야기로 공연하면서 주변에 모여든 또래 아이들을 통해서 스스로의 창작물로 타인의 애정을 얻어 낼 수 있음을 경험.

1917년   어머니의 재혼. 의부의 근무지인 라로셸로 이사하여 그곳의 중고등학교에 재학.

1920년   파리의 앙리 4세 중고등학교로 복교.

1924년   고등사범학교 입학.

1925년   고등사범학교 학생들이 상연한 연극 「랑송의 참사(Désastre de Lang-song)」에서 당시 교장이던 귀스타브 랑송 역을 맡아 호연. 이 무렵 가족의 장례식장에서 첫 애인 시몬 졸리베를 만나 교제. 극작가가 되고 싶어 했던 졸리베는 연극인 샤를 뒬랭과 관계를 맺고 1932년에 자신의 첫 극작품을 선보임.

1929년   시몬 드 보부아르와 교제 시작. 원고는 남아 있지 않으나 군 복무 시절 「나는 멋진 장례식을 치를 거야(J'aurai un Bel Enterrement)」라는 단막 희극과 「에피메테우스(Épiméthée)」라는 작품을 저술. 이 무렵 폴 클로델의 희곡 「비단구두(Le Soulier de Satin)」 (1924)를 감탄하며 읽음. 「악마와 선한 신(Le Diable et le Bon Dieu)」은 「비단구두」에 대한 일종의 사르트르식 응답으로 해석됨.

1931년   르 아브르 고등학교 교사로 부임. 시몬 졸리베의 소
         개로 사르트르와 보부아르는 샤를 될랭을 알게 되
         고, 사르트르는 평생 동안 그를 자신의 연극 스승으
         로 모심.

1934년   보부아르의 제자인 열두 살 연하의 올가 코자키에
         비츠와 교제. 그녀는 사르트르의 첫 극작품 「파리
         떼(Les Mouches)」에서 공연.

1937년   올가의 여동생 반다 코자키에비츠와 교제. 그녀는
         사르트르의 작품 대부분에서 마리 올리비에라는
         이름으로 연기하는데, 「악마와 선한 신」에서는 카
         트린 역을 연기.

1938년   갈리마르 출판사에서 소설 『구토(La Nausée)』 출간.

1940년   전투에 참가해 보지도 못한 채 포로가 되어 트리
         어의 포로수용소로 이송. 그해 겨울 크리스마스 연
         극으로 예수의 탄생을 소재로 한 희곡 「바리오나
         (Bariona)」를 집필하고 동방박사 역을 연기.

1941년   민간인으로 가장하고 오른쪽 눈이 멀었다는 가짜
         진단서를 받아 석방.

1942년   샤를 될랭의 연극예술학교에서 연극사를 강의하면
         서 특히 고전 그리스 연극에 대한 지식을 정리.

1943년   『존재와 무(L'Être et le Néant)』 출간. 독일 군 당국
         의 검열을 통과하여 샤를 될랭의 연출로 「파리 떼」
         를 초연. 작품 리허설 때 알베르 카뮈를 만나 친

교. 또한 파테 영화사와 계약을 맺고 「내기는 끝났다(Les Jeux sont Faits)」, 「티푸스(Typhus)」, 「세상의 끝(La Fin du Monde)」, 「검둥이 이야기(Histoire de Nègre)」, 「가짜 코(Les Faux Nez)」 등의 영화 시나리오를 집필. 「닫힌 방(Huis Clos)」을 며칠 만에 집필하고 카뮈에게 가르생 역할을 제안.

1944년   비유콜롱비에 극장에서 「닫힌 방」 초연. 장 주네, 아르망 살라크루 등과 교제.

1945년   「닫힌 방」이 갈리마르 출판사에서 출간. 「무덤 없는 주검」 집필 시작.《현대(Les Temps Modernes)》창간. 두 차례 미국 방문.

1946년   「공손한 창녀(La Putain Respectuese)」와 「무덤 없는 주검(Morts sans Sépulture)」 출간. 그해 겨울 앙투안 극장에서 두 작품 동시 상연.

1948년   「더러운 손(Les Mains Sales)」이 갈리마르 출판사에서 출간되고 피에르 발드의 연출로 앙투안 극장에서 초연. 공산당 계열 언론사들의 방해에도 불구하고 공연은 대성공. 그해 겨울 미국 뉴욕에서 이 작품을 「붉은 장갑(Red Gloves)」이라는 제목으로 각색하여 상연, 사르트르가 이에 항의. 영화 시나리오 「톱니바퀴(L'Engrenage)」가 나겔 출판사에서 출간.

1949년   샤를 될랭 사망.

1950년   한국전쟁 발발.

1951년   「악마와 선한 신」을 집필하고 공연 연습 기간 동안 계속 수정 후 완성. 그해 여름 루이 주베의 연출로 앙투안 극장에서 성공적으로 초연.

1952년 『성자 주네(Saint Genet)』 출간. 카뮈와의 논쟁. 공산 당과의 밀월 관계 시작.

1953년 알렉상드르 뒤마의 「킨(Kean)」을 각색하여 사라베르 나르 극장에서 성공적으로 상연.

1954년 자서전 『말』의 초고 거의 완성. 최초의 소련 방문. 알제리 민족해방전쟁 시작.

1955년 준비 과정에 많은 어려움을 겪으며 「네크라소프 (Nekrassov)」를 앙투안 극장에서 초연. 좋은 반응은 얻지 못함.

1956년 소련의 헝가리 침공에 분개하여 공산당과의 관계 단절.

1958년 존 휴스턴 감독으로부터 프로이트에 대한 영화 시나리오를 의뢰받음.

1959년 「알토나의 유폐자들(Les Séquestrés d'Altona)」을 완 성하고 르네상스 극장에서 초연.

1960년 「알토나의 유폐자들」이 갈리마르 출판사에서 출 간. 소르본 대학에서 연극에 관해 특강. 카뮈 사망.

1964년 『말』 출간. 연극에 관한 수차례 강연과 인터뷰. 에 우리피데스의 원작을 충실히 각색한 「트로이의 여 인들(Les Troyennes)」 집필. 노벨 문학상 거부.

1965년 「트로이의 여인들」 초연. 아를레트 엘카임 입양.

1966년 일본 방문.

1968년 「네크라소프」가 스트라스부르 국립극단에 의해 재
        상연되고, 「악마와 선한 신」도 파리국립극단에 의
        해 성공적으로 재상연.

1971년 『집안의 천치(L'Idiot de la Famille)』 출간. 새로운 연
        극 작품의 주제 고심.

1973년 연극과 관련된 인터뷰와 짧은 글들을 모은 『상황의
        연극(Un Théâtre de Situations)』 출간. 거의 실명 상
        태에 이르러 집필 활동 중단.

1980년 폐부종으로 입원한 지 한 달여 만에 사망.

세계문학전집 **315**

닫힌 방·악마와 선한 신

1판 1쇄 펴냄 2013년 10월 25일
1판 14쇄 펴냄 2024년 5월 17일

지은이 장폴 사르트르
옮긴이 지영래
발행인 박근섭, 박상준
펴낸곳 (주)민음사

출판등록 1966. 5. 19. (제 16-490호)
서울특별시 강남구 도산대로1길 62(신사동) 강남출판문화센터 5층 (우편번호 06027)
대표전화 02-515-2000 팩시밀리 02-515-2007
www.minumsa.com

한국어 판 © (주)민음사, 2013. Printed in Seoul, Korea

ISBN 978-89-374-6315-0 04800
ISBN 978-89-374-6000-5 (세트)

세계문학전집 목록

세계문학전집은 계속 간행됩니다.